如夢似幻的人間

不瘋魔，不成活。

上

瘋魔人間

劉紅卿　著

崧燁文化

目錄

目錄 ━━━━━━━━━━━━━━━━━━━━━

第四章　審判

第五章　告別

序幕

一陣悲痛湧上心頭，我無法觸摸，你消失在遠方……

我懸浮在空中，彷彿羽毛，被西山的寒風吹著，四處找尋你，越過大山，漂過大海，你在哪裡？哪裡有你？

金色的陽光留下我斑駁的身影，地上的人們對我敬禮膜拜，為我建立廟宇，獻上處女的吻，還有男孩的微笑，他們尊稱我為女神，為我祈禱，希望我能為大地降下甘泉。

他們為了取悅我，在環形的廣場上跳著舞蹈。女孩們手捧鮮花，勇士們拿著劍，排著方形的隊伍，搭配著鼓樂，在陽光下婆娑起舞。一旁的先知神情肅穆，眼望神壇，帶領眾人頷首跪拜。他們期待我的降臨，期望我像消失地上的瘟疫一樣，消失他們的各種無盡煩惱和痛苦……他們期待我帶給他們「消失的快感」……

……我是消失女神。

嬰兒忘記了出生的創傷，大口地吮吸母親懷裡的乳頭；孩子們忘記了父母管教下的鞭打，在月光下飛跑著遊戲；喪夫的女人停下哭泣，在新情人的懷抱和激吻中，闔上了亡夫的相冊；皇帝剛剛登基，他忘記了血流成河的殺戮，陶醉在無上的權勢的榮耀中；星球大戰已經爆發，人們忘記了必死的威脅，只陶醉在當下的歡愉中，男人舞蹈、女人微笑、情人交融……

我是消失女神，我可以讓人們忘記一切，所以他們才成了我的子民，為我建立人間的家園；他們在狂歡中舞蹈，對我展現敬意。我是女神，是強大的消失女神，我撕碎了子民奉獻的鮮花，踢翻桌上五顏六色的供品，推倒在廟宇中瘋狂逃竄的子民，傾倒的燭火點燃帷幔，帷幔焚燒著屬於我的廟宇……

序幕

　　人們四散逃竄，我在火中哈哈大笑，他們無法想像對神的狂歡，竟以這樣的慘劇告終。大火燃燒三月而不熄滅，他們無法理解這樣的事實，但也會很快忘記，消失女神賦予他們忘記的本能，為了那種他們以為的幸福……

　　可我始終無法忘記，無法忘記你，所以最終我讓自己在大火裡消失。這不是為了忘記你，不是為了忘記你。你消失了，已經不會明白，所以我也要在大火裡消失。永遠要，永遠要和你在一起，在消失中和你在一起……

　　和你在一起……永遠和你在一起……

第一章　興華學校

女神

　　我不是女神。我對這一點知道得很清楚，雖然他們有時候會叫我「女神」，可我很明白，這只是因為我頭腦有時候不清楚，或者不自覺地把自己的各種願望說出來，毫不在乎是在什麼場合，更不顧忌這是否符合人類的規範。他們叫我女神。我中文還不錯，知道這有一種戲謔的效果。

　　比如，在我所生活的城市，我常常看到這樣的女人，她就住在那條寬敞明亮的街道上。當然，這並不是她的家，她只是在那裡生活，或者說表演。至於街道的名字我就無可奉告，這並非我故意使壞，在講故事時把一些重要的名字留住不說，只等人們再三請求之後才說出來。我是個誠實的人，這種手法我不會用，也不屑用。街道名字我已經忘記。我應該說出真相。雖然人們已經很少再來關注真相，但對於我來說，我有責任把我所知道的都說出來。

　　讓我們還是回到這條街道吧。事實上，這條街道雖然沒有名字，但它極其常見，我一說你就清楚，每個城市都會有這種大街。它的街面總是整潔光滑，兩旁還都種滿了樹，樹葉尚未長大，陽光也總能灑滿整條大街。四月的春天，陽光明媚，喜鵲在樹枝上鳴叫，在黃玫瑰和丁香花的包圍中，人們從洞穴裡走出來。紳士們帶著高頂帽子，拄著拐杖，雖然還處在賀爾蒙的高峰中，他們卻放慢腳步，攜著女伴的手，優雅地散著步，他們臉上看著很平靜，卻不能遮掩他們骨子裡那種洋洋自得的神情，他們還會略微搖晃著腦袋，彷彿在向周圍人證明著他們生活有多快樂，有多滿足。有一次我參觀畜牧場，在那些躺在地上晒著太陽開著家庭會議的肥胖大豬身上，我也看見過這樣的表情。

　　當然，那些淑女們就更優雅了。彷彿為了證明自己的優雅，女士們的步伐會更慢，彷彿地上的螞蟻是她們不共戴天的情敵，她們每一腳都要踩死上千隻螞蟻才解恨，要不然實在無法理解她們怎麼會如履薄冰。女士們很高

貴，她們穿著散發著霉味的晚禮服，頭上戴著厚厚的面紗，彷彿她們的頭是無比尊貴的寶器，只有用遮掩才更能證明它們的價值；但因為面紗略微透明的，所以能看看到面紗後的白臉，並不是她們臉上的皮膚有多白淨，而是塗滿了白粉，所以才顯得如此蒼白。她們的嘴唇血紅，彷彿剛剛舔食過死屍。

　　我想，在你們的城市裡，這樣的人也司空見慣。年輕時我一直憧憬一個叫巴黎的城市，就像過去的人會一直盼望莫斯科一樣。人們總是需要一個地方或方式，把內心裡不被滿足的願望投射出去，透過虛幻的想像讓自己活下去。這是人的本性。有時候，人們又會去畫畫，舞蹈，歌唱，在舞臺上演戲等。我想，人們這樣做是有原因的。就像我此刻為何在這裡講這個故事一樣。你知道，我不是作家，講故事並不是我的長項。可我心裡中有著一股難以平息的情緒，它無聲無息，卻總又形影不離……對，你猜到了。我愛過一個人，非常非常愛他，而結局卻像所有的俗套子一樣，他消失了，永遠消失了，就像空氣（或者是風？或者是臭屁？哈哈……）一樣消失了……

　　讓我們還是回到城市的話題吧。哈哈，你們會原諒我的，我經常跑題，這一點你們是知道得一清二楚。我們講到哪裡了？城市，對城市……我想起來了，我是在說所有的城市都一樣，對，都一樣，不管它是叫北京、巴黎或者莫斯科，名字都不重要。所有的城市都一樣，都充滿了雞鳴狗盜，充滿了欺世盜名，充滿了這樣的男盜女娼。到了老年，這樣的道理我才明白。不過為時已晚，我已經在虛幻的想像中生活太久（我想要飛翔，飛回高空，飛回家鄉，卻發現翅膀早已剪短……）。

　　所以，我才對大街上的那個女人感興趣。她不像那些淑女們，穿著名貴的晚禮服（雖然晚禮服總散發著臭味，但畢竟代表著一種身分、教養和認同）。事實上，她沒有身分，從她的衣服上就能看出來，她的衣服總是破爛不堪，她的身體也總是骯髒難看。她頭髮蓬亂得像雞窩，但上面總插著

第一章　興華學校

一朵鮮豔的玫瑰花，有時候是紅的，有時候是白的，有時候是藍的，紫的和黃的。我見過她十次，不，也許是很多次，可每次她頭上總插著一朵玫瑰花（而且只有一朵），紅得像血，白的像鹽，藍的像湖，紫的像葡萄，黃的像糞便。真難為這個髒女人了，不知她從哪裡採摘到的，反正每次我看到她時，她頭上的玫瑰花總在陽光下盛放。這可以說是一個大奇蹟，可惜從沒人願意去探究，不然真可以做一篇優秀的博士論文了。人們叫她瘋女人。是的，瘋女人就是她的名字。

瘋女人總是赤著腳，敞著懷。這一點並不奇怪，因為她的衣服本來就破爛不堪，很多時候穿了就等於沒穿。有時候，瘋女人還會表演自己的母愛，把自己展現的無比溫柔慈祥，彷彿聖母瑪利亞再生。她會抱著一個嬰兒，把自己的乳頭塞在它的嘴裡，輕拍它的屁股，唱著各種語言的搖籃曲，誘騙嬰兒入睡。當然，嬰兒也是髒兮兮的，它不會哭也不會鬧，那只是一個被人丟棄的玩具，瘋女人從垃圾場裡撿回來，把它當寶貝似地收藏。瘋女人很高興可以讓嬰兒喝奶，因為這是向世人展示她乳頭的絕佳機會，瘋女人當然不會放過。

對了，我忘記說了，瘋女人極其喜歡展示自己的身體，尤其是她的乳頭（還有別的部分，我在下面會說的）。事實上，我猜測，讓嬰兒喝奶，也不過是她的一個小花招，一個小手腕，一個展示自己身體（特別是她的乳頭，那是她最為驕傲的地方之一，雖然乳頭也是髒兮兮的，但瘋女人覺得那正是性感所在）的極好藉口。而且，透過餵養嬰兒，瘋女人還能獲得溫賢良母的好名聲。真是一石二鳥，一箭雙雕，何樂而不為？

所以，千萬不要被瘋女人的假象所迷惑，她還是很狡猾的，我就吃過她的虧，還不止一次，所以更有必要提醒你們。就像我說的那樣，瘋女人極其喜歡展示自己的身體，讓嬰兒喝奶只是一個小策略。但這種策略，對那些紳士和淑女們來說（他們正手挽著手，在馬路上悠閒地散步），幾乎毫無作

用。雖然他們同在一片藍天下，同在一條馬路上，相隔不過幾十公分，但紳士和淑女們對身旁的人根本就熟視無睹了，更不用說她骯髒的乳頭了。無論瘋女人如何誇張地捏嬰兒的屁股，嬰兒受到這樣的虐待，自然也會誇張地張大嘴巴哭泣，而哭泣聲總是很奇怪，就像一個失去母親迷路的小羔羊，在暴風雪的夜裡，因為寒冷和恐懼而哭泣。當然，這樣的聲音並非來自人聲，它是一個電動嬰兒所獨有的哭泣聲。但這哭泣聲聽起來又像是動物交歡時的嗚咽聲，所以，這就更奇怪了。但瘋女人似乎很喜歡這種哭聲，而且還陶醉其中。如果你覺得這種哭聲就是瘋女人設計的，我想，我是找不出更好的理由來反駁你。

想一想，這樣的瘋女人，抱著一個玩具嬰兒，露著骯髒的乳頭，嬰兒還發著奇怪如羔羊的哭泣聲。這一切都是多麼奇特啊！瘋女人自然期待著自己的表演能博得喝采，或者口哨聲，再不然即使是廖廖無幾的掌聲也行。畢竟，瘋女人還是把自己定位為演員，而她又是獅子星座，事業心特別強，極其渴望能獲得事業的成功。瘋女人看著身邊經過的淑女和紳士，期待著他們臉上的表情能有一絲細微的變化。瘋女人眼睛掙得大大的，不放過紳士和淑女們臉上最細微的變化，她由於過於緊張而張著嘴巴，布滿黃垢的牙齒對外顯露著，口水也流了出來。但那些淑女和紳士們仍然視若無睹，彷彿瘋女人並不存在，甚至連臭屁也不如。畢竟，臭屁雖然沒有形狀，但還是有不良的味道的。

想到自己連臭屁也不如，瘋女人總會忍不住火冒三丈。太傷自尊了。想一想，大家都是人，為何淑女們總可以穿著高貴的服裝（雖然很難看，還有一股死屍的味道，但畢竟是身分的一種象徵呀），還能安心地挽著紳士們的手，雖然面部是僵硬的表情，但她們內心總像毒蛇一樣，向瘋女人發出不屑、嘲笑和趾高氣揚的毒液，想把獵物很快地撕碎吞噬。

第一章　興華學校

最令人生氣的是，淑女身邊的紳士不但沒有「英雄愛美」之心，不但沒有去阻止淑女這種慘烈的暴行，對她們網開一面，而且還有一種欣賞鼓勵之情，他們在淑女們的肆意殺戮中，有一種享受的同謀快感。（恭順的婢女彎下身子，用鋒利的刀子切割垂死的鹿的最肥美的鮮肉，用雙手呈現在托盤裡，將其貢獻給高高在上的王。王欣賞且欣喜地看著柔媚的婢女，不僅僅是那多汁可口的肉，也不僅僅是婢女羞月落花的容貌，更重要的是婢女的行為證明了她對王無限的忠心和愛戴。在陰謀和叛亂四起的宮殿裡，這種肝腦塗地的忠心就顯得更加難得！）這是瘋女人絕對無法忍受的。想一想，瘋女人是多麼喜歡紳士啊，可以說，她所做的一切，都是為了這些紳士，為了獲得他們的好感，青睞，甚至還有……還有愛情。

對，愛情，就是愛情……

而愛情總是最重要的，不是嗎？是的是的是的，瘋女人渴望獲得紳士的愛情。事實上，這是瘋女人埋藏在內心深處最真實的願望。雖然知道自己長得醜陋、噁心和不幸，按專業術語講，這是「長得對不起觀眾」（瘋女人還是非常有自知之明的），但瘋女人明白內心的豐富和美好，要遠遠勝於外表的豔麗和淺薄，那些淑女們所具有的唯一的東西，就是她們外表的豔麗和淺薄，這和瘋女人似海一樣情深的內心世界絕對無法比的。

瘋女人知道自己是一個公主，一個被魔法束縛住的公主，她在等待一個騎士（或者王子。不，最好是騎士。因為騎士代表著一種力量，瘋女人喜歡剛強的男人，而王子顯得似乎柔弱了點）的解救，因為她自己力量弱小，無法破除魔法，公主無法自救。公主只能等待，等待自己騎士的到來。而騎士破解魔法的方式就是他的愛情，他對公主有著似海一樣深的愛情。瘋女人等待著騎士，等待著騎士的愛情，等待著自己幸福生活的開始。騎士的愛情會破解魔法，公主會自動恢復以前最美麗的面孔，還有最得體的舉止和最優雅

的教養……瘋女人，不，公主已經等待已久，已經等得精疲力竭，等得心急
火燎，等得變成乾柴。

但這麼久了，騎士還沒有到來，救贖還沒有出現。（也許永遠不會出
現？啊，不，不，不，瘋女人絕對不會相信這樣的惡念。）甚至騎士連一個
可以辨別的標誌也沒有。瘋女人根本無從判別在那麼多的紳士中，那個才是
來解救自己的，那個才是那個唯一的騎士 —— 唯一屬於公主的騎士！為了
不浪費每個機會，不失去每個可能性，瘋女人對要經過的紳士進行檢驗，一
個都不漏過。瘋女人向他們裸露自己的乳頭（如果有必要，還有身體，在下
文你將會看到），如果是真的騎士的話，他一定能從這個動作和乳頭的形狀
上來辨別出來，辨別出瘋女人的真實身分，並用愛情破解魔法，把瘋女人從
水深火熱之中解救出來。

但因為敵人的力量無比強大，而瘋女人想到，敵人甚至還會派出很多像
瘋女人這樣的假瘋女人，用她們來迷惑那個唯一屬於公主的騎士，她們受過
專業的栽培，也一定會用和瘋女人一樣的動作來展現自己的乳頭，來迷惑去
解救公主的騎士。如果真騎士被假瘋女人所迷惑，他就會誤把假公主當作真
公主，那麼，他的解救也就宣告失敗了。想到竟然有人會冒充自己來迷惑騎
士，瘋女人就忍不住火冒三丈，恨不得用劍把那些狐狸精砍得粉碎，用斧子
剁碎她們嬌美的雙腳，用弓箭射穿她們善媚的雙眸……

但瘋女人還是壓制自己的怒火，她知道，她的怒火也一定會被敵人識破，
她必須假裝什麼都沒發生。我說過，瘋女人是極其聰明的，當然，你要說她是
狡猾的，我想，瘋女人也是高興聽的，她一定會把這理解成溢美之詞……

所以，那個解救公主的騎士也必須小心翼翼。他必須要隱藏在愚蠢的紳
士面孔背後，像松鼠一樣躲在樹洞裡，小心向外窺探，沒有看到絕佳獲勝的
機會，絕不會暴露自己。必須要學會自保，這是我們這個世界首要的生存法

則。騎士知道，瘋女人知道，就連別的紳士和淑女們也都知道。也就是說，這是人所共知的祕密……

所以，騎士必須要受到很好的專業培訓和技術訓練（就像連武術和拳擊一樣，需要常年日積月累的艱苦訓練，最後鐵棒才有可能變成繡針！），不然，他們就無法在這個殘酷世界中生存下去。所以，瘋女人知道騎士們一定上過各種專業課，而其中所有騎士都要上的必修課程中，最重要的課程就是如何辨別公主乳頭（最重要的核心課程，殘酷的淘汰賽：在一千次的考試中，哪怕認錯一次，這個騎士立刻就會被淘汰出局，也就是被砍頭示眾）。在眾多的候選騎士中，只有那個最陽剛、最勇敢的騎士才有資格來解救公主，而他也一定會在一千顆乳頭中，第一眼（所有人中最快的速度）就把公主的乳頭從中辨認出來。

瘋女人很相信這一點。所以，在四月和煦的陽光中，在春風和花香的包圍中，瘋女人等待著。等待她的騎士，等待解救，等待愛情，等待魔法的破除，等待公主身分的恢復，等待馬上就要開始的狂歡，等待「從此以後他們就過起了幸福的生活」，等待著等待……

戰鬥

瘋女人滿懷希望，向紳士展露自己的乳頭。但紳士們對瘋女人的乳頭毫無反應（甚至還會嗤之以鼻）。瘋女人的行為還換來淑女們的不屑和攻擊。瘋女人就像推石上山的薛西弗斯一樣，在一次又一次的絕望和打擊中，總會重新燃起希望。

在四月怡人的春風和陽光裡，瘋女人總是從絕望中重新找到希望。她在一次次的打擊中總能站起來，重新拿起自己的嬰兒玩具，向著淑女們發起新一輪挑戰，向紳士們裸露自己的乳房。

　　這個辦法總不能奏效（也許是因為瘋女人的乳房太醜陋和骯髒的緣故吧），紳士們對瘋女人的乳房和乳頭總是熟視無睹。瘋女人在淑女們的鄙視下，無奈中只好拿出自己的最後武器。這是高貴和有身分的人完全想像不到，也是她們完全不屑的。

　　瘋女人褪下自己的褲子，讓陽光照射身體最隱蔽的地方。為了更引起紳士的注意，瘋女人揮舞著自己的褲子，像個凱旋的戰士，儘管褲子破破爛爛，卻像瘋女人的一面勝利的旗幟，瘋女人還在自己剛剛開闢出來的領地上，放開嗓門高歌。雖然嗓子嘶啞，曲調難聽，還沒有歌詞，她像瘋子一樣咿咿呀呀（不過，瘋女人確實是瘋子，這是所有人都知道的事實）。她的下體在陽光下閃閃發亮，就像埋藏多年的寶貝突然重現天日。

　　周圍的一切突然黯淡下來，彷彿烏雲包裹了藍天，世界進入了黑夜。隔著面紗，淑女們的面部抽搐一下，儘管只有一點點。但還是被瘋女人看在眼裡，這是她獲勝的徵兆，是她打敗淑女們的象徵。瘋女人更加興奮，她的褲子被揮舞得更快更高更強，她的歌聲也更加嘹亮激昂，彷彿吃了激素的烏鴉，在歌唱比賽中突然變成了鳳凰。

　　所有人都意識到了這一點。瘋女人不再是虛無的存在，而是客觀的現實，她雖然像臭屁，但臭屁畢竟是存在的，正如藍天，白雲，陽光，春風和花朵的存在一樣真實。沒有人再能否定這一點。淑女們的抽搐就是一個明證。紳士們也不能再像以前那樣裝作什麼也沒有發生。他們臉因為憋氣而變紅，喉嚨也忍不住發緊（他們嗓子輕輕地動了下，瘋女人發現了這一點），他們的眼睛也往瘋女人的身體撇了一眼，還往那個神祕的地方停頓一下。哈哈，雖然只是停頓了一下，連千分之一秒都不到，但已經被瘋女人抓個正著。瘋女人躺在地上，用光著的腳板拍打街面，為了慶祝自己的發現，為了紳士們的這點變化！

第一章　興華學校

　　淑女們再也無法平靜了。從瘋女人表情的變化上，她們看出了身邊男人的變化。她們因為自己信任的男人這麼經不住誘惑而生氣。想一想，以她們的身分、教養和吸引力，竟然讓身邊的男人受到毒素的腐敗，讓他們遊走在墮落的邊緣，多麼可怕！這不是足以證明世風日下，道德敗壞嗎？

　　不過，從另一個方面來說，淑女們也感到了自己的失職。是上天把純潔無邪的紳士們交到她們手中，可她們竟然沒有盡到保護他們的智慧，讓天真的小嬰孩受到毒蛇的引誘，毒蛇在陽光下跳著嫵媚的舞蹈，還用毒液噴射出美麗的花朵，無辜的嬰孩因為好奇而靠近，但這種靠近足以讓嬰孩致命。狡猾的毒蛇，可怕的蛇蠍心計！這麼有教養的淑女，這一刻也因為憤怒而忍不住放了一個響屁。我們都知道，人們在生氣時，肚子裡會產生一種氣體，而這種氣體可能會因為慌不擇路而從人的後面鑽出去。

　　響屁聲音宛轉悠揚動聽，彷彿花腔女高音歌唱家在音樂廳裡的演出，而外國元首正坐在最尊貴的包廂裡，洗耳恭聽著。他們陶醉在花腔女高音優美的聲樂中，還體會到萬花叢中的迷人芬芳……瘋女人想到這裡，忍不住哈哈大笑。紳士們甚至也忍不住笑了一下。雖然只是很輕微地一聲微笑，但畢竟還是認同的表示。瘋女人睜大眼睛，看著身邊的紳士。他已經重新變得正經威嚴起來。瘋女人幾乎不相信自己的眼睛。但她相信自己的耳朵。她聽到了紳士們的笑聲，這笑聲證明著他們和瘋女人的共謀，雖然只有萬分之一秒的剎那，但畢竟它把紳士們和瘋女人緊密地聯繫在一起。所以，瘋女人無比歡欣。經過那麼長的等待，她終於看到了勝利的曙光。雖然勝利還很遙遠，但畢竟在黑夜裡看到了一絲光亮……

　　淑女們的臉變得更加蒼白。歌唱的聲音她們可以假裝沒有聽到，但男人的笑聲她們還是聽到了。雖然只有短短的一聲，連六十分之一秒都不到，但她們不能再自欺欺人，更不能逃避。只有面對現實，看到自己的慘敗，才更

有可能激起戰鬥的激情。而在瘋女人這個強大的女人面前，她們更需要調動潛意識中的各種力量和技能，只有用盡全力，她們才有獲勝的一絲可能。我忘記說了，淑女們也是無比厲害，無比有心計的，不然她們就無法在這個世界上生存。你們在後面會明白我說的話並不虛假。

她們（淑女們）挽著男人的手臂。她們悄無聲息地用力，雙手狠狠地在男人的手臂上轉圈，男人的嘴也同角度地跟著轉圈。當然，這些男人都是紳士，受過絕好的教養。所以，不論怎麼疼痛，他們都沒有發出聲音。再說，他們也知道自己錯了，看到了不該看到的東西，看到了醜陋而邪惡的對象，還發出了不該發出的聲音，他們的心靈因為受到魔鬼的引誘而變得骯髒，他們正為自己的墮落而不安。他們渴望著懲罰和被鞭打，好讓他們為自己的墮落而羞愧。正如那種懺悔教派人士一樣，每天都拿著棍子抽打自己而獲得救贖。所以，紳士們迎接著淑女們的玉手，甚至還心存感激；而淑女們對他們手臂用力擰住的行為，也正是對他們的一種治療和淨化，讓他們去除毒素，遠離汙染，重新恢復健康。這正是他們求之不得的事情。也正應合了那句古諺「打是情，罵是愛」，

所以，紳士們對身旁的淑女們微微鞠躬，還把她們溫柔的小手輕沾溼唇。對她們頂禮膜拜著，感謝她們的鞭打和提醒，感謝因為淑女們的幫助，他們才沒走上墮落的陷阱，也沒有成為毒蛇嘴裡的獵物。他們在心裡暗暗對生活感恩不盡，因為有了良師益友的相伴，他們的人生之路才變得平坦許多，才少了毒蛇的侵犯啊！

紳士們長出一口氣，臉上的表情換成安詳平和，他們目光不再斜視，不再受到身旁毒蛇和不良人等的影響。淑女們的臉上也有了表情（想一想，這可是她們在大街上長久以來的第二次，多麼難得和珍貴），那是微笑的表示。也是一種獲勝的象徵。是啊，透過自己的努力，規勸了愛人的墮落，而

如果沒有她們在身邊的監督，這個紳士也許就會被一種可怕的罪惡所吸引，從而走上不能回頭的毀滅之路，想一想，萬劫不復的深淵，那將是多麼可怕！而這種挽救羔羊從迷途中的回歸工作，也讓淑女們多麼有成就感;而且，因為抓住了紳士們的這個犯罪萌芽的把柄，也就在今後的生活中又多了一張王牌。一禮一兵，一柔一剛，哈哈，紳士們就更加無法離開她們了。多麼偉大的成就，多麼精妙的算計！

　　啊，瘋女人，可憐的瘋女人啊，妳剛才還為勝利而哈哈大笑，現在卻要為失敗而悲咽痛哭，而他們的反差又是多麼大啊！你拼盡了全力，用完所有的武器，妳獲得了小戰役的勝利，但更大的失敗馬上接踵而來。妳的大笑成了刺向自己心臟的犀利武器。再也沒有比妳更不幸的獲勝者了（精妙的反諷），再也沒有比妳更孤獨的人了（可怕的對比）！妳拍打街面的雙腳逐漸停止，妳的歌聲嘶啞，妳勝利的旗幟也被丟棄一旁。你把它們撕得粉碎……

　　紳士們和淑女們的身影在前行。他們沒有看妳一眼，甚至對妳裸露的身體也不屑一顧。雖然他們像活化石一樣，表情僵硬，但從他們的肢體語言中（瘋女人是很好的演員，有著敏銳的判斷力），瘋女人還是聽到他們內心中巨大的哄笑聲，遠震天際，整個世界也都在回應著，在無限的回音中，哄笑也變得無限強大……

　　瘋女人變得仇恨起來，她的目光燃燒著熊熊火焰，她變得悲憤難平，痛恨命運的不公！「王侯將相，寧有種乎」，為何她們是淑女，在街上優雅地散步，身邊陪伴著紳士，雖然表情僵硬，宛如木偶，但她們享受著尊敬、愛情和優雅，有著人世間所有的幸福;可她卻只能是瘋女人，住在狗窩裡，穿著破爛，拼盡全力，可還是不能引起關注，相反，她的每一次努力都換來更大的失敗，她的每次進攻都以更多倍的反力打回她自身！

　　在悲憤中，瘋女人渴望燃燒自己的仇恨。身邊的嬰孩趴在她的腳面，瘋

女人找到了表演的支點，她抓起嬰孩，狠狠地把它摔在地上，聽到了沉重的響聲，瘋女人彷彿看到了嬰孩的腦漿四散！瘋女人是如此地火冒三丈，我想，如果她身邊有活的嬰孩，即使這個孩子是她的最愛，宛如馬克白夫人一樣，瘋女人也會毫不猶豫地把她摔在地上！

只要能發洩她的怒火和不滿，瘋女人什麼事情都會去做，偷盜搶劫，殺人放火，摸老虎的屁股，割掉男人的陽具，向國家元首臉上吐唾沫……把嬰孩摔死只不過是湊巧她垂手能做的事情而已。瘋女人在一種激情的控制下，她是沒有任何理智的。也許，她從來就不知道理智是什麼吧。正是這樣，人們才稱她是瘋女人。瘋女人也高興人們這樣叫她。她喜歡這個名稱的含義，並以此為驕傲。

紳士們和淑女們的身影漸行漸遠。在悲憤中，瘋女人不知從哪裡找到了一個鑼鼓，瘋狂地敲打著。因為爛了一角，破鑼在巨力的打擊下，發出奇怪的聲響，彷彿脖子被野狼咬斷的雄鹿，一陣陣最淒慘的哀嚎，彷彿在寒夜路口被人丟棄的嬰兒最無助的啼哭，彷彿因為可怕的夢魘熟睡中的人盡力掙扎大叫卻還無法醒來。

那響聲響徹宇宙，蓋過了曾經的哄笑聲。遠處的紳士們和淑女們回頭。他們駭然地回頭，彷彿看到了地獄中的吞噬一切的魔鬼重現，彷彿看見了人間的劊子手正在大肆地揮舞屠刀，彷彿看見了滔滔江水馬上就要淹沒大地，彷彿看見了毀滅一切的瘟疫正在四處蔓延……他們沒有叫喊一聲，就像蟑螂一樣，飛快地跑回自己的洞穴。他們的行動迅速，正和他們出現一樣悄無聲息。在巨大驚恐中的逃竄動作竟然看不到一絲的凌亂，可見他們的心理素養有多強硬，他們在洞穴裡肯定也沒少經過訓練。也許，他們會因為而舉辦「逃跑奧林匹克運動會」也未可知。

瘋女人扔掉破鑼，在地上爬行，想哪怕抓到一個爬得最慢的紳士也好。

她想，只要沒有了那些噁心傢伙的影響，她一定能會把一個紳士培養成一個騎士，一個解救自己逃脫魔法的騎士。有了這個騎士的解救，瘋女人最終會變成公主，真正的公主，公主的城堡也會在一剎那閃現，之後就是他們的婚禮，盛大的舞會：「從此後他們過起了快樂的生活。」……

多麼幸福……

但紳士們訓練有素，逃竄迅猛，根本沒有給瘋女人得逞的機會。有一隻腿腳不靈便的紳士因為逃竄得太快，不小心又把自己絆倒了，瘋女人飛快地接近他。她聽到了一陣驚呼聲，那是淑女們擔心的叫聲。想一想，多麼奇妙，她們終於第二次發出了聲音（第一次是響屁聲，您還有印象嗎？），而且還是驚恐的。這對於瘋女人來說，是多麼大的鼓勵，再也沒有比讓仇敵害怕更刺激的事情。

瘋女人滿心歡喜地爬到跌倒的紳士面前，伸出雙手就要捏住他。不知為何，紳士已經變得很小，還不足她的小手指頭大，彷彿他們真的變成了蟲豸和蟑螂。在她眼裡，那個紳士這麼弱小，他還害怕地用雙手撐著地，死命地後退著，彷彿這樣就可以逃脫被捕的命運。這樣的想法真幼稚可笑。不過，紳士的這種可憐相，更刺激起瘋女人要保護他的欲望（這種欲望由母愛和情慾混雜，倒顯得更加醇厚）。

在陽光下，瘋女人的黑影逐漸遮蔽了紳士。因為不知道名字，我們暫且稱該紳士是紳士Ａ吧。瘋女人的手掌接近紳士Ａ，用手輕輕撫摸他狹小的面龐，瘋女人還能感受到他渾身發抖。瘋女人愛戀地撫摸他的頭髮，宛如母親的輕吻。瘋女人輕輕提著紳士Ａ的衣服，就要把它拉到自己的懷抱。不想，一種被刀切割的疼痛卻傳來，瘋女人的手指上有一個小傷痕，就像削鉛筆時不小心被割傷一般，暗紅的血也滴了下來。

瘋女人的吃驚蓋過憤怒。對於這樣的變故她完全無法想像。一個即將成

為她騎士的人竟然會傷害公主，尤其是他一會兒還要解救出公主，做公主的丈夫呢？就在瘋女人迷糊中，一群紳士卻排隊出現，他們和紳士Ａ一樣大小，他們跳著一種奇怪的舞蹈，既像蜜蜂發現花蜜的八字舞，又像群鳥求偶的忠字舞。紳士Ａ當然不失時機地加入他們的隊伍，很快就和他們融為一體。他們都長得太為相像，彷彿一個模子裡刻出來一樣，他們舞蹈的步伐又出奇地一致。很快，瘋女人就無法分辨出紳士Ａ在哪裡，因為他們早就結成一個不可分割的一體，他們都是紳士Ａ，又都不是紳士Ａ。

　　瘋女人在紳士舞蹈隊伍中，仔細搜尋紳士Ａ（即使到了現在，她對紳士Ａ還是沒有一點仇恨，甚至比剛開始更愛！唉，這個痴情的瘋女人！），但他們跑得太快，瘋女人的目光剛剛追尋到紳士Ｂ，紳士Ｃ又闖入她的眼睛，瘋女人又開始追尋紳士Ｃ，但紳士Ｅ、Ｆ、Ｇ……又很快出現……瘋女人頭昏眼花腦漲起來。瘋女人這才明白這些紳士們舞蹈的含義，也領教到了這些舞蹈的厲害。

　　遠處的淑女們（她們變得和紳士們一樣大小）吹奏著小號，發起進攻的訊號。果然，那些紳士們的舞蹈變得更加快速和瘋狂。瘋女人站立不穩，終於暈眩倒地。天旋地轉。但瘋女人在倒地時，還努力地讓倒地的速度盡可能地慢，她怕壓壞那些可憐的紳士們。可憐的女人，到了最後，她還那麼愛他們，儘管他們對她造成了身體和心靈的重重傷害，她仍然不想傷害他們……

　　瘋女人閉上眼睛，淚水輕輕滑落，就在她馬上就要成功的一剎那，她的努力再一次宣告失敗。就是鐵人也經不住這樣反覆的折騰啊……淑女們奏起凱歌，歡迎打敗女瘋子的紳士們返回家園，等待著他們的是她們感激的熱吻和爽快的交媾，這是對他們的獎勵，是他們的戰利品。所有人都知道這一點，所以紳士們返回洞穴的腳步才那麼急不可待。有個不知名的紳士（不知道是不是紳士Ａ）因為匆忙，又踩著褲腳，把自己絆倒在地。但因為沒有瘋

女人的出現和進攻，他很快就在女伴的攙扶下，鑽進洞穴，開始了預謀已久的交歡……

街道重新變得空曠，四月的陽光照舊，花香依舊迷人，只不過現在已經變得死氣沉沉，宛如墳墓。

在悲痛和絕望中，恢復了力量的瘋女人哭天搶地，對著藍天，發出最毒恨的咒罵。在精疲力竭中，瘋女人總會號啕大哭，直到最後又啞然睡去。紳士們和淑女們重新從洞穴裡鑽出來，在她身旁經過。好奇怪，他們重新變得和瘋女人一樣大小。這肯定是被施了魔法。這群交歡完畢完後的隊伍排列整齊，身體舒展，完全看不出剛才的大汗淋漓和氣喘吁吁。他們在陽光下悄無聲息地行走，宛如幽靈和鬼魂。他們在四月的春光裡散步。

朋友們，這樣的景象，我看了一次又一次。我看著瘋女人骯髒愚蠢的臉（她因為疲倦而睡去），總忍不住搖頭嘆息，淚流滿面。瘋女人還在酣睡中，她臉上表情甜蜜（也許在做著什麼美夢吧。是她和騎士共舞的美夢嗎？），嘴角還流著長長的睡液，鼾聲四起。我想，睡眠是平息她情緒和創傷的最好方式。但我也很清楚，在瘋女人睡醒後，她還會故伎重演。這樣的悲喜劇已經上演了一次又一次。它還會繼續上演下去。到目前為止，還看到一絲終止的跡象。

文學創作

好了，讓我們趕快言歸正傳。我該來講我的故事了。你們等得時間已夠長了。不過，在我講自己故事之前，請允許我說一些關於文學創作的廢話。我講話總是跳躍性極大，經常前言不搭後語，故事也不怎麼連貫，為人們的理解帶來極大的痛苦。這也被很多熟人和批評家批評。

　　我承認，人們說的這些問題都是事實。我對此知道得一清二楚。不過，我想，這是個多元的世界，要允許多種價值的存在，要允許多種文風的並存，要允許多種藝術形式的實踐，要允許各種藝術實踐的探索。只有抱著這樣的心態，我們的創作才會更加豐富多彩，每個人都依據自己獨有的人格，在藝術的世界中做各種探索，這樣他們的作品才會是他們每個人獨有而不可替代的，而這必將為我們留下一大批珍貴的作品，必將極大地豐富我們的創作，也必將能更好地滋潤我們這個時代的心靈！如果杜絕這種探索，在一個封閉的世界裡，我們的靈魂必將因為營養的缺乏而萎靡不振。應該允許失敗，就是失敗的深入探索，也要遠遠強於平庸的成功。對於藝術家來說，最不能忍受的就是平庸。這是藝術的大敵！

　　同時，還必須要承認，每個時代都會有自己獨有的藝術形式和文化風格。比如，在近代歐洲的文學史上，古典主義曾經占了上風，之後是浪漫主義和現實主義。到了二十世紀，世界文學更是風格多樣。可以想像，卡夫卡出現在二十世紀是毫不奇怪的。因為他在小說中的探索與二十世紀人們的生存狀況更相似。我說了這麼多，只是在強調一個最基本事實，每個時代都應該尋找到屬於自己時代獨有的藝術形式。只有這樣，我們的藝術探索才會有新的可能（我不說「進步」這個詞語），我們的藝術世界也才有更加豐富的可能。

　　曹雪芹和卡夫卡固然重要，可我們需要創造我們自己的曹雪芹和卡夫卡。這就更需要我們重新進入內心，聆聽我們內心真實的呼喚，不被誤導，不要逃避……並且，在我們的文學創作中，還應該看到我們這個時代的身影，沾染我們這個時代特有的呼吸。從而，後代人在看我們作品時，除了有一種審美的藝術渲染力（它是最重要的）外，還能從中看到我們這個時代獨有的人格和心靈世界。正是靠這樣的藝術傳遞，我們的心靈世界才不間斷地代代相傳。

第一章　興華學校

　　當然，我們的文學更應該承擔我們周圍人的苦難和不幸。這一點，尤其重要。如果說知識分子是時代的良心，那麼，藝術家就是時代的靈魂。良心代表一種理性和正義，屬於道德範疇，而靈魂則屬於感性和情感，屬於審美的範疇。對於藝術家來說，僅僅表達自己是不夠的，還必須要勇敢地承擔起這個世界的苦難和不幸；還必須在個性和感性的敘述中，表達全人類共同的心聲，從而達到個性和人類性的統一！所有偉大的藝術家都做到了這一點，他們的作品中充滿了生命中飽滿的激情和對人類苦難的深深同情。也就是說，他們都充滿了仁愛和悲憫之心。

　　這是個偉大的時代，這是個不幸的時代！有太多的東西需要表達，有太多的可能性需要探索。作為藝術家，我們必須勇敢地去面對，不能逃避，也無法逃避！

　　鄙人不才，卻想在藝術的世界裡做這樣的探索和努力！我希望能解除外在的各種束縛和羈絆，甩開一切枷鎖，把我們的心靈從各種陳規舊矩中解放出來，讓我們真正能展翅高飛！我們本屬於鳥，是可以飛翔的，可惜，我們總忘記這一點，讓自己在汙泥裡打滾，與動物交合，把一些小憂傷看作無盡的痛苦⋯⋯

　　這是個開放的時代，我們都生活在其中。每個人都需要忠實自己。我們所能做的也只能是在不傷害別人的前提下，忠實於自己的內心世界，用某種方式在這個舞臺上展現最真實的自己。

　　我們不能逃避真實。就像不能逃避死亡和消失一樣。這都是我們真實存在的一部分。我們必須要忠實於內心，忠實於自己。而我的故事就來自我的內心，它隱藏於某個幽暗的角落，被千絲萬縷的頭緒所糾纏，透過借助一種類似於巫術的呼喚，它才顯現出來。因為創造它的過程艱難，才彌加珍貴⋯⋯

這麼苦，這麼苦，為了獲得一點點飛翔的快樂，需要這麼久這麼辛苦地儲備，才有可能搧動那對沉重的翅膀……

我的作品表達的是那種絕望的掙扎和痛苦的吶喊，那種在極度壓抑中的絕境反抗。為了飛得更高，而只好積蓄力量，為了飛得更高，只好奮力拍動那雙沉重的翅膀。在最後的時刻，才獲得那片刻的寧靜和難得的歡娛。之後死亡很快死亡再度降臨，重新進入平靜的黑暗中，無言無語的結局中……

它就像我的嬰孩，我感受到它在我的母體中的蠢蠢欲動，經受過自然分娩的苦痛，又經過我辛苦的哺育和培養，他才最終成為一個獨立的個體，在文學的世界裡獨樹一幟。所以，在這個孩子身上早就凝結著我的全部心血，就像我的那些經歷一樣，他已經成為我自身不可或缺的一部分。如果您要毀滅他，那麼，您先要做的第一件事就是消滅掉我……

如果你做不到，那麼就允許我來做這種探索吧。這是一個藝術工作者（也是母親）的最低請求……

好了，現在就讓我們來開帷幕，來看這個故事的真正上演吧。

我請求，耐心點，再耐心點。

故事

有一天夜裡（非常奇怪的是，我的大多數故事都發生在夜裡和黑暗中，我不知道這是為什麼。也許有什麼原因，但也許沒什麼原因，只是巧合的緣故），我在宿舍寫小說。你知道，我夢想成為作家，這已經成為我持久不斷奮鬥和前進的動力。我不知道結果如何，也不知道明天會發生什麼。我夢想取得輝煌的成就，可沒人告訴我這一切是否可能。我所能做的就是坐在那裡，寫上一整天，第二天接著再寫一整天。有時候我會哭上一會，因為感動，或者因為憂傷。我想像著張開翅膀，在天空中自由飛翔，可總被太多莫

名的東西羈絆。結果，更多的時候，我的翅膀被折斷，我在沙土裡奔跑幾下，卻又栽倒在地，儘管我用了全力，卻還無法站起來，翅膀也只是微微搧起一層黃色的沙土。無奈之中，我躺在地上，就這樣入眠。

小說的主角是個女瘋子，她生活在城市的廣場上，那裡是老鼠的家園，蒼蠅也飛來飛去。瘋女人在那裡發表著演講，蚊子哼哼叫叫，烏鴉是她唯一的聽眾。沒有人認識她，也不知道她從哪裡來。瘋女人每天都生活在城市的廣場中……

我寫到這裡總要打住，無法進展下去。我碰到一個我無力解決的難題。對於我來說，我很熟悉瘋女人的形象，還有她的話語，她的表情，她演講的每一個細微的姿勢，這些都能在我想像的畫面中展開。可不管我下了多大的功夫，喝了多少提神的茶水，對我來說，我始終不清楚瘋女人怎麼變成這樣的，或者說，瘋女人她從哪裡來的？她為什麼生活在這個城市的廣場？她想要做什麼？她的夢想是什麼？她的結局如何？她會實現她的全部渴望嗎？她真的快樂或者痛苦嗎？一句話，我對瘋女人的內心世界根本無從把握。

這些問題像麻繩一樣糾纏著我，把我捆綁，使我無力掙脫。而這些問題又是非常關鍵，甚至可以說是致命的。就好像演員在表演時，只表演出臺詞本身所提供的東西，卻抓不住這些臺詞背後的潛臺詞。要是照這樣去表演，演員的呈現肯定無比僵硬和做作。這樣的表演可真要命。對於這個瘋女人來說，我也陷入這種可怕的池沼中。地上寫了幾行字的稿紙已扔了一堆，可我還不得要領。我只好停下筆，推開窗戶，看著黑沉的夜空。

想起家鄉的母親和朋友，想起遠方的愛人，我不禁埋怨自己當初的魯莽，那麼快就下決定留在這個鬼地方，孤身一人，說是為了藝術和事業，可奮鬥了這麼久，一切還沒有任何的氣色。看不到一絲獲勝的希望，我又這麼脆弱，身心都很疲憊。我需要一個人……可哪裡才有接納我的懷抱？

　　有人推門進來。我慌忙擦掉眼淚。

　　「你怎麼了？」是隔壁的孫師兄。

　　「沒什麼。」

　　我轉過頭，笑了一下。孫師兄看了看我，他的眼神帶著不相信和關切。也許是紅腫的眼睛讓我無法掩飾吧。我慌忙扭過頭，盯著窗外，那一片黑色多好，躲在裡面什麼也不會被發現。它可以淹沒一切，掩蓋一切……

　　「啊，好冷啊，別感冒了。」孫師兄環抱著裸露的手臂，他穿著藍色的短袖（是學校為每個教師發的）。雖然到了深秋，冷風颼颼，可學校規定每個老師必須要這樣穿。再過一段時間（誰也不知道多久，反正它總會要來），教學評估（上級會派人來檢查）就要開始了。要是檢查不合格，校長就會被革職，學校也會被停辦。因為事關學校的生死，校長和董事會規定了各種嚴格的規章制度，大大小小的條款有一百八十條之多，而規定統一著裝（即使嚴寒的冬天也要穿著這種裸露手臂的短袖。而這只不過是規章中最輕微的部分之一），說是要講文明禮儀。這樣的文明禮儀我們已講了好幾年。可還看不出什麼時候會結束，也許永遠不會結束。

　　孫師兄一瘸一拐地走過來，關上窗戶。孫師兄本來是學校裡最英俊最有魅力的男教師，他有無數的崇拜者和喜歡他的女學生。人們說，每晚都有失意的女生在他樓下的小樹林裡歌唱，就是嗓音最美的夜鶯也會自嘆不如，趕忙飛走，孫師兄就在憂傷的歌聲裡入眠，當然，他懷抱裡總會躺著一個幸福的女人。只不過，這個女人的命也好不到那去，她很快就會被一個新的女生替代。很快，樹林裡的憂傷歌唱家就變成了她。孫師兄的夫人為此不知道流了多少淚，和他生了多少次氣，甚至還有幾次武裝械鬥。

　　但這些都不了了之，孫師兄依舊在愛情的遊戲中樂此不疲。當然，那時的孫師兄確實風流倜儻，像個男子漢一樣敢當敢做，天不怕地不怕，他還常

第一章 興華學校

常帶頭和學校鬧，維護教師和學生的正常利益，把校長搞得灰頭灰臉，經常在眾人面前很下不了臺。比如，就在上一學期，在某次國定假日來臨（在我們這個國家，每年「五一國際勞動節」都會放假一週時間）前，在大家都歡天喜地收拾行禮準備外出遊玩時，校方董事會突然下發通知，要我們全體教師留守學校參加禮儀培訓。年老的老師都默不作聲，而我們這些年輕教師肺都快氣炸了。我們早已籌劃好如何度過這難得的七天放鬆時間，對我們這幾個和伴侶長期兩地分居的人來說，這七天假期更是和伴侶們難得的歡聚時刻。我的火車票已經提前一週拿到手了，雖說這時候把它轉手賣掉，會有三倍的利潤；但想一想，就這樣失去見到伴侶的機會（我們可是半年才聚一次啊！），我如何甘心？

但大家都默不作聲。對於我們來說，從小學會的成存法則就是「沉默是金」，它的對應法則是「槍打出頭鳥」，我們看到和聽到太多的事情，我們明白在某些時候，怎樣做才能對自己最有利。雖然在公開場合，對於學校的無禮命令，大家都沉默不語；但私下裡，大家心裡都憋著一股氣，對學校的不滿情緒在悄悄傳遞。大家都渴望一個人站出來表示反對，說出大家心裡的委屈；但沒有人敢做這個吃螃蟹的第一人。

孫師兄對此事毫不關注，放不放假對他毫無影響，反正他身邊從不會缺少崇拜他的美女。但還是有好事者，在他耳邊攛掇，說校長和董事會對他的行為如何不滿，準備找機會好好收拾他。這消息本來就不知真假，它聽起來更像是子虛烏有之事，但孫師兄還是火冒三丈，決意好好報復學校和校長。

孫師兄果然是豪爽漢子，說到做到。第二天早上升旗儀式上（在黎明前的第一道曙光照射下，校旗冉冉升起。不管天氣多麼嚴寒，全校師生都必須參加。這已是這個學校多年來雷打不動的規定），當著全體師生的面，孫師兄問校長為何五一假期不讓老師去休假。

校長一向對孫師兄就有耳聞，知道這是個不好惹的柿子，而在升旗儀式上他公然向自己挑釁，校長明白孫師兄是有備而來。所以雖然內心十分惱火，但校長還是滿臉堆笑地說這是學校董事會的規定，要對全體教師進行必要的禮儀培訓，以應對國家的教學評估。

「這可是國家法定的休息日子，學校不讓教師休息，是不是想和國家作對？再說了，文明禮儀已經講了一年多，大家對各種禮儀和職責已經爛熟於胸，再做什麼禮儀培訓還有什麼必要？大\家經過半學期緊張的工作，早已腦筋緊張麻木，為何不給予一點時間讓老師們放鬆一下，這樣開學後還會有更好的教學效果。學校為何不考慮教師的權利和利益呢？學校這樣做對嗎？」

臺下的學生們異口同聲地回答「不對！」中間還夾雜著很多老師的聲音。校長好幾次想插嘴，都被孫老師機關槍似的追問堵住。校長沒想到有人會公然讓自己下不了臺，他臉色蒼白地被人扶下臺。而學生們已經衝上講臺，把孫老師抗在肩上，又唱又跳，用力地把他往空中扔了一次又一次！更多的學生在操場歡呼著。這些壓抑許久的學生們啊，終於找到了發洩自己不滿情緒的機會。而孫老師儼然成了他們的大英雄，在學校裡也成了名人，而他收到的愛慕信也比以前多了五倍，其中不乏一些小男生的激烈而隱諱的愛慕信……當然，這是後話。

五一老師培訓的事情自然不了了之。校長雖然對孫師兄恨得要死，但因為孫師兄站在民眾面前，在學校擁有廣泛的群眾基礎，害怕再一次釀成學校師生罷課的學潮，校長只好引而不發自己的不滿情緒。但所有人都看出來，校長一定在尋找恰當的時機要趕走孫師兄。

但孫師兄毫不在乎。他是坐得直，行得正，他不害怕背後的冷箭和陰謀詭計。邪不勝正。孫師兄如是說。

如果孫師兄一直這樣生活，我們的這個故事就不好玩了。故事必須要有突轉，也就是人物命運的突然性（戲劇性）變化，只有這樣，故事才會出人意料，跌宕起伏，才能抓住觀眾和讀者的注意力。

孫師兄命運的轉捩點是因為一場車禍。在路上，孫師兄開著車，後面坐著他的夫人和六歲的孩子。他們正從老家串親戚歸來。一輛運豬的大貨車迎面駛來，雙方都開得好好的，就在擦身而過的瞬間，大貨車突然失控地跌倒，像巨人一樣壓在旁邊的小汽車上。一車的豬隻瞬間衝破牢籠，在路上亂竄，牠們哼叫著奔向自由的遠方。很快，豬隻們就在路上消失不見。多麼快樂和幸福。生命充滿了不可預期性和人力無法解釋的奇蹟。在生死的邊緣掙扎時（充滿了無盡的痛苦和恐懼），牠們突然獲得了雙倍的解放（身體的解放和豬圈的解放）。司機坐在地上拍腿痛哭，忘記了還被貨車壓著的孫師兄一家。

救護車趕到時，孫師兄已經人事不醒。（孫夫人和孩子卻都毫髮無損，這可真是個奇蹟。）關於車禍的原因，人們議論紛紛，什麼樣的說法都有。A 說是貨車突然剎車失靈，B 說是司機喝醉了酒，又有 C 反駁說司機那天根本滴酒未沾，車禍是因為疲勞駕駛的緣故。D 則猜測司機很有可能是被人收買了。（持這種觀點的人一般是家庭主婦，她們是電視劇的超級迷友。她們是從自己的觀劇經驗中得出這一結論的。）但你要問 D 是誰收買了司機，D 則會搖晃著肥胖的身軀，眨著細小的眼睛，拋給你一句：「誰都可能是凶手喔──」在拖長的嗲聲中，D 扭身而去，在消失前，還不忘回眸一笑。

D 雖然故作神祕，但因她的意見並非空穴來風，所以 E 推論出某個被狠狠傷害的女人，因愛生恨而收買司機去報復孫師兄（想一想，孫師兄曾經傷害了多少人啊。有多少女人為他茶飯不思；有多少女人為他夜不成寐；又有多少女人為他割腕上吊喝藥自殺！）；F 則推論出是孫夫人指使司機這樣做的（想一想，孫夫人作為妻子，曾被孫師兄的不忠行為傷害了多少次。所

以，孫夫人就是做出這樣嚴重可怕的報復行為，人們都不會感到奇怪。相反，要是孫夫人沒有這樣做，才是人們不可理解的）；G則推論出校長是背後的主謀（因為有一次校長在會上宣布取消休假，去某地進行集中的教育和學習（沒有任何的獎金）時，孫師兄曾帶頭吹口哨，還領著別的老師（包括我）一起罷課，以抗議校長的過分要求。校長為那事曾氣得三天沒吃飯。他後來在董事會上發誓要狠狠報復。而大家都知道，校長又是一個心胸狹窄報復心極強說到做到的人）；H則推論說某個賭博集團是主犯（孫師兄喜愛賭博，車禍發生前，他欠了這個賭博集團一屁股債，卻一直拖欠不還。試想，要是不對這種賴帳行為進行嚴懲，這個賭博集團還如何建立自己良好的信譽和威懾力？）；I則認為車禍是某個高級機構背後指使的結果，因為孫師兄曾帶領民眾一起抗議該機構不公正的法令，在社會上造成極惡劣的影響……

　　關於這件事的議論一直持續了好幾週，各個派別曾經為此展開了集會，辯論，寫大字報；各個大學偵探專業的學生寫了數篇文章展開反覆的論證；各種私人偵探也認為這是擴大自己名聲的極好機會，紛紛撰寫文章，用各種專業的術語和邏輯進行各種推理；更有各種協會積極介入這個案件，紛紛利用電視、廣播和網路來發表自己的意見，為這個案件展開討論和論辯。婦女協會認為這是對玩弄婦女的那些惡棍們（孫師兄顯然是其中的代表）的一次嚴懲；一些宗教協會則借此宣判人的欲望（最可怕的乃是情慾）的毀滅性後果，透過禍福無常的事實來宣揚信仰的力量和救贖的可能。當然，也有一些和平協會對這種報復性的暴力（這是他們的觀點。事實上，這一觀點一直無法證實）進行譴責，認為暴力無法解決任何問題，他們對孫師兄的可怕遭遇報以無限的同情……最後，因為事情影響實在太大，警察局和公檢機關也開始展開調查，審訊肇事司機，他們為此案曾做了有幾十米高的卷宗……當然，正如所有人預料到的那樣，最終，對本案的調查並沒一個明確的結論……大家照舊議論紛紛，疑惑重重，憂心忡忡……

車禍就像偉大的槓桿，一下子翹開了人們心中堅固的地板，讓那個缺口顯現出來。以往，人們也會模模糊糊感覺到這種缺口，但車禍一下子就把這種缺口無限放大。就像整潔的街面上一堆大大的屎堆一樣，它擺放在市中心的廣場上，人們除了側目和掩鼻飛奔外，再也不能自欺和逃避。就像一層窗戶紙一樣，車禍突然把它捅破。它一下子成了一個顯在的事實……大地倒塌了，因為支撐它的真理已經不在……不確定性已經像病毒一樣，成為威脅人類最大的仇敵……這也是這麼多人參與此事的最大原因。

後來，有 O（她是孫師兄某個被拋棄的女友）站出來，說自己才是背後的主謀。就在眾人紛紛拍手叫好，松下一口氣，認為裂縫終於被縫補起來（員警也要準備來逮捕 O）時，P 卻站出來說 O 撒謊，聲稱 O 是為了出名才承認自己是凶手！因為所有人都很清楚，在媒體焦點關注的案件中，承認自己是操縱一切的女主角，就能獲得鋪天蓋地的媒體支持和關注，從而獲得十位數的廣告價位……O 則反駁 P 才是為了出名和天價的廣告費用才造假的，P 則不顧一切地向天宣誓自己才是真正的凶手，並提供嚴密的無可辯駁的證據……就在 O 和 P 兩個人展開你死我活的辯論咒罵時，Q 卻跳出來說自己是凶手，接著是 R、S、T……人們的思緒重新陷入混亂中，裂縫重新出現，並且比以前更大……

汗液

也許，孫師兄成為唯一能解釋真相的人。人們翹首以盼，國家電視臺也適時抓住機會，在孫師兄出院的當天，他們出動了二十多駕採訪車，現場直播孫師兄的出院情況。人群騷動了很久，記者也紛紛採訪現場的觀眾，每個人都抓住這樣的機會，在鏡頭前搔首弄姿，拋媚眼。這樣遊樂園似的盛會大家已經許久沒有經歷過了。

　　已經等待許久，早已過了規定的出院時間，現場的工作人員已經汗流浹背（可是高溫四十二度啊），孩子們手捧著的鮮花（那是同情孫師兄遭遇的人安排的）也已開始枯萎，坐在電視機前的觀眾（他們也想第一時間知道真相）也是哈欠連天，睡眼惺忪，不知什麼時候才能看到自己心目中的偶像出現……

　　一個矮小的人，戴著帽子，拖著殘疾的短腿走出醫院大門。他站在大家面前。大家對他的出現並不在意，因為他那麼矮小，還用大而寬的帽檐遮擋著小臉。更重要的是觀眾此時已經心神疲憊，大家都無心留意身邊的事情。記者們也坐在一起聊這個月的獎金和即將到來的度假，攝影機則把鏡頭定格在某個心儀的女人臉上，腦海裡浮想她在床上的模樣。

　　因為天氣實在炎熱，女人們就用衣服搧著熱風，驅趕蒼蠅，男人們抽著菸（雖然醫院門口明令禁菸，但還是有一些膽大者悄然破壞），談論著最近的賽馬、彩票和人堆裡的女人，他們肥胖而粗短的手（像個大癩蛤蟆）甩掉額頭的汗水。當然，他們身邊的某個女士馬上傳來驚叫聲，男人的汗液不幸地被甩在某個正在聊天的女人臉上。在幾秒的靜止中，會傳來周圍男人和女人的哄堂大笑。做錯事的某君 a 會取下自己的帽子，向受了委屈的某女 a 微微頷首，女人也提著裙子（還記得她們的晚禮服、厚厚的面紗和蒼白的臉嗎？只不過，她們撲滿白粉的臉被汗水沖刷過，展現出千瘡百孔的真相）微微鞠躬回應（正如她們在大街上做過的那樣）。某君 a 會向那群男人擠下眼睛，揚下嘴角，他們自然明白他的意思，用手指著某君，張大嘴，哈哈大笑起來，雖然聽不到任何的笑聲，但他們的表情和肢體動作都證明著他們明白某君 a 潛在的意思。身旁的女人也拉著某女 a 笑，因為她的好事就要來了。果然，某君 a 會清下嗓子（前奏），某女 a 也會安靜下來（調整呼吸），做成淑女的樣子。某君 a 開始侃侃而談，從車禍到天氣到世界盃到世界末日，

某女 a 則適時地回應著。不久，在某君 a 說得嗓子冒煙口乾舌燥吐沫星子都發射完畢時，他們的手就搭在一起，他們會看似無心卻是共謀地離開人群，悄然躲在房子（還記得洞穴嗎？）裡做著快樂的事情。

第一個吃螃蟹的人是勇敢的。第二個也不甘示弱，特別是榜樣的力量無窮大。當第一對男女離開人群時，別人也開始了爭相模仿。男人們不停地甩出臉上的汗液（他們甚至希望天氣要是能熱到五十度就好了，因為現在的汗液沒他們希望的多）。某君 b 因為沒有那麼多汗液，看到身邊男人的狂歡，他無比著急，卻正好急中生智，他會悄然轉身擤出鼻涕，也把它們甩下空中。周圍又傳來女人的尖叫聲。某君 b 也會恰當地轉身鞠躬。一段浪漫的故事就此展開。

因為天氣實在炎熱，被甩的汗水也滿天飛。所以，當十個月後，這個城市裡新增加了幾乎一倍的人口時，人們並不吃驚。這都要感謝這場車禍和炎熱的天氣。十年後，這個城市的求偶聚會，就由對山歌（多麼老套和陳舊，想起來就讓人臉紅汗顏）比賽，改為甩汗水大賽。這已成為這個國家最著名的標誌。當然了，為了獲得比賽的勝利，學校又開設了一系列的甩汗液專業的課程，而關於甩汗液（包括甩鼻涕）的竅門和方法，也成為這個國家常年不衰的暢銷書。當然，這是後話。

自然，並不是每個女人都有這樣的豔遇。有時候，因為男人甩汗液的技術還沒掌握好（這可是一項高難度動作，不是誰都能掌握好的），或者因為女人過於誇張（她們當然不願放過這次絕佳的表現機會），女人的嘴巴張得大大的（還記得蒲扇嗎？），在她們放縱地狂笑時，男人的汗液不是甩在她們臉上，而是直接進入她們的口腔。大笑中的女人感覺到嘴巴裡的苦鹹，她們會有一絲的不快，但並沒有意識到真相，她們會覺得這種苦鹹正是大笑後的衍生物，所謂樂極生悲，過猶不及。她們忿忿不平，因為她們沒有被汗液

甩上（實際上，她們已經被汗液甩上過多次，只不過汗液沒落在她們臉上身上而是落在蒲扇一樣的深洞裡）。而身邊的女人又是愈來愈少（她們都是被甩上而離開的）。那些可憐的落選者會動用她們所有的聰明才智，轉動腦筋，她們感覺自己落選是因為放不開，表演拘謹做作而虛假，所以無法吸引男人的眼球。

　　她們為此而懊惱，並運用所有的能量讓自己表現得更出色。（哈哈，她們還是懊悔在學校沒有進行解放天性的學習。）她們在人群裡活蹦亂跳，放縱舞蹈，（活像在開水鍋裡跳躍的青蛙），而為了證明自己的出色，她們把嘴巴張得更大（蒲扇轉眼變成一口大鍋）。而那些甩出很多汗液的男士（只有付出不見回報）也更加著急，他們甩出的汗液和鼻涕也更多。但不幸的是，這些液體都沒有擊中目標，因為它們都被一口巨型的大鍋所吸收。這些不幸者，一直跳舞到了夜晚，也沒有絲毫的收穫。到了老年，那些落選的女人們（多麼不幸），回憶起在醫院門口的情景時，她們只記得那些苦澀的味道。（她們把這種苦澀看成是心情的一種感應，卻不知她們當年確實品嘗過苦澀的味道。這種苦澀既包括汗液也包括鼻涕）這是她們一生的創傷。這也是後話。

孫師兄

　　孫師兄用帽沿遮著雙眼，這個受過絕望打擊的男人，忍不住淚流滿面。他從沒想到有一天自己會與病床為伍（他的身體一直很棒），更沒想到自己的人生會有如此的巨變。那些美酒，那些美女，那些人生的歡娛，它們都到哪裡去了？在病床上，孫師兄曾經有過不止一次的自殺念頭，要不是因為往日快活時光的引誘（孫師兄模糊地感覺自己還能讓往日快活時光重現），這個可憐而不幸的人，早就自殺很多次了。

第一章　興華學校

很多往日痴心的情人和熱情的讀者紛紛寄來信件，因為住在高級監護病房裡，醫生禁止她們來拜會（這會影響他的康復），要不然她們早就成窩地跑來了。這些激情難耐的女人發來一封封的信件，來表達她們的心跡，來表達她們並非忘恩負義的小人，她們信誓旦旦地保證她們並非水性楊花的信徒，她們會讓事實來說話……孫師兄禁不住淚流滿面。讀者們熱情的鼓勵和情人們火熱的活語，對於絕望中的孫師兄非常非常重要，他抱著那些信件哭了一次又一次。他再也不是那個往日瀟灑自如的孫師兄了。命運對他的打擊已經夠大，他的翅膀折斷了，再也不能飛翔。

我必須對孫師兄的情況補充幾句。經過了車禍，事實已經發生了巨變。這個命運的寵兒突然一下子變成了被痛恨的棄兒……雖然經過全力搶救，孫師兄的命保住了，但他的雙腿都不同程度地做了截肢，這樣，原來他一米八五的標準模特身高到出院時，就變成了高矮不等的一米四和一米五的高度（因為兩腿截肢長度的不同）。更可怕的是孫師兄那張英俊的臉蛋（曾讓無數的女人神魂顛倒，愛得死去活來），卻被玻璃刺成馬蜂窩，如今更經過絕望的打擊而變得慘不忍睹。因為被運送豬隻的大貨車擠壓，一個鋼刺插入孫師兄的左眼中，他大而明亮的左眼珠子（曾經向情竇初開的少女們噴射過火一樣的激情）就被一個蒼白而黯淡的玻璃珠子（宛如垂死的鯊魚眼睛）所取代。所有人見到孫師兄時，都無法想像眼前這個矮挫子武大郎，就是一月前的打虎英雄武二郎。孫師兄一下子老了三十歲。可這就是命運，這就是事實。（還記得命運的無常和殘暴無情嗎？）

車禍發生後，孫夫人一直在醫院照顧孫師兄。這個被諸多不幸壓彎了腰的女人在厄運面前，倒顯示出無比的剛強。她變得沉默寡言起來，常常無言地為孫師兄擦洗身體（怕長褥瘡），餵水餵飯，端屎端尿。她再也無法入睡，常常在深夜還坐在病房外的走廊裡，用牙咬著小手指頭，像哲人一樣陷

入沉思和冥想中。周圍的世界變得不存在了，孫夫人覺得自己在空中飄起來，像羽毛一樣被黑夜的風吹著，她睜著眼睛，卻像陷入昏睡中，也不知自己會飄向何方。雖然對別人的問話和刺激，孫夫人總會做出反應，她努力地聽著別人的問話，睜大眼睛，還不時地點點頭，但因為她的反應總是遲了半拍，所以孫夫人就顯得古怪而心不在焉，宛如夢遊的僵屍一般。

是的，孫夫人成了僵屍。她像個活死人一樣，對周圍的一切都不關注，只糾纏在可怕的車禍記憶中，甚至忘記了自己做母親最基本的職責。他們六歲的兒子幸虧有孫師兄的母親照顧，不然這個可愛而不幸的小紳士，肯定要流浪街頭，被一些不良人等所捕獲，成為終生無法逃脫的玩物，（在我家鄉，發生了很多瘋子和戀童癖者擄獲棄兒的案件。）想一想，該有多可怕！

只有孫師兄的呻吟聲，才能讓孫夫人重新活起來。那呻吟宛如機器的啟動器，一聽到孫師兄的呻吟，孫夫人馬上就站起來，快步進入病房為孫師兄服務起來。她像一頭被壓榨了奶汁的母牛一般，拖著沉重的步伐，忘記了鳴叫，在病房裡像蒼蠅一樣忙碌著。

等該忙的事情忙完後，孫夫人又開始坐在那裡遐想。睜大空洞的雙眼，嘴角露出似笑非笑的笑容。有好心人把孫夫人扶在床上，想讓她休息一下，她會很乖地順從別人的意願，被牽領到病床上，別人會為她蓋上被子，甚至會好心地為她闔上雙眼（因為從孫師兄入院以來，她的雙眼還沒有闔上一次呢）。她會順從地閉上眼睛，可一會她馬上又警覺地睜開雙眼，身子半仰，雙手在空中亂抓，嘴裡哇哇叫著，正是陷入夢魘中的症狀。等別人叫醒她，孫夫人重新變得呆板，大家也無可奈何，只好聽之任之。孫夫人就這樣睜眼躺了一夜，直到第二天早上孫師兄的呻吟聲傳來，孫夫人又像機器般開始動起來。

她像牆上的蜘蛛一樣沉默著。想起以前她快活的聲調、像百靈鳥一樣好聽的歌唱般的聲音（以前，當孫師兄和別的女人在床上纏綿時，孫夫人就站

在窗外唱著悲傷的歌曲，就是星星聽見也會落淚，花兒聽了也會凋謝。可這一切都成了記憶，成了被風吹散的消逝音符），人們再也無法把她們聯繫在一起。就如孫師兄一樣，車禍讓孫夫人判若兩人。雖然沒有對她身體造成傷害，但她的心已經開始收縮麻木枯萎。醫生和護士無數次為她的麻木不仁而哀嘆。

有一天，當孫夫人忙完所有的事情，又開始陷入她的白日夢般的沉思時，孫師兄讓她那把鏡子過來。孫夫人緩慢地抬起頭，似乎不明白地看著孫師兄。

「我說，把鏡子拿過來。」孫師兄重複著他的話：「鏡子，鏡子，你不明白什麼是鏡子嗎？」孫師兄的聲音很輕，已沒有往日的暴怒和不耐煩，充滿著謙恭的請求。他以前是獅子，現在成了老鼠。

孫夫人緩緩地站起來，拖著沉重的步伐，左右搖擺著走了出去。樓道裡傳來她單調的腳步聲。病房裡很安靜，這是為孫師兄特意留下的高級病房，只有孫師兄一個人，旁邊還有一個小床，是為孫夫人留下的。孫師兄轉動著右眼（左眼已經瞎掉），打量著這個充滿著消毒水的房間。

單調的腳步聲慢慢傳來，孫夫人背著一面大鏡子走了過來。這個善解人意的人趁護士們不備，把她們值班室裡大的穿衣鏡背了過來。她像弱不禁風的母猴子，為了討取主人的歡心，竟然忘記了這種行為就是偷竊。

孫師兄顫抖著雙手，眼淚早就湧出。更大的哭聲傳來，那是背著鏡子的孫夫人。孫師兄拍著鏡子，傳遞著無用的安慰，但孫夫人的哭聲更大，她整個身體都被大鏡子壓著，顫抖著，像個撲動著的小鳥。孫師兄擦掉眼淚，孫夫人的哭聲也逐漸變小。

一個頭髮花白的醜陋男人看著孫師兄，滿臉創傷，滿臉憂鬱，滿臉滄桑，眼中飽含熱淚，一隻耳朵還被白色的繃帶包紮著，像畫家筆下的鏡中梵

谷。想了好一會，孫師兄才明白那就是自己。他終於大叫一聲昏了過去。

孫師兄再次醒來時，周圍人都警覺地望著他，害怕他做出任何非理性的衝動行為。但孫師兄並沒有眾人期待中的那樣聲嘶力竭，覓死覓活。護士們甚至把她們的剪指甲刀和挖耳勺都藏了起來。但後來證明這一切都是多勞之舉。孫師兄平靜地接受了一切，現在他每天都照鏡子，甚至還會覺得欣慰。他的相貌雖然被嚴重毀壞，但至少要比他想像中的要好點。

孫師兄用一種老人的睿智，平靜地接受了一切，並學會了在逆境中的怡然自得。在夕陽的餘暉中，他會坐在輪椅上，被孫夫人推到花園中，他像老鼠一樣嗑著瓜子，和輪椅上的痴呆老人打著招呼。同是病人的身分，讓他們走得很近。

消失了，有些人永遠消失了。孫師兄還活著，但以前的孫師兄卻已然消失，他的英俊，才華，勇敢，正直，力量，甚至還有那種情色的激情都毫不保留地消失了，宛如被裂開的大地吞噬的房屋一般，孫師兄只留下一個空殼，一片廢墟……

流浪

在醫院門口，孫師兄被守候的眾人毆打。剛開始眾人自然沒認出他，當他再四向眾人說明自己就是以前的孫師兄，他旁邊的孫夫人點頭默認。但因為孫夫人的容貌也發生翻天覆地的變化，眾人更是沒法接受她的證明。最後，醫院的主治醫生為孫師兄開出證明（就像我們經常會被告知，要開我們的出生證明、結婚證明、工作證明和死亡證明等，有時候甚至是瘋子證明。在很多地方，一些殺人的囚犯為了逃脫懲罰，他們的家人會找各種關係為他們開出瘋子證明，以逃避國家司法機關的懲處。這是大家都知道的祕密），眾人才明白眼前的武大朗確實就是他們日夜等待的武松！

第一章　興華學校

　　大家沒辦法接受理想形象的倒塌，而更多的人把英雄的消失歸結成眼前小丑的戲弄。有那麼多的粉絲當場抱頭痛哭昏倒在地，而更多的人則衝到孫師兄面前，對他拳打腳踢，棍棒交加。孫夫人竭力擋著，但還是被眾人扯開。場外還有多種的女人對孫師兄咒罵起來，恨自己以前怎麼瞎了眼，看上了這個比癩蛤蟆臭蟑螂爛雞屎還醜還臭還爛的孫師兄。孫夫人也在一旁哭天搶地地哭起來。現場一片糟亂。

　　對於這個突發的戲劇性場面，電視臺當然不會放過，那些敬業的記者和攝影師馬上做起現場直播，讓那些在電視機前焦急等待的觀眾（因失去耐心已經換臺），看到第一手畫面。那些臃腫的家庭主婦戴上眼鏡，盯著電視裡的暴力畫面，她們尖叫不已，心雖然咚咚直跳，卻也無比興奮過癮，對於那些幫他們出氣的現場參與者，她們既心存感激，又覺得遺憾重重，因為沒有親身參與，她們少了多少的歡樂。（哈哈，多麼奇妙的狂歡節演出，二十年一遇！）自然，這一期的電視直播成了近幾年的收視冠軍，電視臺狠狠賺了一大筆廣告費。

　　（年終的時候，電視臺的主管為感謝員工的辛勤勞作，免費為他們提供去國外旅遊度假，員工們因此遭遇了種種妙不可言的豔遇，在充滿異域風情和異國情調的大街上，員工們遭遇了種種曖昧和挑逗眼神；自然，這些並非聖賢的員工們把持不住，深陷情色的羅網中，甘願成了蜘蛛美女和蟑螂帥哥們的獵物……到第二年抽血體檢時，電視臺才驚奇地發現員工們多了數名性病和 AIDS 患者。雖然電視臺極力封鎖消息，但還是被城市的小報記者所揭露。一群受蠱惑的民眾衝進電視臺，破壞了一大批寶貴的電視臺設施。更有幾個喜歡滋生事端的瘋子（誰知道他們是怎麼混進來的），裝模作樣地在鏡頭面前騷首弄姿，播報新聞，主持節目，甚至還有幾個暴露狂在鏡頭面前展露他們的性器，甚至公然在鏡頭面前手淫交合……當那些淫聲穢語透過訊號

而傳到每一家的電視時，眾人都驚愕而無法自持，大家都驚呆了，不知道自己深陷何處而惶惶不可終日。大學的哲學教授適時地站出來，安撫民眾的不安情緒，公開發表演講聲稱 —— 不是他們（那些狂歡表演者）瘋了，就是我們瘋了，總之，這是個瘋子的世界……）

哈哈，這樣的事情還有好多好多，要說三天三夜也說不完。大家紛紛找問題的根源，但他們從沒想到孫師兄的那場車禍，也就更談不上要把罪因歸結到孫師兄那場無常車禍了。大家早已忘記那場車禍，更沒有人記得有過孫師兄這個人。

當咆哮的眾人散去時，醫院門口一片狼藉。孫夫人爬向孫師兄，她艱難地扒開一堆白菜葉子番茄臭雞蛋剩米飯等組成的髒垃圾，孫師兄卻早已被揍得面目全非，躺在垃圾堆裡一動不動。孫夫人以為丈夫已經遭遇不測，當即閉上眼睛痛哭起來。一雙粗糙的短手掩住了孫夫人的嘴，在驚恐中，孫夫人抽泣著睜開眼睛。

「夫人別哭別哭。」孫師兄抬起臉，慌張地四下張望。看周圍沒有人，這才放下心來。遠處天空出現美麗的火燒雲，有的像狼，有的像雞，有的像蟲，有的像螞蟻。

「你都被打成這樣，讓我如何不哭啊。」孫夫人委屈地抽泣著，張大嘴巴，醞釀著更大的風暴。孫師兄慌忙又把孫夫人的大嘴掩住。

「我是故意讓他們打的。」孫師兄只好說出實話。

孫夫人一驚：「你說什麼？你不會瘋了傻了吧？」

孫師兄長嘆一口氣，坐了起來：「夫人，我沒瘋也沒傻，事實上，我變得更聰明了。」天上的紅雲已經變成了寺院，變成了坐禪的和尚，變成了飄舞的仙女。孫師兄的眼睛也變得飄忽起來。

瘋子從來不說自己瘋，傻子也不會承認自己傻。孫夫人一時不知如何判

41

斷丈夫的話，也不知該如何回答，她盯著眼前跳梁小丑一樣的丈夫，這個一起生活了十五年春秋的丈夫，愈來愈覺得對他毫不了解，就像不了解他為何盯著天空一樣。他們是那麼陌生。天空又變成花朵和草原，雄鷹和高山，青魚和藍湖。

孫師兄終於轉頭看著妻子：「經過人生這一變故，很多事情我算是看明白了。唉，夫人，妳想想，我以前做事莽撞，說話也毫不遮掩，得罪的人不知道有多少，成百上千的人都想要我死呢。」

「可你還有那麼多崇拜者和追隨者呢。」孫夫人想起丈夫以前的風光，雖然她因為這種風光而吃了不少苦頭，但作為孫英雄的夫人，孫夫人還是無比自豪。想到這些，孫夫人潸然淚下。天上的雲彩變得模糊而混沌，起風了，幾聲孤零零的小鳥飛過他們頭頂，有一隻鳥因為肚疼忍不住拉稀，正好落在孫師兄臉上。

孫夫人抓起身邊的爛番茄朝鳥扔去：「媽的，就連你們這爛鳥也來欺負我們！」鳥叫著飛遠，從牠們的叫聲中，能聽到惡作劇般的快樂。

孫師兄卻淡然地擦掉臉上的鳥屎：「夫人，這就是我們目前的狀況，牆倒眾人推，所以連鳥都可以在我臉上隨意拉屎。我們必須接受這一現實！」

「可你以前多風光……」孫夫人大哭起來，可她不敢張大嘴巴，怕再有別的鳥在她頭頂隨意大小便落入嘴巴中。

「夫人，我何嘗不明白妳的感受？妳想想我以前，吃香的喝辣的，穿金的戴銀的，呼風喚雨，要什麼有什麼，想要多少女人就有多少女人……再看看現在，我，我心裡能好受嗎？」孫師兄用手拍著大地，天上傳來雷鳴的聲音，閃電也隨之劃破夜空。天空黑得真快。

「可妳要明白：此一時也，彼一時也！明白嗎？以前我是命運的寵兒，身上集萬千寵愛於一身，可妳想，那時候我那麼受大家的歡迎，我就是得罪

再多的人，誰敢冒天下之不韙，公開和我爭鬥？知道為什麼沒有一個人敢跳出來和我作對嗎？因為和我作對就是和大家作對，就是和大眾作對！誰也不是傻瓜，都知道大眾是惹不起的！所以校長也好，局長也好，股長也好，賭場老闆也好，不管我怎麼羞辱他們，他們也還得滿臉堆笑地等著我朝他們臉上吐吐沫，最後還要稱讚真香！大家都知道，周圍有太多的人在等著看笑話呢。所以，在我面前，那些權貴們甘願扮演著小丑的角色，用自己的出醜換來大家的歡娛和支持！」

「我那時候勸過你多少次了，你就是不聽。」孫夫人又開始嘮叨起來。

「人啊，不自己摔一跤怎麼知道疼呢！」

「那你讓他們痛打，你就不疼了？真是傻子！」

「我的傻夫人啊，妳沒聽說過嗎？到什麼山唱什麼歌，我得罪那麼多人，現在又沒任何人追捧我，我要是不讓他們痛痛快快、舒舒服服地揍一頓，出出惡氣，妳想，我還活得成嗎？那群人還能輕易放過我嗎？以後啊，只要他們開心，他們就來戲弄我揍我吧，反正我已成了弄臣和小丑，也不在乎再被他們戲弄和毆打。做了一次是妓女，做了一萬次還是妓女！」

「沒想到你已墮落成這個樣子！」

「夫人，妳要知道這個世界的生存法則可是弱肉強食，妳有力量有錢有權有資本，眾人就會圍著自己轉，但如果妳什麼都沒有，只能任人宰割！」

「我們現在只能任人宰割嗎？就不能反抗？」

「反抗也要看有沒有資本。我現在連零都不是，是無窮負，妳懂嗎？因為以前我揮霍成性，所以現在負債累累，所有人都可以來揍我欺負我，只要他們願意，明白嗎？人為刀俎，我為魚肉，很不幸地，我們成了魚肉，只能任人宰割！夫人，識時務者為俊傑，我這是丟卒保車，壯士斷腕。」

「這就是你在醫院時的收穫？」孫夫人詫異地問道。

第一章　興華學校

「是啊，我這一段時間明白的東西可真多。這是老祖宗傳承下來的生存之道，明哲保身，以柔克剛！」

大顆大顆的雨滴開始落下來，醫院門口的廣場上並沒有可以遮雨的地方，孫夫人對賣弄自己的丈夫一時煩躁起來：「快走吧，別高談哲學了，雨這麼大！」

「唉，走得快難道我們就不淋雨了嗎？」孫師兄悠閒地在雨中走著，沒有絲毫慌亂。孫夫人張大嘴巴，說不出話來，經過這一場車禍，孫師兄確實不再是以前的自己，他說的話太睿智太富有哲理，這讓孫夫人很有落伍的感覺。孫夫人一時愣住。

「別愣著淋雨了，我們都成了落湯雞了。站著不走難道就能讓天上的大雨停下來嗎？」孫師兄回過身望著孫夫人。

孫夫人慌忙趕上孫師兄，孫師兄的話愈來愈富有哲理。孫夫人幾乎不敢看丈夫，丈夫的小手適時地伸到她手中。經過雨水的浸泡，孫師兄的小手（粗糙得像芒刺）已像泥鰍一樣光滑，還泛著腥味，孫師兄調皮地用小手輕輕地撓著孫夫人的手心。孫夫人的心癢癢的，在黑暗中，孫夫人突然想起丈夫的陽具，過去它曾經像寶塔一樣巍然屹立，是無數女郎白日夢中心儀的嚮往，不知現在的它是否也像那雙手一樣發生了可怕的變化。孫夫人突然很想摸摸丈夫的陽具。在醫院裡，因為太為忙碌和精神錯亂，孫夫人根本沒想到這一點。大雨喚醒了孫夫人的意識，喚醒了她作為女人正常的需要。孫夫人很想在大雨中，孫師兄把她按倒在地，趴在她身上徹底征服她，正如很多年前那樣，也是在像這樣的大雨中，孫師兄拿走了孫夫人的第一次，孫夫人在疼痛中感到巨大的歡愉，雖然鮮血染紅了戰袍，但此之後，孫夫人就堅定地和孫師兄浪跡天涯……

孫夫人重新陷入少女的羞澀中，再一次把眼前的男人神話。雖然丈夫要

比她矮一頭，但孫夫人覺得丈夫又像以前那樣高大和風流倜儻，不禁心生甜蜜；可大雨又澆得孫夫人渾身發疼，看著身邊青蛙一樣在水中蹦蹦跳跳的丈夫，孫夫人又清醒過來。孫夫人在清醒和模糊之間不停轉換，最後終於恍惚起來，有種似夢非夢的感覺，眼前丈夫的身影也逐漸模糊起來。

遠處傳來陣陣雷聲，接著就是一道閃電劃破夜空。閃電如劍，刺破黑暗的夜空，也刺破孫夫人沉睡的意識。望著身旁一瘸一拐像猴子一般蹦跳行走的丈夫，孫夫人對眼前的情景突然變得非常熟悉，彷彿在哪裡見過，彷彿在哪裡經歷過，似乎在夢裡，又似乎不在夢裡。孫夫人以前讀過一個故事，知道一個典故，說的是一個智者在夢中看見蝴蝶翩翩起舞，醒來後神情大悅；但朋友提示自己：「也許不是妳夢見蝴蝶，而是蝴蝶夢見妳了，妳怎麼知道妳的夢是真實的？妳怎麼知道妳的存在和感知是真實的？也許妳的存在不過是蝴蝶的一個夢，難道就沒有這種可能嗎？」朋友步步追問孫夫人：「這個世界的本質是什麼？它的意義和價值又在哪裡？誰能解釋這個世界上發生的這一切？什麼是珍貴的，什麼是卑賤的？什麼是善的，什麼又是惡的？什麼是美的，什麼又是醜的？什麼又是什麼？」

孫夫人現在就是那種似曾相識的感覺。或許，所有這一切都不過是場白日幻夢；或許，它只是瘋子講的雜亂故事；或者，這一切只是某個先鋒作家的寫作實驗。要不然，如何解釋發生在她和孫師兄身上種種怪事……但誰又能說明白這一切呢？在這煙雨濛濛的夜裡，孫夫人突然湧起陣陣寒意。幸虧這種感覺很快消散，因為她的手被孫師兄搖晃著。不知什麼時候，他們已經走到路燈旁。借助路燈的光亮，雨中孫師兄已經模糊的小丑臉，也一下子變得清晰起來，周圍黑暗而無聲的雨夜也變得真實起來。

「妳怎麼不理我了？妳不會也像她們拋棄我吧？」孫師兄揚著小臉看著孫夫人，也不躲避雨水，任憑雨水像小石子一樣砸在他臉上，他的臉又會更

凸凹不平了，（還記得他臉上被玻璃刺破留下的疤痕吧？）孫夫人心生暖意，孫師兄如此依戀他，平生第一次，孫夫人真正擁有了這個曾經的天下尤物。

「只要你聽話，我就會在你身邊。」孫夫人摸著孫師兄蒼老的臉，就像哄一個因為皮球消失不見而哭泣的男孩。這個老男孩，這個完全屬於她的老男孩！

「哪怕和我一起流浪？」

「對，和你流浪，和你流浪天涯海角！」

「哪怕我們像瘋子一樣被人驅趕鞭打？」

「對，哪怕我們是瘋子，我們也要做鴛鴦瘋子；我們的心緊密相連，就像弓和箭，針和線，刀和鞘，風箏和線團，馬匹和鞍子。就像水果的皮囊包裹著果肉一樣，我要用我滾燙的身體緊緊包裹著你，讓你再也無法離開我……我的愛會像蜘蛛羅密的網那樣，緊緊纏繞著你的身體和心靈，讓它們再也無法離開，永遠無法逃離！除了死亡，沒有人能把我們分開！」

「也只有死亡才能把我們分開！」

孫師兄緊緊盯著孫夫人，這顆夜明珠在黑暗中發出耀眼的光芒，照亮了孫師兄前方的道路。孫師兄覺得輕鬆，又有一些羞愧：「我以前對妳太……」

孫夫人慌忙捂上丈夫的嘴。「別說了，誰沒有犯過錯誤啊？就讓我們重新開始！」

「對，重新開始！」

「我們要去哪裡流浪啊？」孫夫人擔心地問丈夫。

「傻瓜，我們不會流浪的，我已經想好了我們的歸宿。妳絕對想不到。」

「你告訴我們去哪裡啊？」孫夫人追問著。

「待會再告訴妳。」

「現在為什麼不告訴我？」

「因為現在我要吻妳，我要吻得妳喘不過來氣！」

孫師兄踮起腳尖，費力地靠近妻子，他的妻子。他們在大雨中擁抱接吻，在大雨中舉行婚禮（第二次的婚禮）。雷鳴是他們的禮炮，閃電是他們的煙火。隨著雨的節奏，他們跳起愛的華爾滋，他們的身軀隨著雨波蕩漾，宛如童話中的青蛙和公主，遠處是若隱若現的古代城堡……

表演

孫師兄和孫夫人並沒有去流浪。事實上，孫師兄重新回到學校。我說過，經過這次變故，孫師兄變得非常聰明，對世事非常具有洞察力。他知道校長會收留他。校長本來可以拒絕收留孫師兄，就像打落水狗一樣把孫師兄踹到街上，讓他在垃圾場上和瘋子們爭搶食物。對於一個報復心極強的人來說，這樣做無疑是最爽快的，也是符合校長個性的；並且還有著極好的藉口，上級已經下發檔，學校教員太多，正需要裁員。但那是小人行徑，並非君子行為。而校長絕對不會去做小人的，至少在名義上不會。

所以校長收留了孫師兄和孫夫人，就像牧師收留迷途而返的羔羊，就像父親收留翻然悔悟的浪蕩子。我還記得孫師兄和孫夫人站在學校大門口，隔著學校的鐵柵欄，他們焦急地踱著步，顯出非常焦慮的樣子，雙手還不時地緊握在一起；孫夫人滿臉憂愁，用一隻手緊握著手臂，她還時不時地嘆口氣，和惶恐的丈夫目光碰撞一下，又慌忙閃開，為了不可知的命運。（悽苦少婦的絕妙招牌動作，雖然學自張曼玉的電影，但絕對會讓張曼玉自嘆不如。所謂的「青出於藍而勝於藍」，這都是孫師兄的想法，孫夫人雖然一千個不同意，但還是拗不過丈夫。因為孫夫人的表演太生硬和虛假，孫師兄手把手地訓練了妻子一個月時間，他們這才出山。這些艱苦的訓練，才最終讓他們的表演精湛和感人，煥發出美輪美奐的迷人光環，實在是嘆為觀止，擊掌叫

絕！也是在這樣的訓練和設計中，孫師兄才意識到自己身上具有的導演藝術天才，它隱藏在黑暗深處，遇到恰當情境的刺激，就如火山一樣噴湧而出，勢不可擋。沒有成為導演大師，真是浪費了孫師兄的絕妙天才！）

　　透過學校大門口的監視器，這一切都被校長盡收眼底。觀演雙方經過恰當的對持，當雙方都彼此滿足後，高潮也就自然地到來。在一幫學生老師的陪同下，校長面帶悲戚之色，快步走到大門口。陽光刺晒著孫師兄渾濁的雙眼，所以他看不清眼前昔日的戰友和學生，但他知道，校長就在人群當中，需要他拿出最精彩最煽情表演的時刻到了。一隻雄鷹高高立在房頂，目睹大門口發生的一切。孫師兄嘴唇哆嗦著，用魚珠子的左眼（安裝的義眼）逐個地掃視著人群，眼淚逐漸從他還算健全的右眼湧現，再慢慢地從他凸凹不平的臉上滑落，眼淚清澈透明，還照射出太陽七彩的光輝。大家都屏住呼吸等待著，孫師兄終於膝蓋一軟，就要跪倒時，校長適時地站出來，扶住了孫師兄。

　　「校長，我，我太丟臉了，我對不起您和學校啊……」孫師兄號啕大哭起來，像個偷了學校皮球的孩子，因為害怕而誣陷別人，當無辜者被懲罰的大火焚燒時，他終於受到良心的譴責，忍不住聲嘶力竭地喊叫著，說出他是凶犯的實情。

　　「別說了，回來就好……歡迎你回家，歡迎你們！」校長也是一臉熱淚。兩個男人抱頭痛哭起來，孫夫人也在女教師的肩膀哭起來，大家也都陪著眼淚。一時場面蕭穆起來。房頂上的鷹轉頭看著天空，天空已經陰暗起來，大地也似乎陷入昏睡中。鷹鳴叫了幾聲。眾人突然莫名地尷尬，一下子陌生起來，孫師兄和校長還抱在一起，雖然他們的眼淚已經哭乾，但還抱在一起，也許已經抱了幾個小時，也許只是幾分鐘或者幾秒鐘，時間過得過於漫長，早已超出大家承受的極限。

　　大家都是天生的好演員，非常準確地扮演起自己的角色，但任何表演都有結束的時候，都不能像宇宙和黑洞那樣漫長。按照劇本的臺詞，這一場戲已經演完，導演本來早該喊「卡」，但不知什麼原因，導演就是不喊，大家也就無可奈何，只好無限期地延長著最後一個動作。因為攝影機轉動的聲音還在傳來，眾人在靜止的動作中，大眼瞪小眼，卻更加迷糊，不知道導演是睡著了，還是出了什麼故障。有人甚至猜測導演是不是想來個即興表演，並以此考察大家的表演功力和水準。所以，在這種尷尬和難堪的沉默中，誰也不敢動一下，不敢做出任何脫離劇情規定的動作。

　　鷹看著這群沉默而呆滯的眾人，終於不耐煩地飛走了：「這個戲太無聊沉悶，我絕對不會推薦朋友們來看。」牠這樣評價。（鷹，我的雄鷹！在廣場上，一個瘋女人發表這樣的演說。沒有聽眾，只有蒼蠅和蚊子，蟑螂和老鼠。）

　　但眾人還在沉默中擁抱和哭泣，即使眼淚已經流乾，但大家還是做著哭泣的動作的表情。這使得他們的表演做作而虛假不真實。也許導演需要的就是這種戲劇效果，故意用誇張的表演來提示觀眾這只是戲，並不需要觀眾的「移情」和「共鳴」，觀賞此類戲劇需要另外一種態度，即冷靜客觀、批判性的思考態度。這是一種新型的導演風格 ——「間離效果」，雖然在國外這種風格已經氾濫，但在國內還是比較新穎別致的。對了，導演也許採用的就是這種手法。

　　沒有人知道過了多長時間，彷彿大家都陷入昏睡中，在昏睡中擁抱，在昏睡中哭泣，在昏睡中尷尬，在昏睡中忘記，人生不過是昏睡中的片斷記憶，有著剎那芳華，卻有著永久的昏睡……

　　後院中有笑聲，說：「我來遲了，沒得迎接遠客！」（電視機前的觀眾思考：「這些人個個皆斂聲屏氣如此，這來者是誰，這樣放誕無禮？」）在最尷尬和最不知所措的最後關頭，（當然，這些僅僅是他們內心的想法，普通

觀眾是看不出來的。這些人很忠於自己的職業，我說過他們是很好的演員。)
在他們都以為再也扛不過去時，救兵終於到來。眾人這才鬆口氣，大家又回
復到舊有的情緒中，做著悲傷的動作和表情，當然，也有幾個功力差的演員
（即使在世界最知名的劇團，也是有幾個這樣濫竽充數的演員！）忍不住笑
了，偷偷地笑了一下。他們旁邊的演員馬上就用嚴厲的目光瞪了他們一下，
為了他們脫離情境規定的情緒，他們馬上意識到自己的失誤，在低下頭的一
瞬間，他們重新恢復了悲苦的表情。（導演在監視器裡，滿意地看著這一
切。搖頭晃腦。）

　　一個瘦高的男人鑽過人群。因為他要比周圍人高一頭，所以孫師兄可以
清楚地看到他鶴立雞群的模樣，更妙的是他臉上撲滿白粉，嘴唇也抹得紅豔
豔的，尖尖的頭上戴著法國十八世紀的宮廷假髮。他喘著氣從人群中鑽出
來，拿著手帕搧著臉上的熱汗，孫師兄這才看清他身上還穿著法式的宮廷晚
禮服，但禮服有些肥大，而他身子又過於瘦長，所以他看起來更像是隨風倒
的稻草人玩具。稻草人看見孫師兄，立刻做出驚訝狀，臉上堆滿笑容（不知
道有多少白粉掉落下來），那雙細小的眼睛更是眯成一條縫。

　　孫師兄十分駭然，拚命地想以前的同事，怎麼也想不起來還有這一位。
看來自己真的是落伍了，長久的住院已經讓孫師兄落後一大截，不了解學校
發生的最新事項了。孫師兄在感慨中，仍然仰頭看著稻草人，卻不想眼前飄
過陣陣白色的粉末，孫師兄剛想閉上眼睛，不想為時晚矣，粉末已經落入他
的眼睛。孫師兄當然不想成為瞎子，趕忙用手揉搓起右眼來（左眼因為是義
眼，所以並不在乎這些白色粉末的侵擾）。就在孫師兄喪失警惕時，卻有不
知名的物體猛然抱起他的腦袋，在極度的驚恐中，孫師兄拚命掙扎，像被蠍
子螫住一樣，他還是感覺受到致命一擊，有冰涼柔軟的物體碰了下他的兩個
臉頰，就像蛇蠍子一樣輕輕劃過。

　　孫師兄一時待住。周圍已經傳來哄笑聲。孫師兄慌忙睜開眼睛，眼前的稻草人正鬆開孫師兄的腦袋，他誇張地問候：「Bonjour，孫老師！」（法語：你好，孫老師！）周圍人發出更大的哄笑聲。孫師兄一時摸不著頭腦，既聽不懂稻草人的話，也不明白周圍人什麼意思。孫師兄悄悄看了看旁邊的孫夫人，她也正陪著周圍的女人笑著，還朝著他使眼色，暗示他趕緊表演起來。孫師兄看不出所以然，也只好賠出一臉的笑容。

　　校長這才拉住孫師兄的手：「哦，我忘了為你們介紹，這是我的私人助理嫪毐，他剛從法國的巴黎大學博士畢業，就馬不停蹄地趕到我們學校來輔助我管理學校。對了，他剛才給你的是法蘭西擁抱和親吻，你看他多西化多開放多熱情多上進啊！」孫師兄在一旁頻頻點頭。

　　「哎呀，校長，你這麼說讓我太害臊了！哈，沒有您的英明領導，我們再上進也頂個屁啊！所以啊，我們再怎麼上進也要在您的光輝領導下才行啊！要不然，沒有您的支持，我們連屁都不如，更不用說屎糞了，大夥說是不是啊？」

　　眾人齊聲稱是。之後，嫪毐指揮著大夥一起高呼「校長萬歲，校長萬歲，校長萬萬歲！」（他的個子那麼高，站在人群前，正是最恰當的一流指揮家！）歌聲宛轉悠揚，如黃鶯在三月裡的高亢演唱，如歌劇花腔女高音歌唱家在音樂廳的演出。（還記得外國元首在包間觀看的精彩演出嗎？哈！）孫師兄沒料到眾人的音色竟然如此出色，這在以前也是萬萬不可能的。真是「士別三日，當刮目相看！」孫師兄更沒料到嫪毐這個受過高深教育的博士，說出「屁」這個不雅的字眼，竟然毫不害羞毫不回避，就像家常便飯一樣隨意。孫師兄再一次強烈地感受到了失落，但他很快掩藏好自己的傷感，振臂高呼，匯入群眾的滾滾洪流中。

　　在熱情高漲中，嫪毐帶著大家把校長扛在肩上，往上扔了一次又一次。

第一章　興華學校

大家歡呼著，真誠地表達著對校長的尊敬和愛戴，校長也樂呵呵地笑著，在空中向大家揮手示意，校長的形象又高大幾分！孫老師覺得眼前一幕無比熟悉，卻想不起來在哪裡見過。（瘋女人在廣場上回憶著詩史中英雄的光輝業績，他殺死了蛇發怪獸美杜莎，被歡呼的群眾抬過廣場，眾人歡呼三天而不停止。）孫老師雖然已經做好各種打算，但學校的行為還是大大超乎他的意料。孫夫人悄悄地拉著他的衣角，輕輕地哀求著他：「我們走吧。」

「我們不能！」

「為什麼？」

「我們等待！」

「噢！」

「聽我的，這裡就是我們最好的歸宿。古人云：『既來之，則安之。』妳想讓我們橫死街頭啊？」

「我實在看不過去，你看看你看看！」順著孫夫人的手指，孫師兄看見嫪毐正抱著校長，他們在大庭廣眾之下親吻 —— 法國式的深吻，舌頭吻著舌頭。周圍人紛紛拍手叫好。

「唉，諸神已死，偶像已經破滅，妳還要我們怎麼辦？能過得去就好，何必和他們較真呢？我們都老了，只求有個落腳之處能安度晚年。妳還不明白我的良苦用心嗎？」孫師兄小聲在妻子耳旁嘀咕，孫夫人無力地嘆口氣。隨後他們就隨著眾人鼓掌吹口哨叫起好來。

嫪毐鬆開校長，他嫣然一笑，又屈膝行了個禮，向周圍的觀眾表示感謝：「Merci，Merci」（法語：謝謝！）。校長樂呵呵地笑著，嫪毐跨起校長的手臂，又倒在校長懷裡撒起嬌來：「哎呀，你們不知道剛才教育局的人有多難纏，他們非要留下我喝酒，說什麼我有知識有氣質，才貌雙全，還非得摸我的咪咪……」

「哈哈，你讓他們摸了嗎？」校長和藹地看著懷中的美男子嫽毐。

「呸，那幫壞蛋，讓他們吃屎喝尿還差不多，別想沾我的便宜！我可是有名的小辣椒，威武不能屈，貧賤不能移，富貴不能淫！」

「哈，我的美嬌娃，下次他們再要摸你的咪咪，你就說那屬於校長專用！哈哈。」校長摟著嫽毐，進了校園。大家也緊隨其後。

「哇，太棒了太棒了，一會我就在咪咪上刻上『校長專用』！」

「你這個小調皮蛋！」校長抱起嫽毐，趁機擰了下他沒有太多肉的屁股。

「討厭！」嫽毐用粗大的拳頭輕輕捶打著校長的胸脯。兩人哈哈笑著，繼續走著。眾人臉上也掛著曖昧的笑容，每個人都為校長和嫽毐的親密和睦關係而心存感激。孫師兄和孫夫人面帶滿足笑容，緊緊跟隨在校長身後，謙卑而恭賤。

暮色已經降臨。大地一片黑暗。黑色的鐵柵欄門緩緩關上。

第二章　哲學、藝術和夢想

第二章　哲學、藝術和夢想

求婚

我病了很長時間。雖然我還堅持為了學生上課，但我知道自己身體滾燙。一回到宿舍，我就倒在床上，用兩床被子緊緊壓在身上，渾身還打著哆嗦。沒有人知道，我把房間燈開著，別人還以為我一直在準備上課教材，而之前我也總是關上門默默備課和寫作。所以並沒有人懷疑。

因為發燒，我意識迷糊，雖然上課時我竭力控制發昏的頭腦，但還是犯了一些錯誤，留下一些把柄。比如我把「窗戶」說成「牢子」，把「未來」說成「迷霧」，把「希望」說成「沼澤」，我甚至把課文上的句子「我要飛向遠方，像一隻雄鷹」，說成「我在淤泥裡掙扎，彷彿陷進去的白鴿」，更要命的是，我說完根本沒有意識到自己說錯了，學生們瞬間安靜下來，他們緊緊盯著我，眼光如劍還帶著刺人的鉤。我愣在講臺上，兩個學生站起來，指出我的錯誤。我慌忙檢討承認。餘下的時間，我拚命控制自己糟糕的頭腦，打著十二分的精神，這才沒有再犯任何錯誤。學生們聽得很安靜，還不時在本上寫著什麼。我的腦袋愈來愈沉，心跳的速度也愈來愈快，學生們的身影也顛倒起來……就像夢中一樣，我彷彿看見自己站在不知名的地方，在地上打滾哭泣，聲音就像被屠宰的家豬，我恐懼地站在那裡，我想我就要叫出聲了，我竭力控制著，卻不知道自己還能撐多久，我真想在這群蠢豬面前大喊大叫，可我知道我不能，我必須竭力控制，必須！可想要在他們面前揭露真相的衝動一陣比一陣強烈，如不斷噴湧而出的火山，我渴望在火山中燃燒自己，融化自己，化為泥土和汙垢……幸虧此時，下課的鈴聲響起。學生們在臺下看著我，目光帶著疑惑和懷疑，我卻長出一口氣，終於解脫了……

學生們三三兩兩地走出教室。外面陽光很好，有喜鵲的叫聲，不過我也聽到了「呱——呱——」的聲音，我知道那是烏鴉的叫聲。我看著冬日枯樹上的那隻黑色的邪鳥，不禁打了一陣冷顫。烏鴉張著大大的嘴巴，眼睛居

高臨下地望著我，他不時地叫著，彷彿在問候著老朋友，也許在呼喚我歸去吧。他一定在笑我，笑我的掩飾，笑我的做作，笑我的掩藏多麼拙劣。

我拿著教案，不時地和遇到的同事們打著招呼。我面帶微笑，渾身卻打著冷顫，但我掩飾得很好，我想他們是看不出我的異常的。（畢竟在戲劇學院受過三年的專業訓練，雖然我學的是舞臺美術製作而不是戲劇表演，但在那樣以表演為日常生活的氛圍中，我還是不自覺地沾染了諸多的表演技巧。沒想到這些表演技巧現在派上了用場。竟然幾乎挽救了我的性命。）但在拐角處，我還是無意中看見魯邕（班上公開指出我錯誤的兩個學生中的一個）正在嫪毐的辦公室裡，嫪毐看了看周圍沒有人（我機敏地躲在牆後沒被發現），匆忙地把辦公室的大門關上。我不知道他們要幹什麼。

我一下子慌亂起來，直覺告訴我那絕對和我有關，也不會是什麼好事。我變得六神無主，竟然控制不住跑回宿舍。路上那些和我打招呼的人，我都視而不見，只留下他們錯愕的臉。

我明白自己完了，徹底完了……

※

我想起幾個月之前，事情還完全是另外的模樣……

魯邕十分英俊，眼睛清澈乾淨，渾身散發著純潔陽光的氣質，走在路上是大家關注的焦點，是學校公認的帥哥。更重要的是他十分謙虛好學，還非常喜歡普希金的詩歌和契訶夫的戲劇。在這個充滿汙垢、骯髒和欺騙的世界上，竟然還有人如此關注真善美！（假做真時真亦假，無為有處有還無；美做醜時醜亦美，善為惡處惡還善！）多麼不可思議……

所以當魯邕來向我請教契訶夫戲劇時，我內心有多快樂！只有具有最柔軟最豐富最美好心靈的人，才會最真切地理解到契訶夫戲劇中的美感，才會真切體會到契訶夫戲劇的每一個精彩之處……我承認有幾分喜歡他，但我們

是師生，我是不會超越那層界線的；況且我的愛人穆達還在遠方，我們如此相愛，我又怎麼可能背叛他呢？必須要承認，每個人一生中會對很多人有好感，但大多數的時候這些好感也僅僅是好感，並不會有進一步的發展。

我和魯邕的情況正是如此。我們是知己忘年交，相同的愛好把我們緊密相連。有多少個下午，在我不上課的時候，我們熱切地交流詩歌和戲劇，談論著曹雪芹和田納西·威廉斯，談論梵谷和希薇亞·普拉斯，談論著世界新文學的發展趨勢。我們指點江山，發表著激揚文字，彷彿我們是未來的主人，整個世界都屬於我們……十分可笑，可誰沒有年輕過，誰沒有那種豪情萬丈的時刻，誰沒有相信過自己只要一伸手，就能擁抱整個世界？雖然我比魯邕要大一些，但在魯邕面前，我重新感受到了青春的激情……

中國有一句古話「士為知己者死」，說的就是知音難遇。我承認自己長這麼大，還很少遇到知己，那種完全懂自己的知己。當然朋友我有很多，但那種能夠碰撞心靈發生情感共鳴的知己，真是少之又少。不過這也是人生真相之一吧。想想，要是太容易就碰到知己，那死的次數未免就太多了，而那樣的知己也未免太不值錢了。物以稀為貴嘛。

我和魯邕就是這樣的知己。雖然我是他師長，雖然我比他年長幾歲，但這並不妨礙我們的相互欣賞。有多少個夜晚，在我那黯淡的宿舍，我們朗誦詩歌，飲酒狂歡，我們脫掉面具，坦誠相見……

「我們逃走吧？」在一個雪夜，大地一片明亮，在我那暗淡的宿舍，魯邕這樣建議。

「能逃到哪裡去？整個世界還不是一樣。」我躺在床上，喝著紅酒，在似醉未醉中，我覺得整個世界又在飄舞……透過厚厚窗簾的間隙，我看到窗外潔白的天空和大地。桌上的紅燭高照。我吟唱著起來：

「相見時難別亦難，東風無力百花殘。

春蠶到死絲方盡，蠟炬成灰淚始乾。

曉鏡但愁雲鬢改，夜吟應覺月光寒。

蓬山此去無多路，青鳥殷勤為探看。」

穆達，我的穆達，你在哪裡？你在幹什麼？你的身邊有誰？你可像我想你這樣想我？我想起遠方的愛人穆達，不知道他在哪裡，不知道他在幹什麼，不知道他身邊是誰，不知道他是否像我想他那樣想他……遙遠的距離早就讓我們十分陌生，我總是讓自己忙起來，一刻都沒有空間，只有這樣我才能片刻地忘掉他……我喜歡這樣半醉中的思念，它會讓我眼淚直流，我喜歡這樣的情感宣洩，我壓抑的時間太久……

「妳總是這樣。」魯邑看著我的眼睛，我能感受到他火辣的眼神，我躲避著。

「我總是怎樣？」我看著窗邊那點滴的明亮。我何嘗不想赤足在大地上奔跑？與烏鴉蚊子為伍，與蒼蠅老鼠為友……

「像貓一樣慵懶，像蛇一樣嬌媚，像鶴一樣寥落，像鳳一樣高貴。」魯邑喃喃自語。他跪在床前。我坐起來，漫不經心地沒讓他逮住。我笑起來，我知道鳳是虛幻而不存在的。

「跟我走吧，我們逃得遠遠的，離開這個學校這個監獄，我們用自己的雙手開創我們的新生活，我們創建新的王國，我們的詩歌和藝術王國，妳做我的繆斯女神，我和子民們會世代把你奉養！跟我走吧，離開這個黑暗的世界！」魯邑跪在我面前，彷彿一個騎士向公主求婚。「不要逃避，你知道我們是天造地設的一對！嫁給我吧，我的公主，我會給妳妳需要的一切！」魯邑眼睛噴射著火焰，就是鋼鐵此刻也會被融化……

我愣了一下，眼前這一切非常熟悉，彷彿在哪裡見到。不知道是曾經夢見過，還是以前真正經歷過，又或者這一切都是我頭腦中的幻想，甚至我和

魯邑都並不存在，我們都只不過是別人頭腦中幻想的產物……不，我說不清楚，我只知道自己曾經非常渴望這樣的人和這樣的場景。

但我卻記得我在哪裡見過，蝴蝶的幻夢？前塵的往事記憶？女王陛下的演講？美女作家出版的獲獎小說？

醉生夢死

「我的同事白狄曾經寫過一個小說……」我想起白狄寫過的一個小說，就向魯邑講白狄的故事。我需要轉移話題。這是剿滅魯邑熱情的最好策略。

「就是後來失蹤的白老師嗎？」魯邑站了起來，我們四目相對，我慌忙躲開他熾熱的眼神。我是一塊無法融化的冰。

「對。白狄是我最好的朋友，我們一起分到這個學校，她比我還有才華，她寫了很多小說……」

「後來呢……」

「後來聽說她被槍斃了。」想起白狄秀麗的面孔，我悲從中來。

「為什麼？」魯邑氣憤地問道，他的胸膛因生氣而膨脹起來，這個純潔的孩子，還有著天然的良知。在這個學校，這是多麼珍貴！

「布魯諾為什麼被大火燒死？塞爾維特又為什麼被喀爾文派燒死？」

「無恥！荒謬！這是暴政！」魯邑握緊拳頭，滿臉都是恨恨不平。這個孩子，對人性的了解多麼不夠！

「她知道了一個祕密。」我想起白狄消失前對我講的事情。

「祕密？」魯邑睜大眼睛，不相信地看著我，他不知道這種好奇心有一天也會害了他，就像害了白狄一樣。好奇害死貓！

「一個關於世界真相的祕密。因為她知道這個祕密，所以就成了瘋子！」我從沒有告訴任何人關於白狄的事情，就連孫師兄我都沒有透露半句。但現

在，在這個孤獨的黑暗雪夜中，我渴望一個人和我分享。

「為什麼？」魯邑更加驚愕，他想不明白的事情還有很多。雪白的畫紙，可以隨意塗抹和薰陶。

「你還是不夠聰明。你不知道嗎？當一個人被宣布是瘋子時，他就不受人權的保障，不受法律的保護！」我見過太多像白狄這樣的悲劇。

「也就是說，瘋子可以隨意被人處死！」魯邑終於聰明起來。

「還有，瘋子可以隨意地被人凌辱。就因為他們是瘋子，他們就必須忍受一切！這就是這個世界的強權和公理！」我知道這些話有些刺耳，但對於魯邑來說，我希望他能早日長大，早點認清這個世界的真面目，讓他看到含情脈脈的背後血淋淋的真實人生。

「所以說，要想殺死一個人，最保險的辦法就是先宣布他是瘋子，殺死他就易如反掌了，對不對？」魯邑悲憤地看著我，他沒想到會在我這裡上這樣的課。

「所以不論怎麼被蹂躪，別人都不能對他表示同情！因為對瘋子的公然同情就表示了他們是同類，是代表了他們之間的連帶關係。任何人只要有對瘋子的半點同情，只要被人看出來，都會被當作瘋子處理。」我倒了兩杯紅酒，遞給魯邑一杯。

「妳沒有任何同情的表示吧？」魯邑緊張地問我，不知道他是關心我，還是害怕受我的牽連。我仰起脖子喝了紅酒。這樣的問題我不想去探究。我經歷太多，生活教會我很多，有時候假裝不知道會更好。生活是個大染缸，人心又何嘗不是？

「我要是有同情的表示，現在還能和你一塊喝酒嗎？」我剪去紅燭燃燒後留下的燈芯，又為自己倒了一杯酒。紅燭把屋內照亮許多，對著亮光，紅酒顯得更加晶瑩剔透。這個世界為何不能像紅酒這樣簡單透明……我想起了古詩：「葡萄美酒夜光杯，欲飲琵琶馬上催……」

第二章　哲學、藝術和夢想

　　為了抓獲更多的瘋子，嫪毐向校長建議，在學校的各個角落增加一百部監視器，以便更好地觀察誰會對白狄有同情的表示。校長當然一一照辦。白狄被送走的那天，大家站在通道上，我們拿著旗子，彷彿在歡迎大人物的離開一樣（也是嫪毐的主意。幾百部監視器對準我們每個人的面孔，要拍攝下最細微的情感變化）。每個人都很明智。我們面無表情地看著白狄被帶走，白狄沒有大喊大叫（像很多瘋子那樣），臉上表情特別地平靜和超脫。校長說那是文瘋子的表現，而鬧得很厲害的則是武瘋子。嫪毐特意地補充說，大家不要小瞧了文瘋子，事實上，文瘋子比武瘋子厲害百倍，因為文瘋子更具有欺騙性，更容易迷惑人，所以她們的攻擊性就更強，往往趁人不備時殺人於無形，就如穿著裙子的眼鏡蛇，就如跳鋼管舞的雄獅子；我們千萬不要被她們的假象所迷惑！也許我們中間也隱藏著很多這樣的文瘋子，大家一定要小心！嫪毐說這些話的時候，緊緊盯著我，彷彿要在我的面孔上發現什麼破綻。我目不斜視地看著嫪毐，心平氣和。

　　幸好此時白狄被押送過來，大家的注意力立刻轉移到白狄身上。我暗暗地長出一口氣。大家拿出準備好的各種髒東西，壞雞蛋，爛番茄，臭垃圾，破鞋等紛紛飛到白狄身上。白狄毫無反應。事實上，雖然我們和學生們都圍在道路兩旁，白狄卻連看我們都不看，目不斜視地自己走路，彷彿我們已經變成了空氣。白狄也許是看得太明白了。幸虧我經過幾年的表演薰陶（雖然我不是演員），我才會在那場事故中面無表情，不然我也會被他們抓走吧。當然，這些我不會告訴魯邕的。他還太單純，還是別嚇著他為好……

　　我又喝了兩杯酒，眼淚終於忍不住流了出來。對白狄的回憶勾起了我太多的記憶……很多事情我本來以為已經忘記，但此刻卻開始變得清晰……我想起自己承受過的太多委屈，想起自己為了夢想付出的代價，想起自己在異鄉多年無果的漂泊掙扎，想起沒有完成的小說和遠方的親友，想起遠方苦苦

等待渴望團聚的愛人⋯⋯我不明白自己為什麼在這個地方，孤身一人，說是這裡機會比較多，更容易獲得藝術和事業的成功，可我留在了這裡已經幾年了，藝術的才氣也被消磨殆盡，心靈也被禁錮麻痺起來，一切還沒有任何的氣色，看不到一絲獲勝的希望⋯⋯在這個荒漠的世界中，我帶著面具，隱藏一切，奮鬥了這麼久，我卻已經精疲力竭，我這麼脆弱，身心都很疲憊。我需要一個人⋯⋯可哪裡才有接納我的懷抱？

「你喝醉了。」魯邕的身影搖晃起來，我哈哈大笑，長久以來第一次的大笑，我拿著那瓶紅酒灌了起來。

魯邕試圖搶我的酒瓶，我緊緊抓著它，我的救命稻草，不讓它靠近半步。我咆哮著，像個發狂的野貓。想起了遠方的穆達，在最痛苦的時候竟然不能在他懷抱哭泣，一陣致命的憂傷順著鎖眼把我擊倒，我為什麼沒有長翅膀，不能飛到他面前？他愛我嗎？他沒有和人縱酒狂歡吧？我抱著酒瓶又號啕大哭起來。把這幾年忍受的委屈都在今晚發洩出來⋯⋯

魯邕被眼前的情景震驚。在眾人面前，大家都把創傷小心隱藏，帶著職業微笑的面具，還撲滿了廉價的白粉，抹著鮮豔的紅唇⋯⋯可這一切多虛假，為何沒人指出來⋯⋯我們為什麼這麼壓抑自己，為何不能暢快地宣洩自己的情感？就怕被當作瘋子抓走嗎？可天知道，我們的內心有多瘋狂⋯⋯

魯邕很快鎮靜下來，這個小男子漢，在失意的女人面前，他天生就知道如何扮演自己的角色。（天才的男演員，為何沒有獲得奧斯卡表演獎？）他扶我坐下，理了理我凌亂的頭髮，眼神無比溫柔。「喝吧，喝吧，只要高興，我的小姑娘，妳喝吧。」他很老實，並沒有趁機占我的便宜。（為何我沒有年輕幾歲？）

「你喝，你也喝嘛。」我把酒瓶塞到他面前。我知道有種酒叫「醉生夢死」，喝過之後，什麼不開心的事情都能忘掉，我希望眼前這瓶酒就是醉生

夢死。可一個人醉生夢死又是多無聊，多無趣，多無奈⋯⋯

我歪著頭看著魯邑拿著酒，他放在唇邊，剛要喝，卻又止住。這個三心二意的傢伙。「你怎麼不喝？喝啊？」我霸道地把瓶子塞在他面前。

他還是用手把酒瓶擋開。「一個人醉總比兩個人醉要好。」

「為什麼？」

「省得我們都犯錯誤，做傻事。」魯邑指了指窗外，我知道，他怕的是監視器和嫪毐。這個怯懦的傢伙，多麼聰明的明哲保身法！任何時候都不忘記校園的監視器和嫪毐大人，警惕性多高，要是不做特工可太可惜了！明明是保護自己，為什麼還要拉上「我們」這個詞語來掩飾？這個男子漢小丈夫，怯懦的狐狸，膽怯的兔子⋯⋯這個雪中尋找食物的狡猾小刺蝟，探出自己的小腦袋，緊張地對四周張望，一聽到風吹草動，馬上就把腦袋縮進渾身的黑刺中。多麼可愛，多麼聰明，多麼狡黠⋯⋯

「騙子，騙子！」我朝他喊著，我知道自己一定面目猙獰，可我已經喝醉，又何必還要壓抑自己？我壓抑得還不夠嗎？去他媽的淑女和女教師吧⋯⋯

我是人，我不管不顧，我是個喝醉了的女人，我不需要壓抑自己的情感⋯⋯

「什麼？」魯邑睜著純潔的大眼睛，不明白地看著我。也許他真的不懂。但他的表情我實在太熟悉了，有很多次，我也像他這樣睜著大眼睛，在別人面前裝出有多純潔，這樣的技倆我已經使用多次，所以能一眼看穿他的把戲⋯⋯要是在平時，大家都不點破倒好，但我現在已經醉了，為什麼不撕破臉講真話？撕破臉講真話的機會不是太少嗎？為何在機會來臨時不好好使用下？

「別裝了，再裝我會笑掉大牙！」我哈哈大笑，還不忘往嘴裡灌酒。我咳嗽著，魯邑要靠近，我擺擺手，不讓他接近⋯⋯自己的痛苦我要自己承擔，

人生這麼孤單，何必依靠別人？我搖晃地要站起來，卻終於還是倒地，酒瓶也摔在地上，它滾了好遠，卻並沒有破碎，這個比陽具堅硬的傢伙……魯邑過來扶起我，我卻推開他……人們都說瘋子做事狂暴而沒理性，用正常的邏輯是講不通的，喝醉的人又何嘗不是如此？魯邑一定覺得我很陌生，我連自己都覺得陌生，彷彿一匹脫韁的野馬，我信由自己馳騁，沒有了騎手的控制，內心暗藏的情緒如奔騰的江水，飛流直下三千尺……

　　魯邑愣愣地看著我，不知道我為何這麼快就對他冷淡。我也不知道，我也不想知道，我只想此刻縱酒狂歡，像篝火一樣激烈燃燒自己，永不停息……至於別的（學校、嫖毒、校長、孫師兄、白狄、夢想、藝術、生存、競爭、恐懼、圍剿、屠殺等）我甘願忘記，最好徹底地無意識就更好了，「赤條條了無牽掛，白茫茫一片真乾淨」……

　　我大喊大叫起來，宛如瘋子（哈哈，我喜歡瘋子，為什麼我不是瘋子？），我學貓步（在地上爬來爬去展示性感服裝），發表演講（關於女英雄武則天大戰三百雄男的詩史故事），朗誦詩歌（人生得意須盡歡，莫使金樽空對月……），對著鋼管跳豔舞（還記得鋼管是男人性器的象徵嗎？哈），演唱多年沒唱的老歌（紅塵啊滾滾痴痴呀，情深聚散，終有失留一半清醒留一半醉，至少夢裡有你追隨我，拿青春賭明天，你用真情換此生歲月，不知人間多少的憂傷，何不瀟灑走一回），演唱數首老歌（紅塵多可笑／痴情最無聊／目空一切也好／此生未了／心卻已無所擾／只想換得半世逍遙／醒時對人笑／夢中全忘掉／嘆天黑得太早／來生難料／愛恨一筆勾銷／對酒當歌我只願開心到老／風再冷不想逃／花再美也不想要／任我飄搖／天愈高心愈小／不問因果有多少／獨自醉倒／今天哭明天笑／不求有人能明瞭／一身驕傲／歌在唱舞在跳／長夜漫漫不覺曉／將快樂尋找）……

　　窗外一片黑暗，天空飄揚著黑雪。雖然窗簾嚴密地遮蓋著，但本能還是

讓我做出了這樣的判斷……好一場乾坤大挪移，瑞雪兆豐年啊……

在這場我個人嘉年華的狂歡表演中，木偶人魯邕早已驚得目瞪口呆，這個沒有見識過太多人性的純潔嬰兒，還在呀呀學語，珊珊學步。這一晚上他肯定增長不少見識。他躲避在一團黑影中，背部在抽搐。我把他拉到我面前，對著燭光，魯邕卻低著頭不肯看我，我抬起他尖尖的下巴，眼淚順著他的雙眼流著，宛如小溪，悄然無息，晶瑩剔透。這個母獅面前的小羔羊，蛇蠍女魔手中的弱書生！

我愛憐地擦去他的眼淚，他卻倔強地後退，他終於睜開了垂眼，目光如劍如炬：「為什麼？為什麼要這樣？」

我啞然，也清醒了許多。剛才那一幕還歷歷在目，我也不知道所以然，但我覺得輕鬆，心情舒暢。（誰又能解釋那麼多？除非是瘋子）我不是聖人，他不是，你也不是。這就對了，每個人都有犯錯誤的時候。我做事的原則就是盡量不讓自己後悔，對於一個一無所有的窮光蛋來說，我又有什麼好後悔呢？

教育

「妳瘋了！瘋了，妳是個瘋子！」魯邕卻不依不饒，咆哮起來，像個罵街的潑婦。

「你知道什麼？」

「我知道妳瘋了，我就是知道妳瘋了！」魯邕拿著籃子，在菜市場裡挑菜，和小販們討價還價。

「我告訴你，你不知道的事情還多著呢。」我為這個不爭氣卻胡攪蠻纏的小孩子生氣。

「我不知道什麼？」我說過魯邕是個好奇心很強的人。這個狡猾的刑警隊

長，在犯罪分子就要顯露端倪的一霎，他會不露聲色，但也窮追不捨。

「你真想知道？不會後悔？」我也不露聲色地問他，但我的語氣能讓他感覺到事情的嚴重！

「不論做什麼事情，我都不會後悔。」

我笑了，想到他和我一樣倔強嘴硬，真是沒救了。我要丟給他重磅炸彈，丟給他毀滅宇宙的超級原子彈，我要炸毀地球，我要讓他心驚肉跳，花容失色。我要讓他看到真實，要讓他看到世界的真相。

「我從沒對人說過，只對你一個人說，你明白嗎？」我緊緊盯著魯邑的雙眼，看到他堅定地點頭，我才放下心來。終於要說出那駭人的祕密，沉重的壓得我喘不過氣來的祕密。有人分享總比一人承擔要好……我張了張嘴，喉嚨卻一陣發緊，我只好清理嗓子。魯邑耐心地等候著，嗓子終於好了。「聽好了，」我說。

「我洗好耳朵了。」魯邑嫣然而笑，我知道他故作輕鬆，把「洗耳恭聽」說成「洗好耳朵」，但我並沒太在意他的這種幽默。我只是想起和穆達重逢的那些日子裡，每次房事前，穆達總會說：「我洗好器官了」，那時候多幸福，可這樣的日子都遠去了，什麼時候能夠再到來？

「你知道嗎？這個世界上有很多瘋子！」我盯著魯邑，等待著他的反應。果然不出我所料，他瞪大雙眼，一臉迷糊樣。我心裡冷笑著，臭小子，你不知道的事情還多著呢。但我隨即明白，這也許是他的偽裝，我說過他很狡猾，不是嗎？

「瘋子？怎麼可能？他們不是都被抓走關起來了嗎？」

小子，儘管張大嘴巴吧。你這個溫室養大的花朵，這個沒有在淤泥中掙扎過的小金魚，你像白鴿一樣純潔，你又知道什麼生命真相？不經歷風雨怎麼見彩虹……但這是不是他偽裝出來的呢？

第二章　哲學、藝術和夢想

「這個世界上很多人早就瘋了，只不過大家都隱藏著不說，為什麼？大家都在自保，害怕說出真相，大家都是心知肚明，一說出來就要被清除出去……你以為嫪毒就不是瘋子？你以為校長就不是瘋子？還有孫師兄，說自己以前多帥有多少女人為他獻媚，什麼突然發生的車禍讓他變得醜陋？哈，哼，這樣的話連三歲的小孩都騙不了！他是個畸形兒，生出來就是這樣！這麼醜還欺騙大家說以前多帥，真是自欺欺人，這樣的人不是瘋子是什麼？大家還跟著起鬨，裝作他說的就是真的，一群瘋子！」我忿忿不平地嘮叨著，我見夠這這幫人虛假醜惡的嘴臉！

「不會啊，大家都這麼說啊！」我高估了魯邑的智力，他不如三歲幼兒。

「大家當然只能這麼說！每個人手裡都掌握著別人的祕密和把柄，大家還能怎麼樣？撕破臉都不過？怎麼可能？不過是過家家，你好我也好，何必太認真？大家都很聰明，只要面子上能過得去就好。誰也不傻……最終博弈的結果就是大家知道但都不說破，你說什麼我就應合什麼，交換條件就是我說什麼你也應合什麼，大家對此心知肚明……大家信奉『互相尊重，互不侵犯、平等互利和和平共處』的原則。這叫雙贏。」

「這怎麼可能？」

「這為什麼不可能？世界上還有不可能的事情嗎？」對如此固執的人，我感到失敗和絕望。我覺得他是裝的，可又感覺不像。

「那他們為什麼還在我們學校啊？沒人把他們趕走嗎？」魯邑還保持著打破沙鍋問到底的習慣，這個兩歲嗷嗷待哺的幼兒！

我逼近魯邑，目露凶光：「你知道我們學校的名字嗎？」

「不是叫興華學校嗎？」魯邑被我逼在椅子上，他怯懦地說著，我的話不斷打擊著他的信心。

「這不過是名義上的名字，我們學校的實際名字是瘋 —— 子 —— 帝 —— 國 ——，瘋子帝國知道嗎？我們這裡住的都是瘋子，你知道嗎？全

是瘋子你懂嗎？哈哈哈哈……」我仰天長笑，說出長久憋埋著的祕密，我感到極度的快意。床上的狼外婆撕下偽裝，一口吞下純潔的小紅帽……原子彈已經爆炸，大地在塌陷，大海在呼嘯，火山在噴發，宇宙也在毀滅……

魯邕倒在地上，渾身抽搐，只差口吐白沫：「不，不可能，我們這要是瘋子帝國，那妳不也成了瘋子？我不也成了瘋子？不，老師妳真會說笑，妳在說笑……妳變得我快認不出來了……」魯邕勉強地笑了兩下，想掩飾自己的恐慌，聲音彷彿掉進黑洞，沒有一絲回音，魯邕只好尷尬地止住，他臉上也擠出幾分笑容，但笑容太僵硬太虛假，他很快就放棄了。也許就連他自己都覺得虛假無力吧。

「你說對了，我們都是瘋子。我是瘋子，你也是瘋子。我們大家都是瘋子。學校裡的每個人都是瘋子，就連養的每一隻貓和狗也都瘋了，你上課的時候沒聽到狗的狂叫嗎？下課的時候你沒看到樹上的瘋鳥嗎？這是個瘋子的世界，好妙的名字，瘋子帝國，校長是我們的國王，嫪毐是我們的王后，我們臣服在他們腳下，多麼和諧，多麼有序，（大臣們每天早朝三呼九拜：吾皇萬歲萬歲萬萬歲。國王和王后微笑擺手，眾位愛卿平身。謝萬歲！）豈不妙哉？妙哉！」

「為什麼沒有人說破？」

「為什麼要說破？在自己傷口上撒鹽你覺得很酷啊？同學，大家需要平靜的生活，大家需要詩情畫意的散文氛圍，不要那種情緒大起大落的戲劇性！雖然那種更有詩意更有藝術價值，但人要吃飯要活下去，對瘋子來說，平靜的生活是最重要的。你也知道，大家的情緒總是亢奮，很容易再度引誘發瘋！別像猴子那樣看著我！你不是想要證據嗎？脫掉衣服，對著鏡子，看看你背上的圖案，每個瘋子身上都有的！看看你的圖案，純潔又無辜的烏克蘭大白豬！」

我端著紅燭，把一塊鏡子推到他面前。魯邕緊緊地盯著鏡子。有一刻鐘的功夫。他終於慘叫起來。

在飄著黑雪的夜裡，烏鴉先生們覓食歸來，安靜地落在鳥巢中，他們美麗的妻子在安眠，夢中等待著求歡……

本性

時間已經過去很久，魯邕也恢復了平靜。世間沒有永不癒合的傷口，除了死亡。

「我總是夢見熊熊燃燒的大火，一群人圍著它又唱又跳，還有幾個狂熱分子跳進火海，全然不顧性命……有一群野狗圍著無名屍首在嘶咬。我那時候還很小，我躲在樹後恐懼地看著它們，想逃走腳下卻被釘住一樣，就像夢魘一樣，想叫叫不出聲，想動動不了……野狗吃完屍首，聞到了我的氣味，我終於能動了，我跌跌撞撞地跑著，我跑得很快，野狗的叫聲愈來愈遠，我馬上就要安全了，但最終還是被石塊絆倒，野狗狂叫著向我撲來，我慘叫著陷入昏迷……我要是瘋子的話，肯定是被這些瘋狗咬傷才變瘋的……以前，我總以為這是夢，現在想來它就是事實，它就發生在我面前。我一直刻意逃避，我以為我可以忘記一切，我以為我可以重新開始……我一定是被那些瘋狗咬傷的，所以我才變瘋的，是不是，你告訴我是不是？」

我無語。對於一個瘋子來說，怎麼瘋的已經不再重要，重要的是他是瘋子，他一生都要被囚禁在瘋子的枷鎖中。雖然也有治癒的案例，但所有人都明白，這些康復者終有崩潰的一天，他們的理智與瘋狂做著激烈的鬥爭，兩種強力的爭奪，弓弦終有爭斷的一天……所有人都沒想到，在他們重獲瘋子身分的剎那，他們並沒有常人所想像的驚恐，事實上，在那一刻，那些康復者會面露微笑，彷彿斬斷慧根的尼姑，彷彿住進了修道院的神父。他們遠離

了抗爭，找到了迷失的家園，永遠地獲得了解脫，生命經過激烈的抗爭後，又重新回復到最後的平靜（雖然近黃昏，夕陽無限紅）……

「妳是怎麼變瘋的？哈哈，我們像不像獄友，互相詢問對方入獄的原因？」魯邕說起俏皮話，試圖讓氣氛變得輕鬆起來。

「我其實並不是瘋子……」

「什麼？妳不是瘋子？」魯邕跳起來，遠遠地躲著，彷彿我是食人妖精。人總是喜歡靠近同類，瘋子也一樣。在正常人面前，瘋子會高度地敏感和自卑，會有一種強烈的自我保護本能。我學過心理學，了解他們。

「我的意思是說我剛開始並不是瘋子……」

「妳後來就變成了瘋子吧！」魯邕又靠過來，說著拿手的俏皮話，微笑地看著我，還對我擠眉弄眼。我不高興他總是打斷我的話（這顯得他不禮貌，不尊重人），也不喜歡他這樣做鬼臉，這使得他變得庸俗和小氣，像個小丑，整個氣質都變了。事實上，魯邕已經發生了變化，雖然和剛才還沒有判若兩人，但他已經逐漸顯露一些下流的品性。但他還是可以原諒的。

事實上，不論是誰發現自己原來就是瘋子的時候，他都不想荒廢自己的職權，都想以瘋子之名為自己撈取好處。這其實是人性的一部分。中國春秋戰國（我很喜歡的一個時代）的哲學家們不斷爭論，人性是善還是惡。其實，人性大多時候是看不出善惡的，境遇不同，狀態不同，所表現出來的善惡也不同。比如一個道德楷模的聖人，在確定自己原來是瘋子時，他也馬上就會現露出諸多的下流品性，因為不論他做出多麼怪異的行為都不需要負責，他為何不好好利用這種職權呢？再比如一個瘋子到最後發現自己其實是個聖人，那麼，原來十惡不赦的他可能馬上就會變得維護正義，因為他要按照聖人的標準去行事，這樣才符合他的聖人身分……如果說有人性的話，那麼這就是確鑿不變的人性。（你可以說這是心理暗示的效果，但你沒法否認

71

它的存在）……誰能拍著胸膛說自己永遠都是聖人，尤其是發現了自己原來是瘋子後？

　　大家都覺得瘋子的生活充滿痛苦，事實上，這不過是人類坐井觀天的目光短淺之舉……事實上，瘋子的生活充滿自由和灑脫，他們可以毫不顧忌地表達情緒，擺脫掉人類理性和道德的束縛後，這些瘋子們進入一個神祕的領域（這個領域是正常人永遠無法去嘗試和體驗的），瘋子們獲得空前的自由，那些瘋子藝術家更是從瘋狂的解放中，獲得了空前的創造力，從我們學校畢業的梵谷就是其中的優秀代表……瘋子們是自由的，是快活的，他們像動物那樣毫無羞恥之心，就像原始發情的母猴子，隨意在同伴面前展露性器，以獲取性伴侶們的注意。也有一些瘋子隨意殺死自己憎恨的對象，就像獅子吞掉山羊，老鷹吞掉麻雀一樣……沒必要大驚小怪，任何世界都有它的規則，瘋子世界也一樣。文藝復興時期的馬基維利認為，規則都是相對的，沒有絕對的好和壞。規則更多受制於人類中心論的約束。但大多數規則是沒有規則。請問宇宙爆發有什麼規則？黑洞的消亡又有什麼規則？如果拋掉道德評判和理性標準，瘋子世界還是滿可愛的……

　　最可惡的世界並不是瘋子世界，而是打壓瘋子的常人世界和假裝是常人的瘋人世界。法國哲學家傅柯說過：「瘋癲不是一種自然現象，而是一種文明產物。沒有把這種現象說成瘋癲並加以迫害的各種文化的歷史，就不會有瘋癲的歷史。」（《瘋癲與文明》）傅柯試圖證明，瘋癲並非疾病，而是理性社會的強權對它設定的監牢，瘋子自有其邏輯。這是十分準確的。（好奇怪，傅柯並沒瘋癲，卻對瘋癲研究得如此透徹。要是那些不是瘋子的作家，也能把瘋子寫得入木三分，那倒是十分敬佩的呀……哈哈……）

　　我又離題太遠，十分不好意思，我的老毛病又犯了。還是讓我們言歸正傳吧。我雖然不喜歡魯邕的俏皮話，但並沒表露出來。無論是瘋子還是正常

人，我們都需要為對方留足面子，這是做人的基本道理，也是做瘋子的基本規則。無論是誰，也無論是瘋子還是正常人，都需要對方的尊重和認可。（對瘋子們來說更是如此，因為他們要遠遠比常人敏感和情緒多變；而且，因為異於常人，所以瘋子們就更自卑和多疑。所以，對瘋子們的敬重就顯得更加必要了！這是文明世界的一個重要規則！）「人敬我一尺，我敬人一丈」；「滴水之恩，當湧泉相報」等，說得都是這個道理。

哲學和信仰

「說說妳是怎麼變瘋的，哈哈，別不好意思嘛，都是自己人嘛。」魯邑俏皮地朝我眨下眼睛，臉上呈現出淫蕩和下流的神情。他的氣質變得好快，一會就從天使變成了魔鬼。不過這確實是瘋子的特色。而大多數瘋子都是聰明人，他們是不會拒絕特權的。瘋子們的最大特權就是做任何事情都不用承擔責任，可以隨心所欲，殺人放火，偷竊告密，是沒有人奈何得了他們的。魯邑是瘋子中的佼佼者，自然會更大程度地利用瘋子的特權，展露瘋子的天才。我對此毫不懷疑。

「正如告訴你的那樣，我剛開始並不是瘋子。你知道這是個多彩的世界，每個人的追求都不一樣，有人夢想著成為皇后，有人卻喜歡成為被虐待的妓女，有人則希望成為奧運會羽毛球冠軍，有人卻夢想著生一窩耗子……這些不同的追求造就了我們這個多彩的世界。必須要尊重每個人的不同個性和追求……」

「是不是也有人特別喜歡做瘋子，比如像我，哈哈！」魯邑肆無忌憚地笑著，渾身亂顫。

「是的，還有一些人天生就願意做魔鬼！」我狠狠地瞪了魯邑一眼，他變得讓我愈來愈陌生，人類天性上最美好的特質從他身上一下子就消失殆盡，

快得就像流星。魯邑明白我的不滿，這個敏感的猴子，終於噤聲不語。

「而對於我來說，我天生就想做個藝術家，渴望透過自己的寫作展示人類內心複雜的情感，展現人類靈魂最深處最黑暗的角落。拿破崙說過，不做將軍的士兵不是好士兵。對於我來說也是一樣，不想做一流的大文豪也不是好作家！當然，你可以說我是為了名利所累，渴望在人類文明的歷史上留下我的足跡，但對我來說並不完全如此……它讓我有更大的力量來奮鬥，這種偉大的夢想讓我甘願忍受一切……」我沉浸到往日的激情中，回憶著昔日的壯舉。我很激動，自從來了這裡，我就很少想起這些，今日終於有了回憶和訴說的機會。很多事我以為已經忘記了，卻想不到它們儲藏在我的潛意識深處，只要機會合適，就暴露出來……

「那你為什麼要做一流的文豪？」魯邑似乎也想起了曾經很喜歡過的曹雪芹和契訶夫，他沒有了剛才的調侃和嘲諷。他變得嚴肅起來，但也許是因為我談論的是嚴肅的話題。

「你明白嗎？我是個敏感而害羞的人，內心體驗的東西太多，而偏偏現實又提供太少的途徑讓我去宣洩和表達，於是，寫作就成了我自我表達的最佳方式。我體驗過太多美好的情感，也承受過太多的人生挫折和苦難，對於我來說，我所經歷的一切都是多麼寶貴，我所認識的人身上閃現著那麼多美好的特質，閃現著非常有價值有意義的記憶。這一切都是寶貴的，不僅僅這些東西是我熟悉的，而是在這些東西身上有著太多的美感，有著那麼多值得記載和歌頌的價值（這並不是自戀，和自戀有質的區別），有著人類永恆的共通的情感和價值……也就是說，在這些個性和感性身上，在每一個單個個體身上，都展現著人類永恆的意義和價值……可這一切都要消失的，你明白嗎？所有這一切都是要消失的，個體隨著死亡而消失，人類卻會隨著地球和宇宙的消亡而消亡！你明白嗎？不管是過了多少萬年，不管人類經歷過多少

朝代，但消亡是注定而不可逃避的，就像每個個體會死亡一樣！想一想，這一切多可怕，不是嗎？」我與其是追問魯邕，不如說是追問我自己。

但我的追問還是引得魯邕的回答，這些嚴肅的問題也讓魯邕變得思考起來，魯邕提出了另外的答案：「也許在某個我們不知道的地方，比如說天堂，比如說西方極樂世界，比如說……反正妳知道我說的是什麼地方，一定會有這樣的地方……也就是說，我們必須相信一個永恆的世界，一個我們死後可以和親友們相會的地方！」魯邕認真地說，這個時候他變成了一個智者，一個相信永恆的智者。

「對於一些人來說，也許是這樣，他們內心堅定，平靜而安然地生活，對死亡也不過多地恐懼和排斥，因為他們相信永恆，相信死後靈魂的歸屬，相信一個可以永遠保護他們的上帝、佛陀和真主。這種信仰可以讓他們無比強大，無比堅強……我要是有這種信仰就好了，孩子，我生活在一個新世紀，你知道這個世紀最大的特徵是什麼嗎？」我又回到老師的身分，好像在課堂上隨意提問著魯邕。

「是，是上帝死了嗎？」魯邕遲疑了一會，這才小聲地答道。我知道他很喜歡這些高深的形而上問題的思考。他看過很多宗教和哲學家們的書。但很遺憾，他的回答我並不滿意。

「孩子，上帝死了是上個世紀的特徵。」魯邕「哦」了一聲，一副恍然大悟的神情，我毫不理會他的反應，繼續發表著自己的演說：「我們這個世界最大的特徵是人死了！知道嗎？人死了，因為人不知道自己的價值，不知道自己的生存價值，不知道活著的意義和目的。失去了上帝的庇護，人要嘛變得像家畜一樣麻木不仁，要嘛變得像野獸一樣殘忍貪婪……人失去了人作為人存在的依據。所以在這個世界上我們看不到神性，看不到救贖，找不到曾經的精神家園。這就是我們生存的世界和現實……」

第二章　哲學、藝術和夢想

「難道我們不能重回上帝的懷抱？」魯邕追問著。

「是的，人在失落中重新尋找，又在尋找中重新失落……輪迴，偉大的輪迴，永不休止的輪迴……我的一些同學開始接觸基督教，並在那裡最終找到了信仰；還有一些教徒返回佛教，在寺院中找到了最後的歸宿；又有一些人進了清真寺，在真主的懷抱中找到了解脫……我不能說他們的選擇是錯的，事實上，只要不傷害別人，任何人都有選擇自己生活的權利，任何人都可以選擇自己的宗教信仰，選擇最能讓自己心靈平靜的歸屬……但我要說的是，雖然我很羨慕這些信仰者的平靜和力量，但對我來說已經不再可能……你可能問為什麼會這樣，雖然我不能確切地知道，我但就是知道我生活的時代，我的家庭，我的經歷已經決定我不可能接受這些……可人失去了永恆，失去了精神的家園，人有多痛苦，因為沒有了永恆，也就失去了救贖，失去了人本身存在的價值和意義！」我看著黑黑的如墳墓的窗簾，想起樹上熟睡中的黑色烏鴉夫婦，他們的睡夢這樣香甜；可對一些人來說，他們的睡眠已經被剝奪，他們在殘忍的失眠中顫抖，嚎叫，毆打和廝殺，永沒有盡頭，直到死亡才使他們解脫，大地才重新獲得平靜……

「人為什麼不是自己存在的目的和意義？人為什麼必須要在別的上面尋找活著的依據？人為什麼這麼不自信？難道『存在就是感知』不對嗎？人存在本身為什麼不是判斷的標準？」魯邕追問我。這個旗鼓相當的辯手，想要把我駁倒。（多麼可笑，兩個瘋子，卻來嚴肅地探討人活著的意義和價值，讓那些正常人知道了，他們肯定會笑瘋，哈哈……）

「我明白你的意思，從某種程度上來說這是對的。而且，這在西方的啟蒙時代，這樣說完全是有道理的，因為那是一個信仰的時代，人的理性成為人們尊奉的價值準則，人們相信透過它就能戰勝上帝，戰勝一切虛無……所以人本身就成了目的，因為他有信仰……」

「那現在呢？現在有什麼不同？」

「這一切現在完全都被摧毀了，摧毀了……我們什麼也不相信，既不相信上帝也不相信人，既不相信自然也不相信宇宙，我們成了孤獨的漂泊者，沒有家園永恆流浪的棄兒……在宇宙的茫茫無際中，我們是孤獨漂泊的流星，瞬間劃破天空，轉眼之間消失不見。沒有人需要我們，我們被放逐了，我們在尋找一些東西，卻總也找不到……」

「為什麼？為什麼會這樣？」魯邑追問我。

「要是每個問題總有答案就好了。因為答案預示著解決之道……我希望回答你，也盡力回答你，但我不能保證我的回答就是正確的，這僅僅是我個人的思考和認識，肯定會有諸多的偏頗之處……我看到你有點不耐煩了，好了，我就說出自己的觀點吧，也不怕你的批評和反對。雖然很多人相信真理是愈辯愈明，但很多事情是說不清楚的，甚至會愈辯愈模糊，但……好了，我不說別的，我還是說出自己的觀點吧……因為在過去的歲月裡，我們經歷過太多的戰爭和死亡，經歷過太多人類的相互殘殺；還因為我們了解到理性的局限性，我們認識到了無理性和潛意識的力量，認識到過去的經歷和心理創傷對我們現在的致命影響……我們尋找到了一切，但這些都絲毫不能解決我們的問題，身體反而愈來愈虛弱了……不，我說不清楚原因，但我知道軀體生病了，它在流膿，它在哭泣……」

「不，我覺得你還沒有把最重要的原因說出來。」魯邑慢慢地踱著步，思考著我的話，這個狡猾的狐狸，似乎看破了獵人心中最隱蔽的思想。

「對，最重要的其實就是死亡！對，沒錯，就是死亡！死亡就是人生的真相，死亡使得我們的存在如此虛弱，如此不堪一擊。就彷彿我們在地上走著，還相信著永遠都能這樣走下去，突然大地露出巨大的鴻溝，很多本來在跳舞走路聊天唱歌打人蓋房子排演話劇發表演講拍攝電影辯論哲學問題犯罪

殺人放火搶劫生孩子走路放屁喝水賣衣服雕刻時光製造瓷器教育犯罪懲罰犯罪比武招親拼刺刀扔手榴彈買菜種地看孩子在樹林裡野合在郊區拉屎在床上親嘴倒在地上做愛的人都陷進去了……雖然這些掉下去的只是少數人，但是很恐怖，裂開的鴻溝使得活著的人知道不能自我麻痺，不能自欺欺人，它，它終會到來，所有人知道它終會到來，它終會抓走所有人……無法逃避，無處可逃……這就是人生的真相，這就是我們的世界，這就是我們的存在本身！」我終於忍不住趴在地上，一動不動地躺著，彷彿前面就是那條裂縫和鴻溝，彷彿鴻溝裡的那些人正伸著手向我求救，我徒勞地伸出手，卻無能為力……

「這又有什麼辦法？這就是我們的命運，這就是我們的存在。」魯邕也感慨著，像個詩人，在月夜裡對酒高歌……

「不，不，不能這樣的！這是不公平的！」我咆哮著，像頭飢餓的母獅子。「我不能允許這樣！我要找到辦法，找到抵抗死亡的辦法。我要去尋找永恆，尋找生命的價值，我要尋找到我們活著的意義，我要把我們經歷過的每一次哭泣和微笑，每一個人的每一瞬間都記錄下來……不，不，還不夠，還有我們整個地球上的每一個生物的每一點變化，從遠古到現代到未來；還有我們的宇宙從存在和毀滅的過程都記錄下來……這就是我要做的，也是我要尋找的……」

「也就是說，妳想做上帝？」

「為什麼不可以呢？為什麼不可以做上帝呢？每個藝術家都是上帝，藝術家透過自己的作品創造出自己的世界，創造了一個永恆而獨一無二的世界，從而暫時獲得了解脫……作家透過自己的作品賦予筆下人物以生命；畫家透過自己的繪畫而賦予筆下圖案以生命，舞蹈家透過自己的肢體而創造一個舞動的世界……」

「妳說的也許沒錯。但每個人不是都透過自己的努力而創造出自己的世界嗎？」魯邑說。這個小孩總是在我說的最起勁時打斷。這要是在以往，是絕對不可想像的……

「對。從某種程度上來說，每個人的存在都是一首歌謠。農民們種植糧食，工人們煉鋼，商人們出售貨物，在他們的世界中，他們都在歌唱……這是沒有錯誤的；但另一方面，你也可以說，很多人的存在也許僅僅是存在，工作就是工作，收穫就是收穫，也許他們還在欣賞自己周圍的風景……但畢竟，就人類的歷史和文明史來說，他們是沉默的大多數……不不不，別急，我知道你的意思，你想反駁我，你是想說正是沉默的大多數創造了人類歷史和文明史，對不對？哈，你點頭了，我猜得不錯……是的，你可以這麼說，這些無名英雄是人類歷史的主人；但我要提醒你的是，在人類歷史和文明史上，還有另外一部分人你也不能忽視，你不得不承認，這些留下自己行為痕跡的人，就像恆星一樣發出耀眼的光芒，他們是天才，他們噴射出精彩的火花，他們照亮了我們存在的地球，他們大大提升了我們的文明程度，那些偉大的科學家和發明家，如牛頓，如愛因斯坦，如愛迪生等，他們的研究和創造大大加快了我們的進化程度；更有一些著名的天才藝術家，如莎士比亞，如曹雪芹，如契訶夫，如梵谷，如杜斯妥耶夫斯基等，他們天才的火花照亮了我們的情感世界，讓我們窺見更多人性最深邃的部分……我不知道別人是如何定位自己的人生的，但對於我來說，我的存在就是寫作和記錄，我的存在就是盡量追趕這些大師，雖然很有可能因為才華和諸多條件的限制，我也許永遠追不上莎士比亞和杜斯妥耶夫斯基，但對於我來說，永遠不斷追趕甚至超越他們就成了我一生的宿命……不不不，我不需要任何人的評價和讚揚，對於我來說，這就是我的命運……當然，最終的結果也許證明了我根本不合適走條路，最終我的奮鬥歷程只是個零，是個虛無的負數，只是小丑和

瘋子的虛假歌唱……不，這些都不重要，對於我來說，最重要的是我做出了選擇，我為了自己的選擇奮鬥終生；我喜歡自己的選擇，我為自己的選擇自豪……又有幾個人能永遠真實？又有幾個人能永遠遵循自己的夢想？又有幾個人能說我為了夢想付出一切，我對自己的一生毫不後悔？」

「妳太喜歡歌唱了，妳太喜歡做夢了，妳把一些夢幻的東西當作了真實。妳把嬌豔的花朵當作了果實。」魯邕一針見血地對我說。

「你說的也許沒錯。要不我怎麼成了瘋子？『無瘋不成魔』嘛！對於我來說，最重要的事情就是，把我所經歷過的美好的事情記錄下來，還有周圍人的各種歌唱……因為他們不能發聲，所有我要銘記。我要聆聽他們的歌聲，記錄他們午夜的歌唱，要是不記錄，他們很快就消失得無影無蹤，像泡泡一樣破掉，消失不見，我要他們留下來，哪怕留下自己的影子也好！我需要記錄和寫作，我需要把壓抑的東西噴射出來，我不能忍受平庸和平常，我要記錄，我要歌唱，我要飛舞……只有這樣，我才能找到對抗死亡的方法，才能找到短暫地獲得永恆的方法……我在歌聲中飛翔，雖然只那麼一下子，但我畢竟在飛翔，飛翔過，我就滿足了！」

「小心太靠近太陽，會把妳的翅膀燒毀的！」魯邕警告著。

我很優雅地笑：「我會小心的，我不後悔。這是我的生活，也是我的命運……」

「佩服，值得佩服！」魯邕說。

「別人的讚美我很高興，但並不是我關注的重點。事實上，即使沒有別人的讚美，我也會依然走我的路。我關注的重點是我的選擇……」

「妳很驕傲……」

「正是這樣。我為什麼不驕傲？」我說。

故事二

在那間黑色的小屋子，我和魯邕沉默著。上一個話題結束，而一時又沒有尋找到新話題時，總是出現這種情況。

「妳還沒說妳為何到這個學校當瘋子老師的！妳不是說妳以前並不瘋嗎？」魯邕的記憶力倒不壞。他想起了新話題，驚醒了似乎陷入沉睡中的我……

「哦，這個事情我不知道是否應該告訴你……」我失神地看著窗外，雖然窗簾密封。房間悶得我快無法呼吸，我們待了很長時間，真想出去走走。但我不敢，校園裡布滿了各種監視器……什麼時候我能重新展開翅膀飛翔……

「我，我明白，這涉及到個人隱私，你可以不用告訴我……」面對著我的沉默，魯邕慌張地說。我們都有點尷尬，也陌生許多。窗外看不到一點亮光了。

「我可以對你說。」我打了個哈欠，這一晚上的經歷可真夠多的。我信奉「全有或者全無」，既然開了頭，就要講下去。縱酒狂歡莫要停息，千斤散盡還複來……

「真的嗎？」魯邕睜大眼睛，他太不謹慎地暴露了他的野心。自從知道了他的身分後他倒變得好快。我在心裡嘆息了一下，但還是點點頭。

「好的！太好了！妳快講吧，我都急不可耐了！」

魯邕慌忙止住。我瞪了他一眼。

「事情要從頭說起……你知道我夢想成為作家，這種夢想瘋狂地占據了我的頭腦，每日支配我的生活，我每天讀啊看啊寫啊，希望有一天能留下自己的著作……有一天我夢見了一個瘋女人，她在夢中對我講了她的故事和她的遭遇，這個人物很抓我，吸引我，我不知道她為什麼變成了這樣……雖然我對她並不了解，也不清楚她為什麼住在垃圾場，但直覺告訴我，這個人物

和我密切相關，她就是我十分渴望去創造的典型人物！我必須要把她創造出來，必須，你明白嗎？你懂得嗎？她來自某個神祕的靈魂，代表著人類內心最深處最隱蔽的某種真實，有著珍貴的藝術價值，你懂嗎？」

「嗯，懂一點……」

「算是我沒白教你……可我對她毫不熟悉，你懂嗎？看到這樣誘人的藝術形象，每天都在我眼前飄蕩，在我面前跳舞演講吃飯喝茶放屁，但我卻絲毫不能捕捉到她，你明白嗎？這種感覺多痛苦，我連續八天都沒有睡覺，眼前都是她的形象……事實上，我已經對瘋女人十分熟悉了，她說話的強調，她誘惑人的媚人眼神，她演講的每一個細微的姿勢，都能在我想像的畫面中展開。可不管我費了多大勁，我始終不清楚瘋女人怎麼變成這樣的？她從哪裡來的？她為什麼要站在垃圾場上發表演講？她想要幹什麼？天啊，多麼痛苦，我對瘋女人的內心世界根本無從把握，為了完成這次藝術之旅，我隻身來到這個瘋子學校……

「為什麼？」

「為什麼？為了探明瘋子們的情感邏輯，為了了解他們的生活和內心世界，為了寫出偉大的小說！哼，說那麼多你也不會理解的，你不知道理想的價值，也不知道瘋狂的念頭一旦生根，就會加倍滋長蔓延……為了藝術，為了體驗瘋子的生活，為了成為梵谷那樣的藝術家，取得非凡的藝術成就，為了寫好一個瘋女人的故事，為了了解她的內心世界，我來到了這個瘋子的世界，也化妝成瘋子，和瘋子為伍！」

「妳父母不反對嗎？」

「當然反對。你以為父母願意自己的女兒變瘋？他們知道我的意圖後，就把我鎖在房間裡，不讓我出去，那時我已經和穆達已經訂婚……我就絕食，還磨尖筷子來割脈……我父母害怕了，他們知道我的個性是什麼事都做

的出來的。在自殺和瘋子之間，他們只好選擇了後者⋯⋯可憐在穆達跪在我面前，我們抱頭痛哭，我們再有三天就要舉行婚禮啊，我要為他生下一群小孩啊，我愛孩子，愛他們純真的笑臉，愛他們的小手緊緊地抓著我的手指片刻也不鬆開的那種感覺⋯⋯可是我必須放棄，因為還有更重要的事情要等著我去做呢⋯⋯」

「把她寫出來真的那麼重要嗎？」

「無比重要！」

「重過父母家庭愛人和孩子⋯⋯？」

「對，重過一切。重過生命⋯⋯沒人的時候我也會問自己，這樣做是不是太瘋狂太不理智了？這樣做值得嗎？我想放棄，可那瘋狂念頭我阻止不了，我無能為力⋯⋯我就像吃了秤砣的王八 —— 鐵了心要做這件事情⋯⋯母親默默流淚，父親大口吸菸，穆達悲痛欲絕，但他們還是忍著悲痛，像送英雄一樣歡送我到學校。我進了學校，他們眼中含著熱淚，和我惜別⋯⋯他們知道這是我最想要的，就盡全力滿足我。大家都很清楚，任何有價值的東西都不會憑空得到，都必須要付出代價和犧牲，犧牲愈大，愈能襯托出它的意義和價值來！」

「妳可真是不折不扣的理想主義者。哈。真勇敢！」

「哼⋯⋯不入虎穴，焉得虎子？」

「哈，有志氣，佩服佩服！不管如何，我向妳致敬，妳是我最佩服的人！美麗的女士，妳在瘋子學校⋯⋯不不，我說的是興華學校，學到了什麼？妳對瘋子了解了嗎？妳學會了他們的情感邏輯（照妳的說法）了嗎？」

「我在盡力捕捉。有點感覺，雖然還不清楚；並且，事情在慢慢發生變化⋯⋯」

「變化？」

第二章　哲學、藝術和夢想

「對，我發現，只有自己變瘋才能更徹底地了解這個人物。當我意識到這一點的時候，我感覺巨大的恐懼，就像天塌下來一樣。在中國武術中，有一種最厲害的武功，但這種武功的第一招就是揮劍自宮……我逐漸接受了……」

「哦，這就是妳變瘋的原因啊……妳已經瘋了？」

「但我還能變回正常……」

「還能變回去嗎？」

「可以的……」

「為什麼？妳不是說瘋子一旦打上印記後，終生就不能擺脫嗎？」

「我已經掌握了瘋和不瘋的規律……」

「那是什麼？快告訴我，我也想變得不瘋……」

「愛……」

「愛？愛是什麼」

「愛是人類永恆的家園……我有家人和愛人的愛，有他們作為我強大的後盾和支持，我會沒事的……」

「唉，實在羨慕。為何我沒有家人和愛人支持呢？唉，看來我要一輩子做瘋子了。」

「不要難過……」

「哈，我不難過。只是有點憂傷，妳也知道，不過是『為賦新愁強說愁嘛』。」

「那就好。我最不見得別人難過……」

「謝謝，妳真好。不過妳怎麼知道妳說的一切是真的？妳怎麼這麼相信自己的話？既然妳是瘋子，我們都知道瘋子的話是絕對不可信的，瘋子是不講邏輯的……既然這樣，妳怎麼能相信妳說的是真的而不是在講一個故事？哈，妳生氣了？」

「我沒有⋯⋯」

「那就好。我們接著剛才的話題探討。我開個玩笑，僅僅是開個玩笑啊，妳說有沒有這樣一種可能？妳的父母和愛人送妳來這裡，也許並不是因為妳要寫瘋女人，想要體驗什麼狗屁瘋子的情感邏輯⋯⋯請原諒我說粗話啊。妳說，有沒有這樣的可能啊，也許妳是真的瘋了，所以妳的父母和愛人才把妳送這裡，這裡可是收留瘋子的唯一地方啊！妳不能否認是有這樣的一種可能性吧？妳生氣了嗎？看妳的臉都紅了⋯⋯」

「⋯⋯」

魯邕的問題讓我愣住了，這個狡猾的獵人，早已挖好陷阱，早已想好如何攻擊我，卻引而不發，層層誘導，直等最後時機，才解下面具，毅然出手，之前都在戲弄我，羞辱我。

「哈哈，說笑了，老師別往心裡去啊。對了，妳剛才說白狄老師寫了本小說，小說是說什麼呢？」

「你想知道嗎？」這小子問的東西太多了，不會有什麼不可告人的目的吧？也許是我想多了。但在這個「興華學校」，人心叵測啊。

「想，帶著十二分急切的心情。」魯邕愈來愈油嘴滑舌了，臉也漸漸變形為尖嘴猴腮。以前的天使陽光面孔也許不過是他的假象。這個比嫪毐毒狡詐十倍的蠍子，我為何被他的假象迷惑？我太不謹慎，透露太多的東西，魯邕抓著我那麼多的把柄，如果他去找校長？這樣的結果我不敢去想。但現在顧不了那麼多了，我只能隨機應變。

「白狄小說寫的是一個人的歷險經歷，她最後得出了結論：整個世界都被無常的命運所操縱，而他是不存在的，他被虛構出來，也就是說，他只不過是個書中的人物，他只是故事中的一個角色，而故事是由一個瘋子講出來的⋯⋯」

第二章　哲學、藝術和夢想

「妙哉，妙哉！很有意思，我會記住這個小說的。」魯邑搖著頭，晃著腦，悠閒自得。我站起身，想打開門，趕快結束這場無聊而危機四伏的談話。我打了個哈欠，我睏得都快睜不開眼了。「等一等，等一等，最後一個問題。」魯邑還抓著我不放。我知道一種討厭鬼，人被他纏住後就很難脫身。沒想到魯邑扮演起討厭鬼來了。

「好，最後一個問題啊！」我故意繃著臉，很快又嫣然一笑。我假裝起溫柔可愛的師長，對付頑皮糾纏不清的人只能如此。但只有我自己知道我內心有多恐懼。

「老師妳可太好了，比天下所有人都好。我對妳的敬佩就如滔滔之江水……」魯邑還要滔滔不絕地講下去，我適時地伸出一個指頭。

「一個問題啊，最後一個問題！」我又張開嘴，打了個哈欠。魯邑也跟著打了個哈欠。

「好好好，最後一個問題……你知道嫽毒是怎麼做起王后的？有什麼訣竅嗎？」魯邑搖頭晃腦，不知又在策劃什麼計謀。

「想知道嗎？」我微笑地看著魯邑，戴上最甜蜜的面具。

「想，當然想了……」魯邑著急地搓著手。

我把耳朵湊到魯邑耳邊，輕聲對他說：「因為他有著天下第一性器，所以他就成了王后，你知道，校長，校長……」我笑得說不出話來。

「校長喜歡大的！」魯邑補充我的話，我點點頭，我們兩個人都忍不住趴在地上笑，用手拍打著地面。實在沒有比這更好笑的事情了。

笑過之後，魯邑站了起來，用手拍打著衣服。我待在地上也很不好意思，我跟著站了起來。不過我馬上疑惑起來，嫽毒的事情學校所有人都知道，為何魯邑會裝作不知道的樣子？難道這裡有什麼陰謀？不過我太睏了，只想倒在床上……我又打了個哈欠。這次，魯邑卻並沒有跟著打哈欠……

「老師，很晚了。我要告辭了，不好意思打擾妳這麼久，影響了妳的備課。」魯邕微笑著，臉上閃現著詭異的光芒。

「今晚過得很愉快，不是嗎？」我繼續微笑著。戴上這樣的面具後就很難再丟開。

「是啊，十分感謝老師告訴我那麼多知識。聽君一席話，勝讀十年書啊！對了，老師，妳就不怕我舉報妳？」

我微笑著說：「不怕……」

「為什麼？」

「你太會開玩笑了，你不是這樣的人……」我親密地拍了拍他的肩膀，笑得臉都僵硬了。

「老師這麼相信我？哇塞，好讓人感動喔！不過啊，不要對瘋子抱有幻想。他們是最不講道理的，不是嗎？哈哈……我說笑的。老師，妳別當真啊。Merci，晚安。」

我愣了一下，覺得這腔調十分熟悉。我不敢多想……對著魯邕的背影，我也道了聲晚安。

在我倒下前，我用盡最後一絲力氣關上門並鎖上……這個晚上這麼漫長，我躺在床上，渾身顫抖著，大汗淋漓。要不是用牙齒狠狠咬著被角，我早就哭出聲了。我知道得很清楚，結束了，一切都要結束了……

但他們永遠聽不到我的哭聲。戰士流血不流淚……

夜太黑。

寫作說明

在進入下一段落之前，請允許我對這個小說的寫作情況做下簡單介紹。我知道這非常不合傳統，但既然這不是一部傳統的小說，因此我也就盡量跳

出舊有小說理論的束縛。尤其是今天上午我看到畢卡索的兩句話更給了我莫大的鼓勵。

「我寧願創造一種自己的語言，而不願拘泥於束縛我的那些規則。」

「我之所以是畢卡索，是因為我創造怪物。」

畢卡索是公認的偉大畫家，他的作品一再地突破常規。他不能容忍常規，因為常規就意味著平庸。人們大都喜新厭舊，藝術審美和趣味上又何嘗不是如此？翻開人類藝術史，當一種藝術手法和流派被人們奉為經典時，也是它開始衰敗時。人雖然有時候卑鄙可惡，但就整個宇宙和人類生活來說，卻具有豐富多彩的內容和廣闊的空間。人生活在這個世界上，在生存之餘進行藝術創作，也應該具有豐富多彩的內容和不同的角度。凱西爾說得好：「人之為人的特性就在於他本性的豐富性、微妙性、多樣性和多面性。」

二十世紀心理學的最大發展，就是對人潛意識和無意識心理認識的不斷深化。從弗洛依德的個人無意識心理到榮格的集體無意識心理，從埃里希‧弗羅姆的社會無意識心理到傅柯的瘋癲研究，無不展現了這一進程。與此相對的是，這一時期的文學作品，也大量涉及了人類的潛意識和無意識心理，而吳爾芙、喬伊斯、福克納等人，更因為他們作品展現了人的潛意識和無意識心理而獲得殊榮。這些偉大的藝術家都不同程度上加深了人們對人深層心理的認識，改變了舊有的文學表現領域。

他們開創了全新的領域。他們值得尊敬。我們為了看得更遠，我們需要站在巨人的肩膀上。我們要學習藝術家永不滿足的探險精神。對於我們來說，這種探險精神這意味著，我們要突破常規，我們要深入人類心靈的更深處，我們要在無人之境跋涉前進，而在那黑暗的角落裡，也許有璀璨的明珠，也許藏著蛇髮怪獸；也許有噴火的巨龍，也許永生的人參果實。我們必須深入這一領域，表現這一幽暗神祕的領域……

　　對於夢境、夢魘和精神病人心理世界，二十世紀的文學已經有了諸多展現，但與夢境、夢魘和精神病人心理世界所呈現的豐富和複雜層面來說，我們所做的還遠遠不夠。它就像一個廣闊無邊的海洋一樣，我們僅僅從中撈取了幾顆珍珠，我們就欣喜若狂。殊不知，我們只見樹木，不見森林；我們只見珍珠，不見海洋。這就好比我們戴著有色眼鏡，因為被無知和偏見所蒙蔽，我們看不清眼前的海洋被各種珍奇異寶所裝飾，我們把它耀眼的光芒當作空中樓閣，我們把它的金碧輝煌當作海市蜃樓。我們喪失了領略另一種美的可能性，僅僅因為我們目不識丁，有眼無珠。

　　與人類社會生活和家庭生活不同的是，這一領域是一個全新的領域，它所奉行的原則和規則也和別的領域完全不同，它是瘋狂、激情、顫抖和無理性的集大成者。對於在高樓大廈生活，集體患有「幽閉症」的現代人來說，夢境、夢魘和瘋癲領域是自由，是夢想和激情，它展現了一種革命和抗爭精神，它是對過度壓抑的變形反抗，是一種反抗現代高科技束縛的武器，是一種反抗都市大工業體系控制的武器……

　　它就像致命的毒藥，就像甜蜜的包袱，它暫時地解放了我們，讓我們暫且探出頭來，看一看藍天，呼吸一下新鮮空氣……它讓我們飛翔，雖然只是那麼短暫的一剎那，但我們畢竟在這一刻體驗到了飛翔的快感，雖然之後很有可能就是致命的墮入深淵……

　　我還是回到正題上來，說一說我為何寫這篇小說吧。我的很多小說都來自我做過的夢，比如《女巫》，這一篇也不例外。對於我來說，夢境雖然可怕（很多時候都是夢魘），但它五光十色，有著驚人的難以言傳的魔力。對於平淡而毫無新意的日常生活來說，夢境是一種逃脫和幻想，並從某種程度上來說舒緩了那些被壓抑的欲望。對於我來說，夢境不是夢幻，因為夢幻代表著虛假，但夢境卻是真實的，它反映了那些我們真實的心靈，雖然用一種扭曲的方式來反映。

第二章 哲學、藝術和夢想

夢境是幻想，卻比幻想有更多的可信。因為在夢境中，我們是相信所發生的一切的。當巨大怪獸朝我們扔石頭時，我們會恐懼地尖叫；當我們在天空中飛翔時，我們也會體驗到那種在現實中體驗不到的快樂。在夢中我們會相信一切，雖然醒來之後會覺得異常荒謬。

從這個意義上來說，夢境和瘋狂是一致的，它們都以非理性為最大特徵。瘋狂是現代社會的疾病，這並不是說古代社會沒有瘋狂，而是說瘋狂成為現代社會的一種頑疾，一種明顯標識。當個人太多的欲望被現代社會刺激而膨脹，但還沒有足夠多的可能去滿足和實現時，心理失衡就在所難免，而嚴重者就呈現出瘋狂的報復特徵。最近幾年，我們國家出現愈來愈多的殺人狂事件，這並非偶然。

從另外的方面來看，隨著現代社會的完善和發達，個人愈來愈多地被束縛在大工業體系中，成為這些強大機器中不可逃避的小玩偶。於是，很多人的正常欲望和情感需求都不自覺地被抹殺。這些可憐的受壓抑的人，在壓抑到極點，必然會出現反彈，出現瘋狂的舉止來發抗現代社會的壓制。

同時，同傳統社會相比較，現代社會中個人愈來愈跟較大的感情和思想實體（如社區，宗教，傳統大家庭等）相分離，個人被拋在社會中，孤獨而沒有情感依託，在黑暗中呼喊而沒有回應。於是，孤獨的人就把欲求轉向自己，卻只能感到更加空虛。這就更容易走向瘋狂。

這幾個方面是相輔相成的，它們共同解釋了現代社會中瘋人增多的原因。無獨有偶，社會學家涂爾幹在其著作《論自殺》中，也仔細分析了現代社會自殺增多的原因，他也提出了相似的看法。

所以，這個以夢境為基礎的小說，最後卻以精神病患者世界（瘋狂）而告終，這並不奇怪。因為就其原因和性質上來說，夢境和瘋狂實際是三姐妹中的兩個（他們最小的妹妹是自殺）。她們都是用超出常規的方式來完成對現代社

會的批判和抗議，一種以拒絕的方式表達出的革命態度。（我們也可以把自殺理解成對現代社會的一種反抗，一種拒絕的消極反抗，一種革命態度。）

當然，你也可以說夢境、瘋狂和自殺是弱者逃避現實的手段，是他們衰弱、邊緣和失敗的展現。你說的沒錯。這是硬幣的兩面。對於同一問題可以有多種態度和偏好。因為出身、教育、經歷和情感的不同，人們的出發點也會截然相反。希望這是個自由、寬容和多元的時代。當然，我的態度是明確而勿庸置疑的。我喜歡自己的態度，我尊重自己的態度。我知道在我身後，還有很多像我這樣的人和情感體驗。為了他們和我自己，我在表達，我在寫作。因為有了他們，我變得堅強而強大，就像那頭海上的怪獸利維坦。

這就是這篇小說的精神內涵。用一種非理性的方式表達了愛、希望、夢想、痛苦、絕望甚至還有死亡。她在歌唱，雖然聲音嘶啞，音調難聽，熾熱難耐，但態度是真誠而認真的。

我們都知道，很多藝術家都是瘋子，但很少有人知道，很多瘋子都是藝術家。因為缺少表達的管道和推廣的平臺，這些瘋子的才華被壓抑在潛意識深處，成為眾人眼中的怪物，成為無意義的人，成為被歧視和忽視的存在者。如果有一種機制，有一種條件，有一個平臺能記錄一些瘋子的一生，他們會發現這些被排斥的邊緣人身上，有著巨大的創造性才華。

當下的人類社會，還缺乏這些條件。因為很多所謂腦筋正常的人還有那麼多煩心事，所以就更沒有人或者機構來為這些瘋子身上的藝術創造才華而發聲。這不能不說是遺憾。這也表明我們的社會還沒進化到更文明的程度。

我們還有很長的一段路要走。

誠如你所言，很多藝術家都是瘋子，他們撕碎了人類的平庸和平常，而用新的視角帶給我們深刻的啟發和美的呈現。他們為我們人類社會的進步和藝術的創新做出了不可磨滅的貢獻。

第二章　哲學、藝術和夢想

謝謝他們美好而偉大的作品！

謝謝他們偉大而波瀾壯闊的一生！

他們美好的生命就像最美的詩，最好的戲劇，最精彩的小說，最完美的電影！

事實上，沒有太多藝術表達管道的瘋子們，他們的生命也是如此美好。正如所有人的生命一樣，我們的責任就是讓每一個人都意識到他們有偉大而熱情的生命，有激情澎湃的藝術創造才華，有無可替代的價值！

當所有人都是的時候，大同世界才會出現！而這一天，不知要經過多少代人的努力奮鬥才能實現。

加油吧，偉大的夢想！

前進吧，人類社會！

創造吧，所有的人！

再簡單地介紹寫這篇小說的寫作情況。這個小說寫於二〇〇六年五月一日，在我做了那個夢的第二天就開始寫起來。最高的紀錄是一天寫了一萬多字。因為愛情的創傷十分難受，聽著壓抑而悲傷吶喊的音樂，我難以自己，雖然沒有哭泣，但我知道內心早已淚如泉湧。寫了幾天，太難受就停了下來。另外也可以說是才思枯竭，不知道下一步故事該如何進展，也不知道故事的主題和框架。所以就停在第六部分孫師兄出院那裡。因為這個夢境起源於愛情的創傷，起源於強烈的思念和憤恨，所以在這一部分充滿了對愛的極度渴望，充滿了對那些人幸福生活的嘲弄。在那些嬉笑背後，滿是難言的悲傷和無盡的孤寂。

二〇〇六年十二月我接著開始寫，從第六部分寫到第十三部分，中間因為疲憊又停了下來。雖然沒有繼續寫下去，但已經找到了主題，找到了這個小說中的故事框架和人物走向。我把後面的內容先簡單地記了下來。但之後

就沒有繼續寫下去的動力了，一方面是很疲憊，另一方面是因為尋找到了小說的方向，就好像人生一樣，看得太明白就沒意思了，霧中看花水中望月才有韻味。我懷念五月那種被一種激情強烈驅使的日子，雖然不知道方向，不知道會出現那些人物和情節，有時候也為寫不下去而惶恐不安，但硬著頭皮寫下去，因為心中有著強烈壓抑而急待抒發的情感，當她們最終衝破阻塞而噴湧而出時，就有很有意思的東西呈現出來。幸運的是，在我看來，在那些文字中能看到一些奇思妙想，能看到一些不尋常的東西。

　　不過，我說這些並不是貶低十二月的寫作。但它是另外一種感覺。事實上，在第七和第八部分，小說的方向和框架還是在尋找之中，所以它還充滿著不可預期性。第八部分寫完了，那時候已經模糊地感覺到小說的方向；但直到在第九部分，我新增加魯邕這個人物，卻沒想到他和主角「我」的對話竟然會那麼長（有六部分之多，幾乎占了以前寫的二分之一的篇幅）。但正是在這長長的對話中，小說的主題和以後的情節才逐漸清晰起來；也正是在這一部分，小說的結構也日漸複雜起來，成了一個有著多種風格和多種面孔的複合體。我明白，這篇小說已經具有獨立的靈魂和脈絡，我只能在這個框架中前進。並不是說我無力改變，而是她已經足夠成熟和強大。我必須要尊重她，尊重她獨立的價值和生命，尊重她獨特的風貌和面容，就像我尊重我，尊重我們大家一樣。

　　「我」和魯邕的長篇對話都發生在一個黑暗、狹小而密閉的房間裡，這並非刻意尋求，而是自然發生，一方面是小說中特定情境的自然需求（要躲避學校的監視器和嫪毒的追蹤），另外也不自覺地暗含了我那一段時間的心境。因為那時諸多方面都不太順利，而心態又沒調整好，覺得自己無論如何都不該會是這樣，心理滿是懊惱、鬱悶和無所適從。所以，那一段時間我最喜歡做的就是把自己關在房間裡看書看碟，或者寫那些很厭惡的賺錢的小

第二章 哲學、藝術和夢想

活，邊寫邊罵。那段時間，除了工作上必須要見的人之外，我都盡量讓自己躲起來，拒絕無謂的人際交往。我喜歡躲在自己小小的房間內，一到傍晚，我就高興地把窗簾拉上，在密閉的小屋裡我感到分外的自在，成了一個略帶「自閉的閒人」，當然，這樣說難免有點誇大。事實上，這段時間我還是幹了不少的雜事，雖然沒有多大的成效。

二○○七年一月八日我又繼續寫下去。希望這次能完整寫下去。因為故事已經完整，所以剛開始就把第十三部分調整完善好。此刻是二○○七年一月九日的上午。現在回頭看十三特別重要。因為這一部分對於主角形象的塑造、對於作品的深度都顯得十分重要。更重要的是，這一部分雜糅了作者本人諸多方面的特質，是作者本人最坦誠的心態流露。也正是有了這一部分，作者本人在這篇小說中留下了很深的個人痕跡。從這個意義上來說，它是屬於我的，是我真正的孩子。與我的第一個孩子《女巫》相比，本書要前進一大步。我愛我的這些孩子們。

我說過，本書也來自我的一個真實夢境。但小說現在的情節，還沒發展到那個夢境。不過不用著急，很快就會到達那個夢境。我說過，這個夢境是和愛情有關，它來自於強烈的思念和驚人的預感，它預感到那段愛情會要結束。所以，這篇小說原名叫做《消失》；所以，在這篇小說序幕中的女神叫做消失女神。而現在，這段感情已經真的消失。就像任何生命一樣，感情也有自己的出生、發展、歡喜、悲哀、痛苦和死亡。現在它結束了，原來那個讓我魂牽夢繞的人也已遠去。

我向那人揮手，以做告別，從此再無牽掛，彼此浪跡天涯。雖然我曾夢想無數次和此人共度餘生，分享彼此人生；但很顯然，我和這人有相愛卻並無相伴終生的緣分。造化弄人，想起過去多少無眠的黑夜，想起多少傷心的淚水，還有那些生命中不期而遇的驚喜和無盡的魚水歡騰，不勝唏噓……

　　如今那些像流水一樣的前程往事，都已煙消雲散，只留下淡淡的回憶……「逝者如斯夫」、「想眼中能有多少淚珠兒，怎禁得秋流到冬，春流到夏！」

　　但生命正是如此。在這個失去的過程中我已經得到許多，所以才不斷激發出感恩之心，對曾經經歷的一切表示感謝。

　　謝謝那個人，謝謝那段感情，謝謝那相戀兩年的日子。沒有它們，也就不會有今天的這篇小說。所以這篇小說也算是揮手的告別，為一段感情畫上一個句號，為一段新的旅程留下空白。

　　從此之後，可以了無牽掛，浪跡天涯。懷著一顆期望的心，繼續上路。

　　因為這篇小說寫於三個時期，所以，各個章節之間可能會有風格的不太統一。（比如，在五月寫的那部分，用了很多括弧來補充說明情況，而在十二月和現在寫的，這種括弧明顯減少。當然，我在這裡又用了一個括弧。）除去基本的字句調整外，我不太想為了統一的風格而去修改調整。我想，每篇小說都有它獨立的生命，應該尊重其生存和發展權利，應該尊重各個部分自然呈現出的生命痕跡。就像我們每個人在自己生命的自然歷程中，會自然地留下來傷疤、習慣、心理創傷和偏好一樣！

　　我尊重它們！所以我也尊重小說的獨特生命！

　　這就是這篇小說的各種情況。這篇本該是後記的東西放在這裡，也許會很刺眼。但既然這篇小說並非單純的故事，那麼，放在這裡也並非不恰當；甚至，它還有一種間離效果。應該允許創新，尤其是藝術。當然，你要是不喜歡，你可以把這一部分翻過去。我保證，下一部分會很精彩，充滿了鬥智鬥勇。

　　在我結束這部分之前，請允許我再補充幾句感謝。在十二月的小說寫作中，我非常疲憊，經常是才寫了兩三千字頭就累了，頭腦僵化，腦袋也變得

很緊，非常疲憊，最後有一種快要吐的感覺。後來我在部落格上寫了篇文章，〈生孩子這麼艱難〉，被一幫老友鼓勵，問寒問暖，十分感動。沒幾天，我就因為別的事情停下寫作，部落格也二十多天沒有更新文章，讓那些老友們十分著急，他們打電話問我：「孩子生出來了嗎？」問我寫作進展情況，督促我趕緊寫。

我十分汗顏。但也正是他們的催促和鼓勵，給了我寫下去的很大動力，也讓我意識到我並非獨自前行。他們毫無私心的愛和期望讓我感動。希望我沒有讓他們失望。

希望我沒有讓自己失望。

加油，前行！

（作者說明：以下的幾個章節，是典型的情節劇套路：充滿著不可預料的突轉。請各位讀者慢慢欣賞。）

第三章　瘋子帝國

情節劇之一：老友重逢

　　我病了，孫師兄來看我。很多年前，我們師從一個老師，學習戲劇和寫作。那時候，正是我們師門最昌盛的時候，我們整整十二個學生，青春年少，志同道合，我們做著繆斯女神的學生，整天混在一起飲酒作樂，朗誦詩歌，欣賞戲劇，觀賞電影，看畫展聽音樂會，花前月下，卿卿我我，再也沒有比我們更放蕩不羈了，再也沒有比我們更瀟灑快樂了……可惜，甜蜜的日子總那麼短暫，尤其是青春和幸福，它們很快就像小鳥一樣飛去不回頭，老師也很快因為某些原因離開了，我們只好各奔東西，各奔前程……「忽喇喇似大廈傾，昏慘慘似燈將盡」、「終久是水散高唐，永涸湘江」、「這是塵寰中消長數應當，何必枉悲傷？」……

　　我們一時無語，長時間的沉默。孫師兄拖著殘疾的雙腿，踱到窗口，看著黑沉的天空。我看著床頭櫃上擺著一個白色小玻璃球，裡面一支箭穿過兩顆心，旁邊用英文寫著「I LOVE YOU」，那是我來學校前，穆達送給我的，他流著淚要我不要忘記他，要我早點出來，他永遠等著我，永遠在家門口等著我的歸來，即使鬍子花白，即使彎腰背馱……穆達在哪裡？在幹什麼？我為什麼不離開這裡？既然我已經成了瘋子，我不是已經很了解瘋子的情感邏輯和內心世界了嗎？我不是可以寫出瘋女人了嗎？但現在的問題是，我怎樣離開這裡？我能離開這裡嗎？魯邑肯定已經告密，嫪毐在暗中不知道佈置多少爪牙，只等著一搜尋到罪證，立刻就把我押走……我太不謹慎了，在這個人心不古的年代，我竟然說了那麼多的祕密，我不是自投羅網，自尋死路嗎？誰能救我？如何自救？難道我會像白狄那樣被他們處死嗎？我的小說怎麼寫完？我怎麼去見穆達我的愛人？誰來救我？誰會救我？

　　孫師兄嘆口氣：「我昨晚夢見老師了，她還是那麼神采奕奕，精力充沛，她問我作品寫得怎麼樣了？她問我寫的小說什麼時候完稿？你的戲劇什麼

時候上演？我說不出話了，我在夢裡嚎啕大哭。老師奇怪地看著我，一言不發，她好像不認識我了……」

孫師兄的話冷漠地飄過來，宛如一團沒有亮度的黑雲。我沉默著，我能想像孫師兄的夢境，我能想像老師那悲傷的眼神，受過幾年的寫作訓練，這點想像力還是有的。事實上，我也總是做著同樣的夢。我想，每個人都會做這種夢，只要他們年輕時有過渴望，有過夢想，有過深愛又錯過的人，有過無法釋懷的心靈創傷，有過壓抑而沉重的往事，他們一定會做這樣的夢。現實的生存和勞碌像車輪一樣從身子上碾過，讓我們忘記曾有過的激情和夢想，讓我們變得螞蟻一樣碌碌無為，無所成就，喪失靈魂，行屍走肉，在泥垢中打滾，和野貓交媾，和烏鴉爭搶食物……

有太多的生存需要我們面對，有太多的欲望需要我們盲從，有太多的浮躁讓我們麻木，有太多的愛情需要我們歡娛，有太多的寂寞需要我們打發，有太多的真實需要我們逃避……現實是不值得信任的，但夢境卻完全不同，她忠實於我們的內心，忠實於我們最真實的聲音，她永遠不會欺騙我們，也不會像情人那樣殘忍地把我們拋棄，她會調製蜜酒和豐盛宴食，她會熱忱地歡迎我們的回歸，她會安慰我們脆弱的心靈，她會鼓勵我們為了夢想而戰鬥……所以，我要歌頌夢境，歌頌真實，就像歌頌曾有的夢想和激情，歌頌曾有的歌唱和飛翔……

「妳瘦得厲害，瞧妳燒得臉蛋發紅……我可憐的小姑娘。過去妳曾那麼快樂，笑容甜蜜，體態輕盈，就像帶翅膀的天使，可現在……時間可真快啊。」孫師兄向我伸出雙手。我轉頭不去看他。

「我知道妳恨我，恨我丟掉夢想和尊嚴，在泥坑裡打滾，甘願把自己墮落成畜生……可誰知道我的苦，為了生存，為了活下來，我，我，我……」孫師兄抑制不住，委屈地哭起來，像個孩子。我默默地嘆口氣，往昔很多快

第三章　瘋子帝國

樂的日子在眼前浮現，同門情誼戰勝了諸多的不滿。我把一塊手帕扔給孫師兄。他說聲謝謝就擦起眼淚和鼻涕。他真的成了老小孩。

「妳知道嗎？我常常想起我們臨分別前，我們在老師家演出過的《三姐妹》，妳還記得嗎？」孫師兄問我。

「怎麼可能不記得？」那是契訶夫的劇本，我最喜歡的作品。我看了看孫師兄，他也滿臉放光。

「妳扮演裡面的小妹妹伊麗娜，像個純潔的天使，我扮演裡面說大話的維爾什寧，還記得吧？嗯嗯。」孫師兄咳嗽著，清理著嗓子，接著就開始《三姐妹》中維爾什寧的臺詞。「『（笑）生活是艱難的啊。生活，對於我們中間的許多人，似乎都是昏暗的、絕望的；然而，我們應當認識，天邊已經在發亮了，整個光明的日子，絕不會遠了。』（看看他的錶，聲音變得自然，小聲對我說）我戴著錶，妳看，我就好像知道今天要為妳表演一樣。噓，我不該脫離劇情，我還是回到維爾什寧身上吧。（重新的舞臺腔）『是時候了，我可該走了！從前，人類忙於戰爭，整個的生命裡都填滿了行軍、侵襲和勝利……但是現在呢，故去的一切，都已經不合時宜了，而所留下來的一個巨大的空位置，直到目前也還沒有一樣東西去填補；人類正忙於熱情地尋求這種東西，當然，人類終會把它找到的。啊！只希望趕快能找到啊！』（對我）哈，怎麼樣？我還寶刀未老吧。咳咳。」

孫師兄想裝得年輕些，卻喘不過氣地咳嗽。我拍打著他的後背。他的舞臺腔很重，聽起來就像烏鴉的呱騷，但他富有熱情，認真，雖然這種熱情因為過份熱烈而顯得有些虛假和做作，就像那些初登舞臺的演員，還沒學會如何控制自己的情緒。總之，孫師兄的表演混雜著複雜的訊息，既悲傷又可樂，既真誠又滑稽，既詩意使人流淚又讓人感覺輕浮做作可笑。也就是說，孫師兄的表演中混雜著悲劇和喜劇，混雜著悲傷和快樂，混雜著詩意和

滑稽，具有移情的感人效果，又有間離的批判功效⋯⋯但這種效果並非自然生發出來，而是他往日精湛演技的迴光返照。這種表演也許更適合當前庸俗觀眾需要，他們會對這個誇張滑稽的小丑報以熱烈的掌聲和口哨，但畢竟，這種效果卻和契訶夫劇本中的詩意相去甚遠⋯⋯孫師兄老了那麼多，而他過去的表演卻是天才而感人的⋯⋯不過也許我不該要求太多，每個人都是會變化的，變好或者變壞或者踏步不前。我不該對孫師兄要求太多，他已年老衰敗，現在還要求他像年輕人一樣激烈爭鬥是不現實的，也是不人道的，畢竟，人都渴望平靜生活，安度晚年尤其需要；而孫師兄畢竟還記得往昔的激情，記得過去詩意的生活，難道這還不足夠嗎？一瞬間，往日親密的同窗情誼又把我們連接起來。我恍然若夢，彷彿置身於舊日舞臺上。我也跟著脫口而出伊麗娜的臺詞。

「『（抑制著自己）啊！我多麼不幸啊⋯⋯我不能工作，我也不願意再去工作了。我夠了，夠了！我當過電報生，現在我在市政廳工作，我討厭，我瞧不起他們叫我所做的那些工作⋯⋯我快二十四了。自從我工作了這些年，我的腦子就空了，人就瘦了，醜了，老了，可是得到了什麼報償呢？一點也沒有，一點也沒有啊。然而光陰一年一年地消逝著，我覺得自己是在脫離了那樣美麗的真實生活；脫離得愈來愈遠，將來還不知道要陷到多麼深的深淵裡去呢。我已經處在絕望之境了，而我卻不明白我為什麼還活著，我為什麼還不自殺⋯⋯』」

我忍不住流下了眼淚。因為這些臺詞不僅僅是伊麗娜的心聲，更是我的心聲！

「師妹，妳還是一點也沒有變啊，從妳的表演中我還能看到往日的激情、純真和夢想⋯⋯」孫師兄握著我的手。而自從離開老師家，我再也沒有這樣表演過，今日的表演真夠暢快淋漓的，我壓抑寂寞許久的心情一掃而

第三章　瘋子帝國

光。我拉著孫師兄的手，彷彿又回到了往昔生活，那時候，我們十二個同伴，就像兄弟姐妹一樣生活著啊……「不容易，不容易啊，妳受過多少苦啊……」

孫師兄嗚咽著，我也熱淚盈眶……這麼多，這麼多年了，我終於找到了一個可以一訴衷腸的人了……我們都在黑暗中生活太久沉默太久壓抑太久了啊……

「師兄你還記得嗎？那時候你多年輕，非常英俊帥氣，是周圍女孩的夢中情人……那時候你也很多情，你對那些小女生根本不屑一顧，你被一個黑寡婦迷惑了，整天為她送花，寫情詩，劈柴提水幫她做家務……」孫師兄那時十分高大，渾身散發著迷人的男性魅力……往事如電影在眼前浮現，要是能夠回到過去該多好啊……

「黑寡婦？對對，我想起來了，她皮膚很黑很健康，身材豐滿，她渾身上下散發著成熟女人的光芒……她就像一朵怒放的黑牡丹。我被她迷得神魂顛倒……對，那時候我們都叫她黑牡丹……」孫師兄也陷入回憶中，但很快就陷入昏睡中，房間裡響起很大的呼嚕聲。我把衣服輕輕地披在他肩上，他還在沉睡，臉上表情卻陰轉不晴，一會他恐怖地驚叫，一會卻又歡喜地大笑……睡夢的人都是這樣，不能控制自己的情緒，就和瘋子差不多……

在這個靜謐的黑夜中，只有房間裡的掛鐘走著，滴滴答答地發出聲響。要是整個世界靜止，時間停滯，那該有多好啊；就像大地一片寧靜，沒有了戰亂和紛爭，那些祈望和平的人該多幸福啊……我也陷入沉思和昏睡中……真希望永遠這樣……可惜，總不能如願。果然，在一陣靜止中，掛鐘不失時機地響起來，我們從回憶的睡夢中猛然被驚醒。我們聽著掛鐘響了十一下。我嘆了口氣，諸多心思總不能如願……夜正深沉。掛鐘又開始滴滴答答地走起來。

「很晚了，孫師兄，你明天再來吧。」我打了個哈欠，病體不能讓我待太久。

孫師兄一直呆呆的，不知道在想什麼心事，也許在回憶剛才的夢境吧。雖然掛鐘的鳴叫讓他睜開了雙眼，但他神智卻還沒完全恢復。我的聲音讓他大夢初醒。「明天再來？不，不，師妹，我不走，我不想走……」孫師兄渾身顫抖著，彷彿外面有要吞他的狼外婆，有折磨他的狠心後母，有把他做成人肉包子的母大蟲……到了老年，人的行為總會退化，在孫師兄身上這一點展現得尤其明顯。孫師兄渾身瑟瑟發抖，他矮小的身軀緊緊地靠著我，他這麼依戀著我，就像一個撒嬌不願去上學的孩子。我天然的母性被激發出來，我用手撫摸著他的頭。這給了他很大鼓勵。

「師妹，好師妹，我不離開，我不離開嘛……我們，我們難得有這樣的機會談心，今天……今天就讓我們談個痛快……」孫師兄嗚咽起來：「自從車禍後，我們就再也沒有這樣談心，師妹，我憋悶得厲害啊，妳就給我這個機會吧……很多話不說出來，我會悶死的！妳明白嗎？」孫師兄抬起他那滿是皺紋和疤痕的臉蛋，他滿臉期盼地望著我，像個希望獲得生日禮物的孩子……

我的心顫抖了一下，我明白孫師兄的苦楚……我們經歷太相似，在這個監獄一樣的環境中，我很能體會孫師兄的壓抑和痛苦，孫師兄所經歷和感受的，也正是我經歷和感受的。雖然隔閡已經讓我們很少講話，但過去的生活還是像絲線一般把我們串連起來……想起我所經歷著的非人生活，孫師兄也這樣經受著，我幾乎哽咽，對師兄的同情更加濃烈。我又打了個哈欠，我的心太軟，我還是對著孫師兄點了點頭。

「噢，哦，喔……」孫師兄猛地一竄，幾乎到了我肩頭，他蹦著在表達歡喜。我睏極了，卻還是努力睜大眼睛，不讓孫師兄看到我的疲倦。我的腿早已麻木。屋裡有兩把椅子，我們坐了下來。屋裡又安靜起來，只有掛鐘滴滴

第三章　瘋子帝國

答答的聲音。我們沉默著，沒有了舊日的親密。在沉默中，雖然我們拚命尋找話題，但我們都感覺到了那惱人的尷尬……我睏得睜不開眼睛，我只好拚命打著哈欠。孫師兄眼睛咕嚕嚕地亂轉，不知道在打著什麼鬼主意，我也不願多想……我覺得自己浮在空中，屋內的空間也一下變得巨大，我仰躺著，彷彿回到母親的宮殿和懷抱……我知道自己快要沉入夢想……

空中突然響起駭人的尖叫聲，就像槍斃人的子彈聲。我努力地睜開眼睛，我還坐在椅子上，孫師兄搖晃著我的手臂和身軀，剛才的尖叫聲也是他發出的。我嘆口氣，更加努力地睜開雙眼。「對了，我才想起來，我們剛才談到黑牡丹，我說黑牡丹，可妳卻說是黑寡婦，這是怎麼一回事？我們是在說一個人嗎？妳快告訴我，妳不說我會一直想的，可妳知道我老了，我就是頭想爆也想不出來的。好師妹，妳快告訴我，快啊……」

孫師兄的聲音逐漸清晰起來。我嘆口氣，終於完整睜開雙眼，窗外還是黑暗一片，屋內的掛鐘還是滴滴答答地亂走。我終於完全清醒過來。這麼漫長的黑夜，何時才是個盡頭……空氣中又是那種惱人的沉默和尷尬。我響起孫師兄剛才的話，至少那是個打發沉默的一個話題。我補充著孫師兄遺漏的資訊。「剛開始大家叫她黑牡丹，後來她丈夫死了，大家就叫她黑寡婦，她是不斷死丈夫的……」

「對對對。那時候都傳說她丈夫是被她害死的，所以大家叫她黑寡婦，也是比喻她像那種叫黑寡婦的母蜘蛛一樣，和雄蜘蛛交配完畢就殘忍地殺死他們……」孫師兄也記起了往事，他在地上亂爬，模仿起雄蜘蛛的肢體動作。畢竟以前的表演訓練中有「動物模仿」，孫師兄還沒有完全丟掉。孫師兄的雄蜘蛛動作很滑稽，充滿了性的暗示和嘲諷。當然，這並不是針對我的挑逗。我們都知道得很清楚，那僅僅是表演，所以我們都能更輕鬆地來欣賞……孫師兄過去也像這樣喜歡開些無傷大雅的玩笑……

交心會談

　　我笑了，我們之間尷尬的氣氛消失不見，我們輕鬆起來，也變得更加熟悉，彷彿回到了從前。「是的，大家都傳說和她生活在一起的男人，沒有一個不死於非命的……可你還是瘋狂地愛上了她……」孫師兄那時候是個絕世美男子，可他根本看不上那些向他獻媚的女孩子，那時候黑寡婦就是他的一切……

　　「牡丹花下死，做鬼也風流……一個東西價值的大小，就展現在得到她的難易程度，唾手可得的東西對我毫無吸引力，而只有冒著生命危險得到的東西，才能激發起我的鬥志、衝動和激情……不入虎穴，焉得虎子？不入海底，焉得明珠？」孫師兄豪放起來，他的身高似乎比過去也高了許多，雖然過去他比此刻更豪放千倍。「我就是不明白，那黑寡婦為何總是對我挑逗暗示，但到了關鍵時刻總是拒絕我……她難道不喜歡我？」

　　「你在女人中天下無敵，她在男人中也是所向披靡。你們可以說是棋逢對手，將遇良才。也許你太高傲，認為她和別的女人一樣，很快就會被你征服，你不屑的態度激發了她的鬥志。她也許是要你知道，她並不是你手中可以隨意擺弄的棋子。」當時我也不清楚，但後來經歷多了，自然會看出一些端倪。

　　「嗯，有道理，女人的心啊真是……」孫師兄搖搖頭，看得出來他對黑寡婦還一往情深。久久不能忘懷。「唉，沒想到這竟成了我的終身憾事……我總是想，當時要是得到了黑寡婦那該多好啊……不知道那會是什麼滋味……所以她不斷出現在我的夢中，這個蛇蠍心腸的黑寡婦黑牡丹黑玫瑰黑珍珠黑蜘蛛黑女妖黑烏鴉黑母獅黑蠍子黑眼鏡蛇……」

　　「這就對了。」看著孫師兄轉頭迷惑地盯著我，我繼續說道：「這正是她要的效果。你想啊，要是你輕易地就得到了她，那你還會對她念念不忘嗎？要知道，得不到的總是最好的。人總是很賤的。」

第三章　瘋子帝國

「得不到的就是最好的。人總是很賤的。」孫師兄重複著我的話，咀嚼著它的含義。經歷過一些事情，尤其是在瘋子學校生活過一段時間，當我體會到更多的瘋性（和人性相對）後，我對人性就了解得更加清楚。事實上，瘋性不過是人性的某種變形，二者雖然外形不同，但本質卻無差別。人性中包含著瘋性，瘋性中也顯現出諸多的人性。所以，我對自己自願深入瘋子學校體驗生活的舉動並不後悔。事實上，雖然付出了沉重的代價，但我得到的遠遠要超過我期望的。這正應了那句古話：不入虎穴，焉得虎子；不入海底，焉得明珠？

「妙哉，妙哉！我把它們記下來，寫進我的小說裡。」孫師兄搖頭晃腦，得意洋洋，正是每一個潛心於寫作的人的醉心狀態，尤其是他們在發現了極好的句子時。

「你也寫小說？」我驚訝地問。

「寫，當然寫了，我偷偷地寫了三大本了，都是根據我的生活原型再加工而寫的。我寫了五年，好幾大本，厚厚的一疊，放在房間，只等寫完最後一章我也歸西，好安心離開這個世界了。唉。妳也在寫嗎？」

我抓著孫師兄的手，眼中含著淚，我拚命點著頭。孫師兄也被我的激動感染了：「對了，這就對了……不要忘記我們導師的教導啊，要熱愛藝術熱愛生活啊！我們必須寫作再寫作，創造再創造……」

聽著孫師兄的話，我彷彿回到了從前，內心湧現出悲喜交加的歡喜，想哭又想笑。我從此不會孤獨，因為在黑暗中，我知道不僅是我在前行，還有在人前裝小丑裝孫子的孫師兄，我們這群被侮辱被損害的人，在人前承受了多少痛苦，但我們有著偉大目的，為了寫作和創造而甘願忍受一切，甚至是扣在腦袋上的屎尿盆子……也是在此刻，我才對師兄有了真正完全地了解……雖然年少時我曾經和孫師兄情同手足，但多年的隔膜早已讓我們心靈

疏遠，而今天的談話卻讓我們重新熟悉起來，讓我們重新走入彼此心靈的深處，重新看到我們精神氣質中的同一性，年少時我們也曾這種同一性而親密無間，後來卻一度丟失……我高興異常，就像在乾涸的沙漠裡孤獨地行走了好幾年的旅人，幾年來，一直就是「煢煢孑立，形影相弔」，除了就是天邊偶爾傳來一聲怪叫的烏鴉，我的心靈大門早已關閉，對所有人關閉……可是，我的心卻又是那麼孤獨，缺少溫暖，缺少關懷，缺少情愛……但在這個毫無預料的夜晚，沒有想到竟然還會遇到一個活著的同伴；更奇妙的是，那個同伴竟然同自己一樣，在外表的醜陋和骯髒背後卻隱藏著一顆火熱的心，隱藏著對藝術和寫作孜孜不倦的尊重；還有，這個同伴竟然還是自己的師兄，一度因為重重誤會而很多年沒有來往過的師兄……這樣出乎幾重意料的驚喜如此巨大……在烈日照耀下，沙漠的遠方呈現出城市的輪廓和商市的繁華……雖然已經在沙漠中看到過種種海市蜃樓，我也一再提醒自己別看花了眼，但這次我相信我看到的是真的城市和商市，他們就在眼前……

「師兄，這麼多年，你受苦了……你為什麼要來這個學校？」孫師兄不住地看著手腕的錶。我被熱情鼓舞著，像過去一樣，我親切地和孫師兄交談著。在過去，孫師兄一直被我們要求分享他的泡妞經歷。

「傻丫頭，妳為什麼來這個學校？」孫師兄反問我。他忍不住扭頭看著窗外，快接近午夜，那裡更加陰暗。

「為了寫作，為了體驗生活！」我爽快地回答。聲音也乾脆了許多。欣喜讓我年輕很多，我彷彿又變成了以前單純的小丫頭。

「我的目的和妳一樣……妳知道，我們師門教導出來的人，是怎麼也忘不掉藝術和寫作的！」孫師兄壓低嗓音：「那是我們的生命！我們活著一天，就要為寫作奮鬥一天！尤其是妳，可不要讓我們失望啊！在我們師門中，妳最有天賦，也是最被老師和我們大家看好的，千萬別辜負自己的天分，一定

第三章 瘋子帝國

要加油！」孫師兄緊盯著我的雙眼，我十分感動。

「放心吧。我知道自己的夢想，知道自己的期望，我會努力實現夢想的。你也一樣哦，別讓我們失望喔！」我看著孫師兄，但他沒有看我，繼續看他的手錶，之後又扭頭看黑黑的窗戶。我的心沉了下去。我太高興，竟然沒注意到他的變化。孫師兄變得有點焦慮、緊張和神經質。可我卻期望著能和他做深入的靈魂交流，因為我如此孤獨，因為我也把他視為知心的朋友，就像過去那樣……「落花有意，流水無情」，我為什麼總希望在別人身上獲得救贖和敬佩呢？過去的經歷和無數的事實早就告訴我，他人就是地獄，對別人抱有幻想不如讓自己腳踏實地地去奮鬥……過去的無數經歷教育我要小心，對別人小心，對自己小心，可我還是太輕信，唉，我在魯邑身上吃的苦頭還少嗎？為什麼總記不住？總要再摔幾個跟頭才會記住那些早已明白的道理？可那些道理難道不應該早就爛熟於胸了嗎？

孫師兄盯著牆上的掛鐘，掛鐘上的時針已經接近古羅馬數字十二，而分針已經到達故羅馬數字十一，它們眼見就要交叉在一起，孫師兄眼中閃現驚喜的光芒：「快了，快了，就要解脫了……」孫師兄喃喃自語著。

「什麼快了？師兄，你說什麼啊？」我的心不斷下沉，有不好的預感刺激著我，雖然並不清楚會有什麼可怕的事情發生，但我知道要發生的不會是什麼好事……

我站在孫師兄面前，孫師兄面色變得蒼白，還冒出汗水，孫師兄張了張嘴，卻什麼也說不出來，他只好尷尬地用襤褸的衣袖擦了擦額頭的汗水。「熱，真熱啊……」孫師兄又偷偷看牆上的掛鐘，分針繼續靠近時針。

「師兄，你還沒回答我的話呢？什麼快了？」我繼續問孫師兄。對於別人內心世界的真實想法，我們這些寫小說的，都渴望打破沙鍋問到底。這是一種職業的好奇心。

「哦，哦，我的意思是說，是說……」孫師兄眼珠子亂轉，卻再也難找到合適的詞語。屋內的掛鐘、蠟燭、地毯、床帷、椅子並沒有給他幫助，孫師兄額頭上的汗水肆意地流淌著，宛如歌唱的小溪。

我笑起來。刺耳的笑聲穿過黑夜。被笑聲驚醒的烏鴉也呱呱叫著，積極回應著，遠處的野狗也跟著叫起來。笑聲一定聽起來毛骨悚然，但我無暇顧及。我只是發現了可笑的事情。

「師妹，師妹，妳怎麼了？妳沒事吧？」孫師兄關切地問我，睜大雙眼。他試圖裝出真誠，但還是有點做作……我搖搖頭，向他擺手，卻終於還是忍不住又笑起來。孫師兄更加不安。

「哦，我的意思是掛鐘上的錶比我手上戴的錶走得快！妳看，快了大概有三十多秒……」孫師兄把手錶遞給我，我看了看手錶，又看了看牆上的掛鐘，果然，掛鐘確實比手錶快了三十秒。手錶現在是二十三點五十七分五十七秒，而牆上的掛鐘卻已經走到了二十三點五十八分二十七秒……此刻的時間是固定的，但兩隻表卻出現完全不同的走向，確實很讓人詫異，怪不得孫師兄說：「快了，快了呢……」

「可你剛才說『就要解脫了』是什麼意思？」解釋清楚了「快了」的含義，我又記起另一句話，不安的預感充滿我的心靈。

「這，這，這……」孫師兄怔住，面紅耳赤。孫師兄忘記了，我是個作家，我超級敏感，我會抓住每一個把柄不放，他太得意忘形了。孫師兄忘記了這一點。我抓住他的漏洞，他無法解釋，也就無法逃脫，只能使自己處於水深火熱的夾縫中……

孫師兄變得羞愧起來，我也滿心羞愧。但我很好地隱藏這一切。我繼續不動聲色地盯著孫師兄，竭力讓自己裝出盛怒的樣子，但內心卻已惶恐到了穀底……再也沒有比發現最親近的人的另一副面孔更讓人可悲的……我們都

沉默著，但這沉默卻比爭吵和辱罵更可怕……要是有個地縫就好了，我肯定會毫不猶豫地鑽進去；或者我為什麼不能沉沉睡去，那樣，就不用去面對著惱人的尷尬……

幸虧，此時，牆上的掛鐘鳴叫著響了十二下。我和孫師兄同時鬆了口氣。等待這麼久，救兵終於出現。

身後又傳來響亮的鼓掌聲……

危機

我駭然地回頭，不知什麼時候，一個高個子的男人站在門口，他的臉上慘白血紅，那是沾滿白色粉末和胭脂口紅的緣故。那個怪物張著血盆大口，一步步向我逼近。我模糊起來，幾乎要昏倒，不知這樣恐怖的怪物是誰。我覺得很熟悉它，似乎在哪裡見過（也許在夢裡？），但就是想不到在哪裡見過。不過也許是我刻意忘記的。某些時候，我們都具有鴕鳥的本性，我們發現了危險，卻寧願把腦袋埋在沙土裡，以為這就可以躲開危險……多麼天真的幻想，可哪裡才有躲開危險的懷抱？我寧願自己已經昏倒在地，卻發現自己仍然無比清醒地站立在房間中央，雖然手腳冰涼，心跳加速，卻又挺直腰桿像毛筆一樣直立，臉上帶著似笑非笑的笑容，目光卻堅定地望著遠方，望著黑色的窗戶，希望能從那裡發現一絲的亮光。（那些黑色的烏鴉呢？牠們在黑色的羽毛塞滿的巢穴裡幹什麼呢？親暱？做愛？相互抱著溫暖地入眠？孵化寶貝的蛋蛋？還是為小烏鴉們講故事？大灰狼的故事還是小女巫的故事？是殺人嗜血的悲劇還是小丑搗亂的喜劇？）沒有，那裡什麼都沒有，除了一片黑暗……穆達，我親愛的穆達，你在哪裡？你可知道我在危難中？我是多麼地需要你……

就在我這樣亂想的時候，孫師兄卻慌忙迎了過去，握住他柔軟又粗長的

手。他們表現得十分親密，相互親吻彼此的雙頰，宛如多年沒見的老友。孫師兄悄聲撒嬌地埋怨著：「哎喲，你可來了！可把我累壞了，你不知道她可有多難對付，太狡猾了！」孫師兄朝我指了指，雖然他動作很小，但我還是看到了。怪物從口袋裡拿出一朵鮮豔的紅花，插在孫師兄花白的頭髮上，孫師兄從口袋裡也掏出一朵紅花，也幫那個怪物戴在頭上，他們馬上變得光彩照人起來，和過去判若兩人。「嫪毐啊，你可得好好獎賞我啊！」

　　雖然孫師兄聲音很小，但我還是聽到了。我這才想起這個怪獸一樣的人就是學校總管嫪毐，不過他顯然改換了行頭：原來的法國宮廷晚禮服現在變成了日本女人的和服（和服布料上乘，顏色鮮豔，上面還繡著許多隻蜜蜂和蝴蝶，牠們在花叢中翩翩起舞，尋覓愛情，尋覓死屍），與此相匹配，原來的法式宮廷假髮變成了日本女人的時髦髮髻，手裡還拿著摺扇，腳下卻踏著木屐，走路時還發出清脆的聲音。孫師兄繼續在嫪毐耳邊竊竊私語，不過卻比剛才聲音大許多。那些諂媚、拍馬屁和低三下四的話轟隆隆地傳到我耳中，彷彿電閃雷鳴……我明白孫師兄的用意，他是故意要我聽到吧，想要劃清界線吧。多麼巧妙的明哲保身法……只怪我瞎了眼，給予這個騙子太多的同情和鼓勵……

　　我竭力裝出平靜的樣子，我甚至想對嫪毐微笑，但我的表情一定很僵硬，那笑容會比哭還難看吧。我告誡自己不要害怕，該來的總會要來。我竭力控制著自己的恐慌，想起老師說過的話：人不可有傲氣，但不可無傲骨，我變得沉靜起來。我的嘴角一定露出不屑的神情，因為站在視窗的孫師兄馬上不言語了，他臉色也跟著變得陰沉起來。他一定很不快，不爽，不自在，不舒服，不快活。而這正是我要的效果。想到曾經多麼純潔的同窗情誼都被拿來玷汙，我內心深處感到悲痛，如果老師在眼前，她又會多麼悲痛……（「本是同根生，相煎何太急……」）

第三章　瘋子帝國

嫪毐一直盯著我，看著我的表情各種變化，嫪毐不住地點頭讚嘆。嫪毐甩開自己的摺扇，謙卑地低下頭：「精彩，太精彩，非常精彩！夫人，我從來沒有看到這麼精彩的演出，太奇妙了！尤其是您，夫人，完全準確地捕捉到了一個詩意的悽苦的受壓抑的反抗的尋求心靈解放出路的又完全不知何去何從的契訶夫式的主角內心的痛苦，您的表演精湛、細膩、準確、生動、感人，完全堪稱教科書式的表演……不，夫人，我沒有謙虛，我應該向校長申請，讓您成為本學院最佳女演員獎……孫師兄，你覺得如何呢？」

「是，是啊。」孫師兄適時地睜開眼睛，滿臉堆笑地望著嫪毐，也滿臉堆笑的看著我，他滿臉的疤痕也隨著他的媚笑而顫抖。我轉過臉去，不忍觀看……嫪毐優雅地坐在椅子上，從口袋裡拿出一根香菸，優雅地叼在嘴裡。孫師兄慌忙從自己口袋裡掏出火柴，彎腰為嫪毐點上香菸。嫪毐用自己蛇一樣的舌頭舔著香菸，又享受地噴出煙霧，他的小摺扇也恰當地搧起來，狹小的房間裡馬上充滿了嗆人的煙霧……

「謝謝。」我淡淡地應道，既不熱情也不冷淡。我用手帕搧著四周的煙霧，我的厭惡昭然若揭。無所謂了，沒有什麼大不了，什麼大風大浪我沒見過，還怕這點小溝壑……孫師兄則靠在牆壁上，閉著眼睛，似乎沉入夢鄉。把所有問題都讓我去面對。這個狡猾的老狐狸，這個察言觀色的老烏龜，這個放臭屁保護自己的老黃鼠狼……

「喲，妳倒是還挺沉著的啊，英勇不屈，真像個……對，老革命黨員……哈哈，你說，她像不像老革命黨員？」嫪毐把頭轉向孫師兄。

「像、像啊。」孫師兄適時地睜開眼睛，滿臉堆笑地望著嫪毐，也滿臉堆笑的看著我，他滿臉的疤痕也隨著他的媚笑而狂歡舞蹈。嫪毐優雅地向上吐出一個又一個煙圈。每個煙圈都是又大又圓，最後它們又都變成零消失不見……

嫪毐來後，屋內突然變得亮堂許多，燈光甚至亮得刺眼。我抬頭看了看，屋頂一個老虎頭向我張著血盆大口，彷彿要把我吞噬下去，而駭人的亮光正是從它雙眼噴射出來……我覺得不可思議，我住了三年，但從來沒發現屋頂會有這個可怕的老虎吊燈，更不知道它什麼時候開始亮的……屋內的紅燭還在燃燒，我和孫師兄談心時它就一直亮著，不過這個時候它在不停地流淚……我知道自己就要被抓走，被殺死，像我的好友白狄那樣……我終於忍不住顫抖起來，渾身發冷汗……

一陣沉默，嫪毐坐在椅子上，眼睛閉著，頭一點一點的。孫師兄也站在窗口陷入昏睡中。我想著心事，我知道嫪毐的各種技倆，他總是想各種辦法折磨可憐的犯人，讓他們在焦急的等待中煩躁抓狂，有很多犯人在精神錯亂的狂躁中承認了他們根本沒有犯下的罪行……多麼可怕，我現在也已經淪落到了嫪毐的階下囚，像白狄那樣被押走，殺死，最後連屍體都沒留下來……我還有那麼多的任務沒有完成，我的小說還沒完成，我還沒和穆達生一個孩子，我還沒有贍養父母……我內心狂躁起來，幾乎忍不住跳起來……但我提醒自己一定要小心，小心，再小心，因為這不過是嫪毐使用的一個折磨人的手段……有那麼多人等著我回去，有那麼多人對我充滿了期望……我一定要堅強，堅強，再堅強……

我回憶自己的一生，我為了理想，為了寫出傳世的作品，為了捕獲那動人的人物形象，我冒著生命危險前行……我拋棄了家人，拋棄了愛人，來到這個瘋子學校只為了理想……即使最後沒有把這個小說完成，但我對得起自己，對得起自己的內心……我甚至感覺驕傲，因為我為了自己的理想而拋頭顱灑熱血，像那些革命之士一樣，試想，在這個浮躁的時代，以追求金錢和身體最大滿足為標準的時代，又有幾個人能像我這樣？我值得讚揚，值得驕傲，值得喜悅，值得歡笑……

第三章　瘋子帝國

我終於安靜下來，甚至感覺欣喜交加，所以我笑起來，剛開始是微笑，後來笑聲慢慢變大，我不再恐懼，也無所顧忌，在生命最後一刻，我重新變得澄明，宛如穿過雲層照亮黑暗大地的明月，「起舞弄清影，何似在人間……」

嫪毒和孫師兄駭然地看著我，這正是我要的效果。我微笑地看著他們。他們終於睜開了眼睛，果然是假寐……我想，他們從我的笑聲中是能明白我的意思。我很高興，很多話不用說出來，大家都心知肚明，倒也省去了很多解釋的工作。這是和聰明人打交道的好處吧。他們都不笨，不然，他們也不會在瘋子學校裡混這麼久。

我的自如或者說囂張終於惹惱了他們。嫪毒跳起來：「妳知道嗎？就是他，妳最親密的魯邑，是他出賣妳，他把你們談話的所有內容都舉報給校長了！妳一點都不惱怒嗎？」嫪毒又指著在牆角瑟瑟發抖的孫師兄：「還有，他也沒安什麼好心，剛才是我派他過來盯妳的 —— 怕妳逃走。我還沒說出口，這傢伙就答應了。是不是啊？孫師兄是妳的師兄啊，魯邑是妳最信任的人，被這樣親密的人出賣，妳一點都不惱怒嗎？妳如此單純地信任他們，跟他們分享妳的祕密，分享妳最重要的隱私，他們卻用背叛來回報妳慷慨的饋贈！髮指，令人髮指啊，世界上竟然有如此傷天害理的事情，天啊，還有公理嗎？」

孫師兄臉靠著牆，用力擠壓著牆角，那裡要是有條縫，他肯定早就鑽進去了。出於羞愧，孫師兄拿頭用力地撞牆，聲音驚天動地。把持不住，孫師兄的身子滑到地上，孫師兄在地上打起滾來，學著驢子發情地叫起來，像母雞下蛋那樣「咯咯」地叫著，又「汪汪」地叫個不停，滿屋子追逐那個並不存在的下蛋老母雞。屋子很快被他搞得烏煙瘴氣。我卻並毫不在意。我悠閒地坐在椅子上慢慢欣賞著。必須要承認，這場演出實在精彩。

　　孫師兄汪汪叫著，他賣力地扮演著走狗這個新角色。他圍著嫪毐撒歡叫著，期待著能有一塊賞賜的肉。因為孫師兄的腿瘸著，所以他扮演的狗也瘸著腿，跑起來一拐一拐的，像拖著磨盤一樣。嫪毐痛打起圍著他轉的孫師兄，出於氣憤或者別的目的。狗（也就是孫師兄）哀叫著，躲在一邊去，邊後退邊委屈地低聲嗚咽著。

　　嫪毐滿意地教訓起來：「你真是積習難改，狗改不了吃屎！說你幾句，你就上天了？給你臉不要臉！不要以為你是誰，你是天王老子啊！」嫪毐在憤怒中拿起教鞭，抽打起躲在牆角的孫師兄。孫師兄叫著躲避著，當教鞭還是劈頭蓋臉地落在他頭上，孫師兄那滿是疤痕的臉很快就變紅了。

　　嫪毐指桑罵槐地罵起來，我明白他的意思，我卻不為他所動。我悠閒地坐在椅子上，摸出自己的扇子，優雅地搧著風，優雅地抽出菸，優雅地點上火，優雅地點上根香菸，我優雅地吐出很大圓圈的煙霧……必須要承認，觀看如此精彩的演出，實在是難得的享受。尤其還是免費演出，我也就毫不吝嗇地鼓起掌來。（我記起嫪毐的掌聲，記起嫪毐優雅地坐在椅子上，記起嫪毐優雅地搧動扇子，記起嫪毐優雅地吐出很大圓圈的煙霧。那樣的情景彷彿就在剛才（一秒鐘前），又彷彿長過一個世紀。）我像時間老人一樣睿智，平靜的心態終於讓我占得了先機。

　　嫪毐和孫師兄對視一眼，又很快分開。果然不出我所料，孫師兄不過是為了裝瘋，目的是擾亂我的心智，錯亂我的精神。從某種程度來說，他們是在扮演一齣名叫「苦肉計」的劇碼。周瑜狠狠地鞭打黃蓋，黃蓋痛哭流涕，滿腹辛酸，滿腹委屈。但這一切都是假的，為了迷惑敵人曹操，為了使曹操步入他們的圈套，為了燒掉曹操的百萬大軍，為了在火刑架上燒死曹操。

　　圈套不靈了。因為被我識破了。我知道這個典故，所以能夠避開危險，就像一個普通的觀眾，因為置身於事外而能欣賞演員們的精彩表演。「知識改變力量，知識改變命運。」我終於深切體會到這句話的價值。

第三章　瘋子帝國

　　兔子急了會咬人，蛇急了會吞象，狗急了會跳牆。嫽毒停止抽打孫師兄，孫師兄躲在角落地低聲嗚叫。看著他們的表演，我卻心存戒心，高手總會在最出人意料的時候制人於死命，千萬不能大意，我努力按捺湧上來的睡意，我睜大眼睛等待著……果然，在最絕望時刻，在孫師兄突然出人意料地爬過來，（比狗的神態更像），我靜靜地看著，等待著，不知他葫蘆裡賣的什麼藥……

　　孫師兄靠近我的椅子，抬起自己那條短腿，就像對著電線桿一樣，這只老狗就要忍不住圍著椅子腿撒尿了！他回頭向嫽毒擠眉弄眼，兩個人都笑了起來。孫師兄解開自己的褲子，又把自己的受過傷的短腿抬高一點，他們一齊發出震天的哄笑聲……

　　再也沒有這樣的奇恥大辱了……孫師兄褪下自己的褲子，露出自己的白色內褲（很骯髒，多日沒有洗刷，上面畫滿了暗黃色的地圖，還散發著惡臭的體味），他還戲弄地拉了拉內褲的鬆緊帶，鬆緊帶拍著他鬆弛的肚子：「啪──啪──」的聲音就像潮溼時爆破的小鞭炮……嫽毒拍著手捂著肚子在地板上打滾卻笑不出來……我閉上了眼睛……孫師兄把雙手放進黃白色內褲，就要拿出自己武器時，我瞅準時機，我用腳狠狠地踢著孫師兄的腦袋。腦袋很響地碰到了地板……屋內一片沉寂，接著，孫師兄就像受傷的蜥蜴一樣，拖著自己的斷尾巴倉皇逃跑。他躲在牆角，瑟瑟發抖，再也不敢回頭看他主人一下，更不敢回看對他痛下毒手的昔日小師妹！他這是自取其辱，怨不得我狠下毒手。我確信他再也不能助紂為虐，這才放下心來，我輕搖鵝扇，微笑地看著嫽毒。

　　「妳、妳……」嫽毒用手指著我，卻說不出話來。他不斷在房間內走動，和服的下擺拖著地，很快就把那塊走動的地板拖得非常乾淨。我微笑地欣賞著，彷彿運籌帷幄的將軍。「妳、妳別太得意了！一會有妳的好看！妳在魯

邕面前侮蔑我什麼？說什麼我是透過不正當手段才做了學校主管？妳怎麼不提我在法國巴黎第二，不，第三……不，我記不清到底是第幾了……總之，就是巴黎大學嘛。妳怎麼不提我在那裡獲得的博士文憑？哼，我可是有真才實學的海龜人才！海龜你懂不懂？海龜說的可是人才！我是人才，我嫪毐是學校的人才！說什麼我是靠性器官才做了學校主管？什麼天下第一性器？哼，我要你看看真相！真相！真相！」

嫪毐憤怒地褪下自己的褲子，就在我瞠目結舌想要捂住自己眼睛時，嫪毐已經完成了動作，他的下體完整地呈現在我面前……這是個糟糕的夜晚，我從來想不到竟然會遇到兩個變態的暴露狂，我剛踢走趕跑一個，另一個卻乘虛而入，他們在我最不提防最不小心的時候把他們的下體暴露出來……

他們瘋了，瘋了，所有人都瘋了，全瘋了，一個不少，一個不拉，一個不漏……

完美演講

嫪毐的下體完整地暴露著。我驚呆了。不是因為驚嚇（當然包含有驚嚇的成分），但更重要的是疑惑……嫪毐得意洋洋地看著我，滿意我臉上的表情，那正是他期望中的神情……他渴望洗刷自己頭上被扣著的屎尿盆子，渴望自己清白的名聲重新獲得承認。他得逞了……事實上，在他暴露給觀眾看的下體上，根本沒有傳說中的「天下第一性器」，沒有，沒有，那裡什麼都沒有，那裡光禿禿的，既沒有叢生雜草，也沒有遠古洞穴，更不用說大炮或者擎天一柱，事實上，那裡就連一根細小的牙籤或者火柴棒都沒有……事實上，那裡光滑如少女皮膚，那裡平整如西湖水面，那裡完整如剛出土的唐代銅鏡面……

那裡什麼都沒有。這就是它的獨特之處，也是嫪毐向我炫耀的地方。是

的，他值得炫耀，因為那些圍繞他的謠言在事實面前不攻自破，嫪毐揮舞著自己的和服，像個凱旋的戰士。他應該是石女。是的。大家是這麼稱呼這種病症的。（這一幕情景我彷彿在哪裡看到，我捶打下自己的腦門，試圖讓自己清醒起來。但我仍無法記起。是在夢裡嗎？還是在我看的一部電影中？）

「看啊，看啊！看看恥辱，看看光榮；看看犧牲，看看奉獻；看看痛苦，看看創傷……滿意了，你們滿意了吧？你們這群偷窺狂，總是抓住別人的缺陷不放，對不對，這就是你們這群瘋子的本性！哈哈，我算看清了，你們，你們在我面前就別裝純潔無暇了，把你們骯髒的毒箭都向我發射吧，我能承受，我樂意承受！你們侮蔑我，侮蔑我，我的命好苦啊！苦啊！」嫪毐坐在地上，雙手拍著大腿，像潑婦那樣哭嚎起來。（他羸弱的屁股蛋子貼在冰冷的地板上，正好可以熄滅他冒熱的慾火。）「我一歲死了媽，兩歲死了爸，三歲死了嬸，四歲死了舅，五歲死了爺，六歲死了奶……天啊，我吃百家飯穿百家衣長大，不知道受多少人的凌辱……天啊，我在逆境中努力向上，奮力打拚，終於考取了出國留學名額……可是我是多麼被人嫉恨啊……是的，我一回國，校長就聘請我做了教授，你們說是我巴結校長，可是你們怎麼就沒看到我的學識、才情和品味……魅力，對我是個多麼有魅力的人……我是個精神高貴的人，對，我精神十分高貴，我看歐洲的藝術電影，我寫先鋒小說，我去參觀國際最先沿的藝術展覽，我參加戲劇劇本徵集比賽還獲得了特等獎……對，你們必須要承認我是有才華的人，我的才華無與倫比，無與倫比，豬，豬玀，你們這群豬玀懂嗎？你們懂什麼是美與醜嗎？哼，不管我說什麼，我都是對牛彈琴，對豬唱戲，你們這群聾子豬玀……天啊，只有上天才知道我多麼有愛心，我給乞丐零錢，雖然每次只是一分，但那也是愛心的絕好證明啊；我收養流浪的無人眷顧的瘋子，雖然有時候會讓他們做一些勞苦雜役，但我畢竟給了他們住的地方，讓他們吃喝，提供家園……（對

對對，你說得很對，偶然我也會利用下他們，讓他們提供一些性服務，但這沒什麼啊，人都是有私心的，與其讓他們餓死凍死在大街上，還不如收留他們；雖然會偶爾榨取他們一下，但這已經很不錯了，我畢竟給了他們生命！是不是啊，校長都表揚我的愛心給我慈善獎章⋯⋯）啊，別吵，你們別吵，你們吵得我頭暈眼花，我需要安靜才能想起自己還做了什麼⋯⋯藝術家，對對對，我幫助過藝術家，更確切地說是先鋒藝術家們，在他們飢餓的時候我為他們準備麵包和水果，在他們飢渴時我把身體獻給他們，他們都尊稱我是聖母，要為我編織花環，要我做他們的裸體模特⋯⋯啊，這可是無尚的榮耀啊，你們看啊看啊，我都落淚了，我感動他們的信任，我多麼想做他們的裸體模特啊，我多麼想讓自己的身體在藝術史上留下痕跡⋯⋯啊，我拒絕了。對，拒絕了。不管他們怎麼請求，我都拒絕了。對，他們請求了一百次，可我拒絕了一千次一萬次。啊，我拒絕得多麼嚴厲冷酷，我的雙眼冒著嚴寒，可我的身體在顫抖，我的心在流血啊！它流得好多啊，大概有幾萬毫升吧⋯⋯天啊，天啊，豬玀豬玀！你們都給我聽好了，你們這些聾子⋯⋯我拒絕了他們的請求，就像拒絕了自己最愛的人的求婚！我的心都碎了，碎成珍珠的粉末，就像蝴蝶破碎的翅膀，被風吹在半空中像天使一樣飛翔（瞧，我口吐蘭花，妙筆生活，我在寫詩。我說過我是藝術家，我是詩人）⋯⋯啊，我從來沒說出原因，無論他們苦苦哀求了多久，我要給他們一個神祕的印象⋯⋯得不到手的情人總是最難忘的，對，事實就是這樣，人生無數的經驗都這樣告訴我⋯⋯啊，不過現在，孩子們，我的豬玀們，我可以告訴你們這一切都是因為我的身體，因為我醜陋不堪的身體，因為驕傲的美麗的充滿恥辱的掛滿戰鬥獎章的身體！啊，對，對，你們已經看到了這裡光禿禿的，這裡什麼都沒有，它沒有大炮也沒有洞穴，它什麼都不是，對，是這樣的，哦，豬玀豬玀，你們永遠不會懂得，永遠不會明白藝術對我有多重要⋯⋯

第三章　瘋子帝國

啊，可你們都瞎了眼，你們的腦袋都長在褲襠裡，你們什麼都看不見……豬獳豬獳，你們不懂得美，不會欣賞美，美在你們眼裡是一種虛偽的醜惡，蒼白的僵屍……啊，可是，天啊天啊，我在國外多麼受歡迎，有多少男人女人拜倒在我的裙子底下……你們這群豬獳，相貌醜陋，容顏枯萎，心理萎縮，行為猥瑣……天啊，可憐我一朵鮮花落在牛糞中，可憐我一朵青蓮被埋在汙泥中……哦，天啊，天啊！」

在嫽毒的瘋狂演講中，總是在一個段落就要結束時，不斷加入重複的語氣詞，注入「啊」、「天啊」、「豬獳豬獳」等。作為嫽毒最忠誠的學生，孫師兄也跟著重複，他們的聲音婉轉動聽，宛如在花腔女高音的獨唱背後的合唱。不一會，整個校園裡都響徹這種合唱聲音。我看到了窗外黑暗中的火焰，火焰在風的吹拂下跳動得更熱烈，那是集會的命令。廣場上已經集滿了人，合唱就是從那裡發出來的。在嫽毒的獨唱背後，孫師兄和一群不知名學生跟著和聲伴奏。他們的聲音婉轉動聽，真可以參加迎接外國元首的合唱歡迎會……我的心不斷下沉，從歌聲中我明白了他們力量的強大，如大山一樣不可動搖，如大海一樣波濤洶湧……我想起了白狄被送走那天，校園裡也飄揚著這樣的歌聲……也許是真的，我最後的日子要到了，我要盡力控制自己的恐懼，要像勇士那樣慷慨面對……

「啊，啊，我是受了多麼大的迫害啊！我被你們侮蔑，被你們欺辱，這些我都忍受了，因為，因為……啊，啊，因為我是多麼熱愛藝術啊，我是藝術女神最忠誠的僕從，但我領悟到藝術的那神祕而又感人的美感後，我就發誓要把一生都奉獻給藝術，就像那些古代最痴心的僧侶們要把自己的一生奉獻給佛祖；就像最虔誠的基督徒把自己的一生奉獻給上帝；就像最忠誠的伊斯蘭教徒把生命奉獻給真主，我，嫽毒，在三十年前，在我能明辨是非，知道我這一生最想做什麼的時候，我就完全把自己奉獻給了藝術女神，我要把

我一生最真誠的汗水、熱血、智力和才華都完全貢獻給藝術女神。藝術女神萬歲，藝術女神萬歲萬歲萬萬歲！」

那些狂熱的信徒們跟著嫪毐一起呼喊著，而孫師兄正是領唱者，正如樂隊中的第一小提琴手，他在牆角高舉手臂，張大自己的嘴巴，別的人跟著孫師兄的聲音一起振臂高呼，他們的嘴巴大的像蒲扇像大鍋……

嫪毐像中了魔咒邪毒的巫師，披頭散髮地跑出我黑暗的房間。他赤身裸體卻毫無羞愧，光禿禿的身體隨著冥冥中的音樂瘋狂抖動，恰似正與鬼神交合的女巫，又似剛打了興奮劑就要角鬥的蟋蟀將軍。一群狂熱的酒神信徒跟隨他左右，他們拿著光亮的火把，緊緊圍著他們的啟明星，那是他們的偶像，是他們的精神領袖，是他們的光、熱和力……

我被不知名的人推著（我看不清楚。但他身材矮小，很可能就是孫師兄），跟著嫪毐身後，作為他的反面典型，我明白，很快我就要被殺害，被這批殘忍血腥的群氓推來推去，我會被折磨得死去活來，然後在一個燃燒的火柱上被殺死，這就是我最後的歸宿，白狄就是這樣在我眼前被活活燒死的（雖然大家都說她是被槍斃死的，但這是一個謊言，大概沒有人想要說出她被燒死的慘狀吧），焦臭味隨著夜風傳遍全校，我們默默地看著白狄的死亡，白狄在哈哈大笑中慢慢死去……在學校廣場中央，一批乾燥的、上好的木材已經準備完畢……不，我不能這樣，我還有太多的事情沒有做完，我要逃走，我要寫完瘋女人小說，我要見到我親愛的父母，我要見到我永恆思念的愛人穆達，我要和他做愛，在每一個醒來的早晨和每一個睡前的夜晚，我們永恆地合在一起，永遠也不分離，一刻也不分離，就彷彿我們從來就是一體……

我要逃走，我要活下去……我必須這樣，我還有太多重要的事情沒有完成……眾人喊著口號，跟在嫪毐身後，呼喊口號，三呼萬歲，他們似乎沒有注意我，我加快腳步，試圖躲開身後推搡我的人群，但我的每一次行動都被

第三章　瘋子帝國

他們發現，無論我如何躲藏，都被他們牢牢控制，我就像顆小小的棋子，在命運強大的力量控制，無力逃脫，無法面對……人群對我的逃跑異常惱怒，他們高呼「燒死她，燒死她！燒死女巫！」

我渾身顫抖著，幾乎再也沒有力量行走，身後人流推動著我，還有人抓著我的手臂，以防我逃脫……看到火光沖天的廣場，我頭暈眼花起來，幾乎昏倒……我在恐懼中四處尋覓熟悉面孔，學生們躲著我，有幾個經常向我請教中國古詩的女學生（平時對我極其恭敬），此時也把革命的頭顱高高揚起；還有幾個不愛學習的男學生在唱著歌曲，我求救地望著他們，希望能得到他們可憐的救援，但他們的眼神卻迅速地躲開，彷彿我是世界的汙染源。這群膽小鬼，白眼狼……我收起慌亂的神色，在人群中四處搜尋著魯邕，我把所有的希望都寄託在他身上，他人品再壞，但總還記得我昔日的恩情吧。他還向我求過婚呢。這雖然不代表什麼，但他總不能眼見著我在他面前被燒死吧。他總該想點什麼解救的辦法。但這些想法一閃而過，很快消散在黑夜中。事實上，被這麼多人包圍，我已經絲毫不奢望能被人救走。獲得新生，去寫作去和愛人一起生活，那已經是遙不可及的事情，也許下輩子可以吧……在悲痛中，我喪失了所有的希望，再也沒有這樣沮喪過。任何生命物即將結束生命時，它的感受都會和我一樣，不管是全身剃毛等待開腸剖肚的家豬，還是森林裡被長矛刺中身體虛弱倒地的大象……我已經明白了自己的命運，即將被火燒死的命運……事實上，開始的恐懼慢慢消失，我已經逐漸學會了接受，但我還是期望著能有一個人給我關懷的眼神，一絲真誠的微笑，然後我知道他們還在關心我，不讓我的心永遠沉沒在黑暗和絕望中。被所有人拋棄，那可真太可怕了……我在人群中四處尋找魯邕，卻偏偏見不到魯邕（這個我唯一信任的人），這個膽小鬼肯定是躲起來了，他肯定因為告密我獲得高升，此刻該是校長在接見他吧……這個無恥之徒，卑鄙小人，變態瘋子……我渾身顫抖起來……

有人碰了碰我的手臂，我期待中回頭看，卻是一拐一瘸的孫師兄。我看到了最後一根稻草，我緊緊地抓著孫師兄的手臂，再也不想放掉：「孫師兄，救救我，救救我！」

孫師兄根本不看我，他安心地走著路，四周的人隨著嫪毐的節奏歡呼著。好一個眾神狂歡群魔亂舞的時刻……在嘈雜的人群中，孫師兄也跟著別人的節奏舉著手臂歡呼。在他換氣的間隙，他用蚊子一樣的聲音對我說：「安靜吧，一切都會結束的。這一切會很快消失。妳會獲得平靜的。」

這個睿智老人充滿了平靜，我的憤怒卻達到了極點。什麼叫結束？什麼叫平靜？是的，消失，對，消失，我們都會消失的，而我很快就會在眾人面前消失，我的生命被大火燃燒，我的身體隨著光熱轉化成灰塵，幾塊漆黑的骨頭和白色的粉末……對，對，這就是我的消失……可在我消失的時候你們在幹什麼？孫師兄你在幹什麼？你在抱著孫師母交合嗎？你在為嫪毐服務嗎？好啊，你不幫我也就算了，偏偏還在說什麼風涼話，有你這樣的人嗎？虧我們還是同門師兄，還有什麼同門情誼可談？呸，呸，呸……我對孫師兄無比鄙夷，我朝他臉上吐口水。孫師兄沒擦，反而朝我神祕地眨了眨眼睛……這是什麼意思？我憤怒得想要撲過去毆打孫師兄，但周圍人很快就扭著我的手臂，在徒勞地掙扎後，我放棄了反抗。

我像憤怒的母牛，圓睜雙目，滿腹憂傷。我就這樣被押上了刑場。

女神崇拜

我被他們押著走向廣場。那裡人更多，聲音也更嘈雜，嫪毐在狂歡，他的一些信徒也隨之狂舞。人們瘋狂地對我喊著：「女巫、女巫，燒死女巫！燒死女巫！」我的耳邊頓時響起老師的話：「人不可有傲氣，但不可無傲骨……」我獲得了解脫，我驕傲地看著這幫狂歡的信徒；我獲得了力量，我

第三章　瘋子帝國

趾高氣揚地看著這幫可憐的信徒。廣場上的大火熊熊燃燒著，彷彿我心中不滅的火焰……

女神的雕像高高聳立在廣場上。她豐腴，臉上表情豐富多變：慈善，快樂，敏感，多情，悲痛，寧靜，感傷，狂歡，救贖，絕望，光明，黑暗……人類所有的情感都能在她臉上看到……這就是我們的女神，我們驕傲輝煌的女神，我們一直崇敬的女神，我們一直祈望解除我們所有悲傷的女神……這就是我的心靈之母，我的教母，我的過去和未來，我的情感源頭，我的存在理由，我的上帝……

我掙脫他們的手臂，嚎啕大哭著撲倒在地，向我的鮮花聖母崇拜起來，我祈禱，跪拜，禱告……廣場上逐漸安靜下來，眾人面面相覷，不知如何是好，幾個愣頭青（有兩個是我教過的學生）想在嫪毐面前好好表現，他們撲過來，宛如老鷹抓小雞一樣緊緊抓著我的頭髮，我的身體被他們拖在地上，我雙手試圖抓住什麼，但毫無所獲。周圍人彷彿聞到血腥味的狼群，他們興奮地尖叫起來。嫪毐赤身裸體地站在那裡，心滿意足地看著我。我高聲尖叫起來：「嫪毐，嫪毐，你給我一點時間，我向我的女神祈禱，完畢後隨你刀剮火燒我都毫無怨言！」

周圍安靜下來。我眼睛裡冒著火，嫪毐盯著我看了一會，然後他揮了揮手：「放了她。」

人們馬上鬆開手，在獲得解脫的剎那我快速地爬過去，爬向我的女神雕像。女神仁慈地看著我，給我力量和光明，給我活下去的信心……是的是的，我的聖母洞悉一切，她公正不阿，心如明鏡，她看到我為了信仰受過多少苦，她會明白我的一生就是要獻給她，獻出我的筋骨和血肉，獻出我的身體和靈魂，獻出我的時間和生命……女神在廣場上沉默地看著我，她慈悲地向我伸出懷抱，那裡正是我久失的家園，是我永恆思念的故土……

　　廣場上明亮如白天，那些群氓們也逐漸安靜下來，有幾個還跟著我一起做著崇拜女神的儀式，他們像我一樣向女神頷首跪倒禮拜，這些動作彷彿帶有傳染，不一會廣場上所有人就都跪倒在地，萬分虔誠地向女神禮拜起來。他們跪倒在地的姿勢非常優美，帶有特意設計過的痕跡，非常像電影中拍出的精美畫面。（還記得我們訓練了一年多的教學禮儀嗎？到了今天，終於發揮出了絕佳效果。真是養兵千日用兵一時）……女神滿臉憂傷地望著這群孩子，望著這群被人遺忘的瘋子們，他們心靈承受多大委屈，他們在所謂的正常世界中遭受多大的打擊啊，他們被人追趕，侮辱；被人切除前腦葉白質，被人注射喪失神智的藥物；被人遺棄，被人遺恨，被人遺惱，最終又被人刻意遺忘……我們忍受了多大苦痛，在我們身上能看到人類斑駁的血恨史……唯有女神（也只有女神）才眷戀我們，關懷我們，在暗夜裡給我們光明和希望，除了她，再也沒有第二個神記得我們……一些情感激動的女生哭泣起來，這些動作更具有傳染性，不久，廣場上就成了哭泣的海洋，每個人都在哭泣，有的嚎啕大哭，有的抽泣，有的嗚咽，有的邊哭邊打自己的頭，有的則捶胸頓足地哭泣，更奇妙的還有一個長得很像癩蛤蟆的人，倒立著雙腿在哭泣，彷彿在表演著高難度的雜技動作。沒有人覺得他是刻意設計出來吸引眼球的動作，大家都明白，那是他情感所至的自然動作。

　　孫師兄哭得最厲害，他一把鼻涕一把淚地拿頭撞地，很快他的額頭就變紅，滲出血來，這個可憐人，大概在懷念過去美好時光吧。還有幾個春情懵懂的青年男女，在哭泣中幾乎擁抱在一起，甚至開始脫對方的衣服。周圍人在哭泣中繞有趣味地來到他們身邊，大家邊哭邊心照不宣地看著他們，他們的動作愈來愈火熱大膽，就在眾人滿懷期待地看著他們時，嫘毐卻突然出現在他們身邊，狠狠地打他們的頭。於是，那對男女迅速分開。望著赤身裸體又威嚴的嫘毐，他們大叫一聲，趕忙穿起衣服，羞愧地低下頭。

第三章　瘋子帝國

　　也就是說，赤身裸體也需要特權，並不是誰都能做的。

　　眾人停止哭泣。他們望著嫪毐，希望能從他慘白塗滿胭脂的臉色中，看到下一步行動的指示。大家都很失望，嫪毐臉上不但看不到什麼暗示，甚至像他們一樣，也充滿了疑惑不安。大家慢慢站起來，眼睛在周圍人臉上搜索，每個人都希望看到同伴臉上有堅定的東西。但所有人看到的都是相似的表情。人群不安起來，雖然沒有交頭接耳，也沒有任何言語，但這種不安卻不斷增長……我仍舊跪在那裡，向我的女神崇拜，祈禱，我忘記一切，也無暇關注周圍，只沉浸在和女神剖心剖肺的交流中……

　　周圍安靜下來，火把也黯淡下去。眾人一動不動，他們全身僵硬地望著周圍人，正保持著剛才的姿態。雖然睜大著雙眼，但眾人卻陷入昏睡中，因為我聽到他們的鼾聲，對，甜蜜睡眠所必不可少的鼾聲……鼾聲雜亂無章，長短高低不一，恰似最蹩腳的劇團，各個樂器在演奏時手忙腳亂地亂奏，毫無章法，卻自詡為後現代最新潮演奏法……（獲得了最佳演出獎章，媒體吹捧得烏煙瘴氣……太絕妙太聰明的設計：後現代，後現代小說，後現代人物，後現代音樂，後現代音樂演奏法，垃圾演出的絕佳擋箭牌）……

　　最奇怪的鼾聲，類似於樂隊中的銅管樂器，它不僅具有粗笨厚重的音色，更留戀不絕綿延不斷，毫無停頓的間隙。就好似銅管樂器手，三個小時不停地吹著樂器，只偶爾的間隙會有換氣的停頓，但很快就又要開始了……剛開始我以為這是嫪毐的鼾聲，但後來才知道鼾聲的主人是孫師兄。事實上，嫪毐根本沒有鼾聲，他雖然睡得香甜，卻溫柔如水，靜如處子，宛如天宮的仙子。這個閹割了自己的混球，終於在睡眠中回復本性；這幫流浪許久的群氓，終於在沉睡中獲得平靜，找回丟失已久的家園……

　　我微笑地望著女神雕像，女神雕像也微笑地回望我，甚至還調皮地朝我眨著眼睛。我們共同看到一個祕密，共謀的現實讓我們心貼得更緊。女神雕

像動了起來，一剎那，女神雕像獲得了生命，成了女神本身。我教授文學和歷史，知道很多聖蹟，聽說過很多大神在自己信徒面前復活的故事；我也一直渴望早日見到自己的女神，她真的在我面前復活時，所以我並不驚訝，我一直都這樣相信，但我還是忍不住睜大了眼睛。女神又向我微笑，她的手臂一下子變得好長好長，越過眾多熟睡的面孔，女神把雙手伸在我面前：「進來吧，我的孩子！」

女神的聲音婉轉動聽，宛如仙樂，這些聲音飄進我的耳中，幾乎使我昏睡，但我還是抵抗住瞌睡蟲的襲擊，我歡呼著跳躍著進了女神碩大的手掌。四周又重新變得明亮起來，那是女神身上光芒照亮的結果……在女神的手掌中，我歡呼，跳躍，大叫大唱，一下子變得很小，我重回嬰孩的肉身，女神輕輕把我扔向上空，我的身體在天空中慢慢飄翔，之後又徐徐降落在她手掌，女神笑著親了親我柔軟的面孔，她又把我扔向天空。這是母親和嬰孩之間最好玩的遊戲，高興的母親往上扔著嬰孩，嬰孩笑著重回母親的懷抱……我在女神母親的手掌中不忍離去，那裡仙霧瀰漫，花香鳥語，我彷彿進了蓬萊仙島，東海龍宮，廣寒天宮，彷彿進了西方極樂世界……女神宛如西天如來佛祖，我就是在她手掌上撒尿的孫猴子……我不忍離去，不想離開女神的手掌，我希望那裡有一座我安息的宮殿，那是我至高無尚的幸福……

我只願在母親的宮殿睡去，再不醒來……

女神光芒四射，女神萬丈光芒……女神轉動著，周圍沉睡的信徒們也圍著她旋轉起來，他們在空中漂浮著，臉上微笑逐漸增多，很多人甚至「咯咯」地笑出聲……女神母親，用她的慈悲之心，撫平我們的創傷，帶走憂傷，我們沐浴在她神的慈愛光芒之中，我們是她最忠誠的信徒，我們圍著她旋轉著……她的光芒照亮黑洞，她是宇宙的中心，是一切力、光、熱、顏色還有暗物質之母，我們圍著女神母親旋轉，快樂地旋轉，幸福地旋轉……

第三章　瘋子帝國

　　我願意這樣旋轉一萬年，旋轉一個宇宙從誕生到毀滅的時間。我忘記了一切，忘記了自己的塵世生活，忘記了結婚對象穆達，忘記了我的父母和昔日的寫作冒險生涯，忘記了在瘋子學校的各種事件，天啊，我進入合一的時空中，我了解了世間萬象所有的祕密，我了解了道和空性，也體會到了永恆的愛，我彷彿是女神本身，又和萬物融為一體。這真的是無尚的榮耀，又是永恆的喜悅，超越了生死，超越了光明和黑暗，超越了正常和瘋狂。

　　我們是一，我們是宇宙，我們是女神。我們是一切，一切又是我們。生命是如此地完整，我們再也不需要任何的外物。我們不再流浪，亦不再流淚。我們回到了本源，我們又是本源。

　　我們是女神，女神也是我們。

　　再甜蜜的夢也終究要醒來。女神身上的光芒逐漸黯淡，她把我放在地上，她伸手向我告別，我恐懼地跪倒，向消失的女神喊道：「母親，母親——別離開我，不要離開我，我要和在一起，永遠！生生世世！」

　　「我的孩子，別怕，你要去經驗，體驗，感受，這是最重要的。記好，這是寫作最重要的基礎和源泉！」女神悄悄告訴我，也只告訴我一人，她洞察秋毫，看到我的不快：「孩子，妳不是要寫偉大藝術品嗎？妳需要寫作，勤奮地寫作……終有一天我們會再次重逢！別耍脾氣，記住，這是我的忠告和命令！孩子，再見……」

　　女神的臉慢慢變暗。我喃喃自語，雖然還很害怕，但女神的話卻給我力量，讓我可以去承受一切……我雖然不明白，但知道女神的這種安排肯定有她的道理。我的命運從出生起就是被注定的，我的存在不再是孤單、偶然和無意義的。也就是說，我肩負重要目的，我是女神派來的孩子，我要完成她交付給我的任務，我要寫作出偉大的作品，我要把女神的榮光在全世界宣揚……

夜空重新變得黑暗。女神雕像還像以前那樣悄無聲息。這個黑夜特別漫長，看不到東方告白太陽初升的一絲跡象，夜空中的星星也不見痕跡，只有暗暗夜空中發紅的片片雲朵⋯⋯人們在沉睡中，不忍醒來。但遠處還是傳來了非洲鼓樂的聲音，剛開始微弱，宛如心跳聲，慢慢地鼓樂聲變得巨大，宛如炸雷⋯⋯

煙火表演

在震耳欲聾的音樂中，人們醒來。他們毫不吃驚，也根本不記得夢中內容，他們保持入睡前的姿態和表情，這群善忘的傢伙⋯⋯不過也許，也許他們剛才沒有睡夢，更沒有鼾聲，也許剛才的那一切都是我頭腦想像出來的⋯⋯這是有可能的，我知道在極限的情況下，人們頭腦中什麼事情都會想像出來的，對瘋子來說，這種情況更是常見⋯⋯不，不，也許剛才的一切都是真的，孫師兄的鼾聲，女神母親溫暖的手掌，這一切都是真的，一定是真的！不然我的記憶怎麼那麼深刻⋯⋯我的頭疼起來，幾乎昏倒⋯⋯不，不，我不知道，我無從判斷⋯⋯

火把重新亮起來，我站在女神雕像前，眾人望著我，我卻望著女神的雕像，女神又向我微笑 —— 不過也許是幻覺，我卻平靜下來，不再害怕。眾人看著我，這個邪惡之源。我沒有喪失理智，我知道得很清楚，我雖然是眾人關注的焦點，但我只是配角（雖然不可缺少，但我的作用僅限於陪襯。不，應該是反襯），主角不是我⋯⋯

主角只有一位，永遠都是那一位，那位赤身裸體在廣場上，隨著非洲鼓樂瘋狂抖動身體的人，我們的嫪毐大人⋯⋯隨著鼓樂的節奏更快，嫪毐扭動身體的頻率加快，嫪毐的舞蹈也愈來愈狂歡，宛如在神廟前娛樂女神的赤練蛇，他倒立，翻滾，爬行；他大笑，嚎叫，喝倒彩，痛哭流涕；他模仿雙腳

129

第三章　瘋子帝國

跳動奔跑的袋鼠，他模仿結合在一起齊心協力互助合作逃跑的狼狽，他模仿被海浪拋棄後在海灘上急忙橫走的八腳螃蟹，他模仿經歷過大風大浪有幾百歲年齡死而不僵的百足大蟲……多麼惟妙惟肖，一場堪稱教科書式的表演，教學的典範……

周圍人驚呆了，大家歡天喜地，掌聲雷動……必須要承認，這次演出肯定要記入瘋子帝國的藝術史：最好的演員，最激情的表演，最完美的演出……我觀賞著嫪毒和周圍廣場上眾人的演出，內心發表著最感嘆的讚賞，我真該寫篇文章好好評價這次演出；但我迅即想起我不過是個死囚犯，馬上就要被送上火刑架……我失望起來，但奇怪的是，雖然我知道我馬上就會被送到火刑架上被燒死，不管熊熊大火燒得多麼厲害，不管火刑架多麼真實殘酷，但內心深處我一點也不害怕，我的內心充滿了溫暖和感動，也許是剛才女神母親給我支持的緣故，我總覺得我不會就這麼容易被燒死……也許是因為被女神保護的我獲得了內心寧靜，也許是有什麼人會暗中保護自己，也許我不敢讓自己相信很快就被燒死而自欺欺人吧。也許我就是那隻在危險獵人面前把頭埋在沙子裡的鴕鳥吧……

總之，我又開始以旁觀者的姿態觀察這場最偉大的演出。（多麼奇妙的布萊希特式的間離效果！）我逐漸肯定自己的判斷，這場演出確實缺少最重要的角色，那是誰呢？我思考了很久，才明白過來：原來最重要的觀眾——我們偉大的領袖校長先生，竟然沒有出現在現場！這麼完美的演出，竟然缺少了校長，這不是胡扯瞎胡鬧嗎？觀眾心中留下了陣陣感動的戰慄，但這種戰慄竟然不能讓最重要的人物來體驗，這不是欺君之罪嗎？在這場盛大的宴會表演上撇開了校長，難道他老人家不會勃然大怒嗎？他是睚眥必報的人，一點點錯誤就會讓他發好幾天的火，這一次的缺席，他又會釀出什麼樣的報復行動呢？帝國會血流成河，白骨堆山嗎？

我怎麼都想不明白，但當我無意中回頭看時，我才恍然大悟。在我身後，十幾架最新功能最全的攝影機一字排開，全帝國最優秀最有才華的攝影師正坐在機位元上認真錄影，導播們在一旁搭建的簡易機房裡認真編切著畫面，從他們認真緊張嚴肅一絲不苟的表情上，我知道他們正忙著做現場直播的工作。

我明白過來，我們偉大的校長雖然沒有出現在現場，但透過畫面直播，他老人家同樣能看到最精彩最完美的演出。而且，在異常豪華舒適的校長公寓（五星級標準，帝國內最完美的建築），警衛員們十二分警惕地站崗，那裡也是最安全的地方。

我忽然明白校長為何沒有出現在現場。在燒死白狄的那次廣場演出中，因為警衛的疏忽，在校長發表演出的時候，白狄瞅准機會，狠狠地朝校長臉上吐口濃痰。雖然校長絲毫沒有生命危險，但畢竟在大庭廣眾之下出了醜……多麼明智啊，我想我也會像白狄那樣做的，只要校長出現在人群中，我肯定要朝他臉上吐濃痰。不，我甚至要比吐痰更厲害，我會不顧一切地衝到校長跟前，我要拼盡全力地抓他撓他咬他啃他，最好我們能同歸於盡。這樣世界上就少了個獨裁者，毒蛇，變色龍……

你想是不是這樣？與其不明不白地被人誣陷燒死，還不如在臨死前殺死背後的主謀。不管怎麼樣，至少為自己報仇了，殺死一個夠本了，也就死而無憾了……對吧，任何有理智的人都會這麼想都會這麼做的！你說是不是啊？

在我這樣想東想西的時候，非洲鼓樂的節奏愈來愈慢，聲音也愈來愈小，嫪毐擺動腰肢的節奏也愈來愈慢，並最終和鼓樂一起停止。在群氓的震耳鼓掌聲中，天空綻放出無數美麗的煙火。（那是廣場上軍官們燃放的。他們在廣場上嚴陣以待，只等非洲鼓樂結束就燃放煙火。為了更好地掌握燃放煙火的技巧，他們去外國受訓了一年。）

第三章　瘋子帝國

　　煙火燦爛無比，又稍縱即逝。煙火照亮夜空，溫暖黑夜。煙火形狀多樣，顏色詭異，又包含著諸多美麗的圖像。當天空出現校長圖像時（那是第一個煙火圖案），廣場被喝采聲淹沒，之後天空中依次出現嫪毐、將軍們、軍官們、富翁們、警衛員們的圖像；後來天空的煙火中又出現中外神話傳說中的人物圖像，如宙斯、維納斯、阿波羅、孫悟空、豬八戒、唐僧、紅孩兒和毒龍等畫像；之後夜空又出現了女神、女巫、女鬼、紳士、淑女、騎士、公主、王子、記者、瘋女人和痴情女等人的圖像。夜空的煙火中還出現了很多動植物的圖像：梅花鹿、獅子、老虎、大象、眼鏡蛇、老鼠、蟑螂、蟋蟀、豪豬、刺蝟、牡丹花、桃花、蘭花、梅花和海棠花等。煙火中還出現了很多像男性和女性生殖器的畫像：香蕉、玉米、鱷梨和蝴蝶蘭等。夜空的煙火中還出現別的畫像：江湖湖泊，日月山川，丘陵盆地，中國、美國、法國、俄羅斯、摩洛哥、瑞典、辛巴威、衣索比亞和多明尼加共和國等國等國的地圖圖像。

　　在這些圖像之後，夜空中的煙火中突然出現了一個英俊男人的圖像時，剛開始大家以為是某位國際影星的畫像，但瘸腿孫師兄卻在人群中狂呼：「那是我，那是出車禍前的我啊！那絕對是我啊，我敢拿頭上腦袋擔保！真的啊！你們要相信我！」自然，沒有人相信他的話。（對於一個瘋子的瘋言瘋語，你要是相信，只能說明你的腦筋有問題，也就是說，這只能證明你也是瘋子的同類，即你也是個瘋子！這是亙古不變的真理。沒有人會傻得相信這樣的瘋話。即使是腦筋有問題的瘋子，理智也沒有完全喪失。）

　　天下沒有不散的筵席，也沒有永不停息的煙火表演，再盛大的宴會也有終結的一天，處在權力機關頂峰的獨裁者也會有死掉的一天（只要你耐心點，壽命再足夠長，那一天終會到來），正如所有的瘋子都會死掉一樣。這是宇宙間永恆的法則，沒有任何人或者瘋子能夠逃脫這樣的命運……一切不過是宇宙的灰塵，還要歸於塵土……

　　廣場狂歡的高峰過後，人們的快樂幸福體驗隨著時間流失而逐漸遞減，並最終演變成無休無止的空虛和悔恨。夜空中最後一個煙火圖像消失了，夜空重新變得黯淡，雖然有火把，但人們還是很久才適應廣場的黑暗。對於所有廣場上的人來說，今晚都是一個值得終生銘記的時刻；不過對於瘋子來說，忘掉這一切則會更好。對，最好忘掉，忘掉最好。忘得愈徹底愈一乾二淨就愈好愈快樂愈幸福……這是瘋子世界的永恆不二法則，由瘋子本性決定著……

　　廣場上的人嘴張著，臉上掛著僵硬的笑容，人們雙手保持著鼓掌姿勢，人們預備著看到下一個煙火圖像時接著鼓掌，接著微笑，但天空卻一片黑暗，人們等待許久，卻看不到一個煙火圖像。人們從來沒有想到煙火表演會這樣悄無聲息地結束，毫無預兆……人們尷尬地笑著，接著這種尷尬演變成恐慌，對未來不可預知的驚惶失措……這群忠誠的瘋子演員，根據上級的命令而做出動作。由於上級命令精妙準確，他們的動作也就賞心悅目，完美地展現了長官意志，叫人忍不住拍手鼓掌叫好……但現在命令突然消失，這群木偶人也一下子回復本性，變得呆頭呆腦，喪失意志，呆呆地站在廣場上，他們靜默了好久，卻還是不知道下一步如何行動……人們望著嫪毐，他也喪失了一貫的冷靜，四處張望著，他的臉上寫著困惑不解和恐懼……人們更加失望沒有了主意，每個人都顯得無比做作僵硬不自信焦慮不安。這種情況愈演愈烈，沒有停止的跡象。所有人都明白，演出馬上就要演砸了……那群攝影師求助地望著機房的導播們，而導播們則如熱鍋上的螞蟻，他們踱步，小聲爭吵著，無力地攤開雙手做委屈狀……

　　就在眾人一籌莫展焦慮絕望痛苦萬分時，廣場上卻響起了清脆的鼓掌聲，一下一下，很慢，卻也很清晰。鼓掌聲在廣場上四散傳遞，木偶人轉動脖頸，四處尋找鼓掌的來源。（他們的表演再次煥發活力）掌聲來自一個矮小的油膩男人，眾人仔細看，正是孫師兄。

第三章　瘋子帝國

孫師兄一下一下地鼓掌，當他注意到眾人都在看他時，他發出了自己最拿手的快樂大笑和仰天大笑，他的眼淚都笑了出來。眾人面面相覷，又一下子陷入斷電的危險中。當嫪毐適時地鼓掌，還吹起了歡呼的口哨，眾人這下才找到了模仿對象，找到了帶領他們前進的楷模。嫪毐右手的食指指著孫師兄，食指不中斷點著，嫪毐卻說不出話來，他已經笑癱在地。人們不明白食指不斷抖動的含義，不過人們卻找到了模仿動作。於是，所有人開始鼓掌，吹口哨，抖動食指，快樂大笑，仰天大笑，在大笑中流眼淚……我說過，他們非常善於模仿，青出於藍而勝於藍！但是他們的克隆和複製出了問題，孫師兄因為太激動而流出了眼淚，但眼淚並不在劇本和演出編排上，但群氓們沒見過劇本，也不了解演出編排的內容（他們當然不用為此負責），他們也模仿著孫師兄的大笑、眼淚、淚中笑和笑中淚……攝影師們長出一口氣，導播們雖然輕輕搖搖頭，但臉上還是露出欣慰的笑容。一場浩劫終於被成功地避免過去，雖然還有瑕疵，但瑕不掩玉嘛。

廣場上成了歡樂的海洋，人們歡呼鼓掌吹口哨跳躍歡騰鼓舞……為了防止人們不知道鼓掌何時結束，孫師兄特意爬得很高，他在眾人面前引導，宛如樂隊中的第一小提琴手。而我們的主角——嫪毐先生當仁不讓就成了指揮，他揮舞手臂，指揮著眾人歡呼、微笑、眼淚和食指動作。

嫪毐（仍舊赤身裸體）伸手抓住最後一個音節，一揮手把孫師兄摔在地上（彷彿摔死了一個吸血的跳蚤），然後把雙手停在了空中，正如樂隊的靈魂——指揮所做的那樣。摔倒在地的孫師兄顧不得全身疼痛，他把手指放在嘴邊：「噓——」那些夜空下的妖魔鬼怪馬上止住了聲音，嫪毐滿意地點點頭，拿著稿紙，嫪毐開始了第二次演講。

「同學們，同志們，女士們，先生們，女生們，男生們。大家都知道得很清楚，我是為了藝術才獻身，可這個女人卻侮蔑說我為了討好校長大人才

閹割了自己！天啊，世界上還有公正和真理嗎？所有人都知道，我可是為了藝術才這樣做的，我是為了把自己獻給女神才閹割了自己啊……（停頓，沉默）……就像那個著名的為了追求永無止境的最高武功境界而揮刀自宮的東方不敗先生一樣，就像那個為了想讓自己聲音像夜鶯一樣動聽想用自己歌聲征服皇帝征服世界想用歌聲向女神唱頌讚美詩而閹割掉自己的宮廷歌手一樣，就像那個為了杜絕自己可怕情慾的誘惑而不能把自己全身心供奉上帝而閹割了自己性器的中世紀偉大的神學家奧古斯丁一樣，我也在十歲的時候就勇敢地閹割了自己，因為我也害怕情慾的可怕引誘會讓我偏離正道，會讓我偏離對女神的全身心永無止境的信仰……（掌聲）……我，我，我，我忍受巨痛割除了我的陽具，喪失了一個男人最寶貴的東西，這對一個十歲的小男孩來說這是多大的勇氣啊，難道這不值得政府嘉獎和鼓勵嗎？（震天掌聲響起）……我，我，我做這些都是為了什麼啊？我還不是為了藝術，為了把自己獻給藝術，獻給藝術女神啊！童貞女把自己處女的鮮血獻上祭壇，為了獲取女神的滿意。我，我，純潔的小天使一樣的童貞男把自己的最珍貴的禮物送上祭壇，因為我這一生已經決定要奉獻給女神了……（抽泣）……是的，你可以這麼說，我是以藝術為宗教，以藝術為自己的職業……（抽泣，擦眼淚，吐痰，放屁）……事實上有很多同學都像我這樣的嘛（雖然他們割的不是陽具，而是其他部分，但都是相似的），比如梵谷同學嘛，把自己的耳朵割下獻給了女神，曹雪芹也把自己的幸福獻給了女神，你們看看她們把自己的生命都奉獻給了女神……（在人群中四散搜尋，找到梵谷和費雯·麗，對他們打招呼，揮手致敬）……結果不用我多說，翻開藝術史你們就會明白他們所取得的偉大成就與他們的奉獻精神根本分不開的！對不對啊，同學們？一分耕耘一分收穫，這個千古不變的真理你們可千萬不要忘記，千萬不要忘記……括弧，臉上表情堅決，握緊拳頭，等待下面人群的掌聲，括

第三章　瘋子帝國

住……記好，對慷慨的藝術女神來說，你奉獻得愈多，你取得的成就也就愈大！同志們，我已經把自己的陽具奉獻上去了。你們呢？你們準備把什麼寶貝貢獻出去呢？括弧，人群中有男生尖聲叫喊：把乳房貢獻出去！有女生高呼：把脈搏和心臟貢獻出去！孫師兄刺耳地尖叫：我把我英俊的相貌和健康的雙腿貢獻給女神！之後人群齊聲高呼：為女神健康工作一百年！讚賞滿意地點頭，括住……」

　　嫪毒停下演講，望著黑壓壓的聽眾。聽眾群情激昂，他們憤怒地呼喊口號，男生尖聲叫喊：把乳房貢獻出去！有女生高呼：把脈搏和心臟貢獻出去！孫師兄刺耳地尖叫：我把我英俊的相貌和健康的雙腿貢獻給女神！之後人群齊聲高呼：為女神健康工作一百年！嫪毒讚賞滿意地點頭。人群繼續呼喊著，響聲震天。可這並不影響我的睡眠，我早已睏得睜不開眼，我站在被批判的臺子上，卻已經深陷昏睡中……我模模糊糊地感覺到群眾的呼聲響了好久，就像以前革命聚會的大合唱，聲音響徹雲霄，驚起黑暗中的精靈們（還記得黑烏鴉先生和他的妻子孩子們嗎？）也探身看個究竟……

　　嫪毒等待著……在恰當時機……嫪毒（仍舊赤身裸體）伸手抓住最後一個音節，一揮手把它摔在地上（彷彿摔死了一個親吻過的大馬猴），正如合唱團的核心靈魂（第一導播孫師兄）把手指放在嘴邊：「NO──」那些黑暗中的群魔馬上止住了聲音，嫪毒滿意地點點頭，繼續著他的偉大演講。臺下勤奮的男學員們急速地記錄著，雖然雙手酸疼，卻仍無暇休息；臺下聰明的女學員們，打開錄音筆，翹起二郎腿，扶了扶眼鏡腿，她們優雅地聽著導師的訓導。

　　「同學們，同志們，女士們，先生們，女生們，男生們。為了更完整地把自己貢獻給女神，我們必須努力學習科學文化知識……大家都明白，知識就是力量，知識改變命運……括弧，群眾歡呼：對，對，就是這樣，完全正

確！括住……大家都學過數學和邏輯學，對不對？那麼，經過簡單地對比，我們就能知道梵谷和我到底誰對女神更恭敬……梵谷割掉了自己的耳朵，我割掉了自己的陽具……這樣一比較，大家就清楚了，對不對？陽具當然要比耳朵重要百倍千倍萬倍！括弧，群氓歡呼：對，對，就是這樣，完全正確！括住……喪失了一個耳朵，還有第二個耳朵可以用，況且，根據生物學原理，我們都很清楚，耳朵只有裝飾性的功能，根本沒有任何實用的價值；而陽具則完全不同，陽具是一個男人的象徵，陽具不僅具有性功能的含義，更是男人繁衍後代必不可少的工具。我割除了陽具，就是斬草除根了自己的後代，這就意味著我犧牲掉自己的孩子和家庭……括弧，臺下驚呼：天啊，天啊，他竟然能做到這樣的犧牲，我是完全做不到的！我太敬佩他了！我愛你，嫪毐，你是我的偶像，我要向你學習！臺下歡呼不停，一群黑色烏鴉也飛來觀看。括住……對一個男人來說，喪失了陽具比喪失生命更可怕百倍！我要把我做的一首詩獻給大家。……括弧，清理嗓子，醞釀激情，括住……嗯。嗯。『生命誠可貴，愛情價更高；若為陽具故，兩者皆可拋；愛情誠可貴，陽具價更高；若為女神故，兩者皆可拋……』括弧，臺下持續不停的歡呼聲，喝采聲，放炮聲，打鼓聲，打呼嚕喝水放屁聲等，括住……

　　可我做了什麼？哈哈哈哈……我閹割了自己的陽具，為了藝術，這是唯一的理由，就像梵谷為了藝術割掉自己的耳朵……哈哈哈哈，我們割除的部位不同，原理都是相似的，我們都是把自己生命一部分奉獻給了女神，我們的藝術女神啊！偉大的藝術女神啊，請賜予我創造性的才華，請富裕我生命以亮光，請讓我來寫，來表達，來欣喜，來痛苦……女神，我最尊敬的女神啊，我把最寶貴的器官奉獻給了你，請賜予我永生的創造性才華，讓我的作品流芳百世，讓我的未來光燦無比，讓我的名聲超過梵谷、曹雪芹、莎士比亞、杜斯妥也夫斯基和費·雯麗等人，因為我為你獻出的禮物最寶貴，你要

滿足我的願望，你一定會滿足我的願望的！我是付出巨大的犧牲才換來這樣的結果，有所失必有所得，這是公理！你看，我寫的偉大小說《黑暗夢》已經出版，銷量驚人，我一定能獲得人類歷史上前所未有的名望！

可你這個女人，你狠毒心腸，你嫉妒成性，蛇蠍心腸，你嫉妒我的才華和名望，你公然在學生中間對我誹謗和侮辱……你的行為已經嚴重違反了《帝國刑法》的第五百三十一條之第一千零九十八項之三十七目！

我宣布，判處這個惡毒的女人死刑，當庭執行！」

一千零一面鏡子

我聽到了笑聲，對，那些黑烏鴉們發出的笑聲，牠們笑著飛走了。在酣睡中被一陣無聊的噪音驚醒，肯定不是什麼高興的事情。但這群人的表演實在沒有太多的新意，整日都這樣喊口號，無論是誰看得太多都會覺得無聊。那些烏鴉們打了幾個哈欠就飛走了。他們要重新尋覓住宿的地方。也許城市的垃圾場會是個不錯的選擇。這群黑烏鴉們飛走了。

牠們會把自己的見聞告訴那個總是發表講演的瘋女人嗎？作為她講演的一部分資訊嗎？瘋女人會把這些材料用在自己的講演中嗎？她會哈哈大笑嗎？她會像瘋子那樣哈哈大笑嗎？哈哈哈哈……瘋女人會如何評論？她會和我的意見一樣嗎？啊，瘋女人，我多麼孤獨，在這樣想的時候，我感覺多麼地孤獨，最親密的愛人和最牽掛我的家人都在遠方，都不在身邊，所以我這麼孤獨……世間萬物包圍著我，擠壓著我，讓我血脈噴張，讓我喘息流淚，讓我歡喜讓我憂傷……可是這些所有的體驗都是我一個人來完成的……真渴望有個人來和我一起體驗分享，瘋女人，那會是妳嗎？你會來擁抱我嗎？妳會給我安慰和獎賞嗎？妳會擦去我的眼淚，為我講一個甜蜜的家鄉小故事嗎？妳會為我講個笑話嗎？妳會講那個農夫妻子和歹徒的笑話嗎？每次妳講

這個笑話我們都笑得肚疼記得還是忘記？妳會把隱藏的最深處對那些王子們的愛說給我聽嗎？妳會把你對演講事業的忠誠對我訴說嗎？妳會說生存艱難錢難賺幸福難尋嗎？妳會把妳身體的每一處殘缺指給我看嗎？妳會把妳所有一生的甜蜜的微笑和苦澀的淚水都與我傾訴嗎？我會是你最親密的朋友嗎？妳需要我為妳指出妳的優點和缺點嗎？妳會對我講妳對那些人的痛恨，正如妳對另一些人無盡的愛嗎？妳會說妳對未來孩子們的期望嗎？妳會說妳對死亡的恐懼和嚮往嗎？妳會說妳想獲得永恆嗎？妳渴望永恆的愛與溫暖嗎？妳渴望一個永恆的白鬍子老頭嗎？妳喜歡吃什麼水果？櫻桃草莓還是番茄？妳喜歡吃什麼食物？妳喜歡什麼樣的男人鬍子濃密的有胸毛的還是文雅書生的？妳喜歡什麼樣的性愛方式？妳喜歡和你的愛人一週做幾次愛？告訴我瘋女人，妳會背叛妳的愛人嗎？妳會讓他戴綠帽子嗎？妳會讓他做烏龜嗎？對了哈哈瘋女人！妳喜歡什麼樣的龜頭？什麼樣的身體？什麼樣的屁股？對，男人的屁股，他們說女人屁股大了可以多子多福，說什麼豐乳肥臀的女人更性感，那麼男人呢？男人要有什麼樣的屁股才性感、才可愛、才吸引人、才更具有生殖力？哈哈瘋女人！我們要經常交流關於男人屁股和身體的意見，這樣在人潮洶湧中我們才能從一萬個身穿各式衣服的男人中，一眼把那個最性感最具有繁殖力的男人挑出，選他做我們的夜晚情人，我們要和他一起共舞一起洗鴛鴦浴，一起洗腳洗桑那浴哈哈！我們要交流，選擇最性感男人的方法正如妳總告訴我的，妳在尋找自己的騎士，那個能把妳從魔法中解救出來的騎士。瘋女人，我告訴妳我們要多多交流選擇男人的方式，這樣等我們把他們玩膩的時候一腳把他們踢走，我們就可以很快地選擇下一個，選擇下一個最適合我們、最能滿足我們慾望的方法。瘋女人，我最親愛的姐妹請讓我們多多交流這些經驗吧，請妳告訴我更多的捕獲男人的方式吧！更多自慰的辦法以及更多的性愛方式，更多快感方式！妳是我的姐妹我的母親我的老

第三章　瘋子帝國

師我的女兒我的影子我的一千零一面鏡子，對，我要為妳朗誦詩歌我要表達對妳的愛和敬意，我要歌頌妳的孤獨妳的那種讓我們一起沉醉的孤獨，還有那孤獨中獨一無二的創造力，對，還有鄙夷周圍人的鄙夷。我要在妳的懷抱中埋藏我自己，我要躲在妳身後，做妳形影相隨的影子，這樣妳就再也無法把我拋棄，那些臭男人醜騎士們拋棄了妳，妳心存怨恨所以妳就拋棄了我，妳最親密的人。妳用這種殘忍的傷害來報復那些殘忍的男人，但妳劃破了我的心，我把我的心摘出來放在盤子裡，呈獻給妳。我最親愛的女王，還記得恭順的婢女為大王奉獻出她打獵後的禮物，最甘美的鹿肉嗎？瘋女人我敢擔保我的心要比鹿肉更好吃百倍更值得妳珍惜……女王，我恭順的女王慈善的女王威嚴的女王可憐的女王卑賤的女王腰纏萬貫的女王一文不名的女王，在這個眾神狂歡、群魔亂舞的時候，請聽我寫給妳的詩歌，那雖然是個伊朗詩人所寫，但它完全把我的忠誠和強烈的思念表達得很充分，瘋女人、瘋女人，妳在聽我說嗎？妳的眼睛睜開著嗎？妳的靈魂敞開著嗎？妳的私處像飢渴的魚兒那樣張開了嗎？哈哈！我用的是比喻，妳明白嗎？是比喻用通感的方式來表達我對妳的強烈思念和無盡纏綿，我要妳知道妳的懷抱永遠是我永恆的家園，是我強烈思念的地方，是我的根，是我的汁液，是我的每一朵花和一片葉子……我知道我會永遠等待妳的歸來，妳的芳香妳的甜蜜妳的汗液，還有妳那私人的體液，對，就是這樣，我要妳明白無論什麼時候，妳都可以來拿走我，捕獲我帶走我讓我飛翔，或者下地獄都是由妳來決定……我要妳明白我屬於妳，就像妳一直屬於我一樣，對，妳一直屬於我，這點妳不會忘記，我也不會忘記。他們也許不明白，但事實就是如此。事實上妳就是我、我就是妳，我們本來就是一棵樹上完全相同的兩片樹葉，我創造了妳，妳來自我的血液，來自我的心靈我的私處，正如我來自妳的血液、妳的身體妳的私處一樣……我們一起承受男人的重量，一起像黑蜘蛛一樣織網，

我們一起捕獲進入我們脈絡中的獵物，在他的性器進入我們身體的時候，我們一起享受快感時，又一起分享了他，分享了他的肌肉他的身體。他們稱我們是黑牡丹，或是黑玫瑰，又稱我們是蛇蠍心腸心狠手辣的黑寡婦黑牡丹黑玫瑰黑珍珠黑蜘蛛黑女妖黑烏鴉黑母獅黑蠍子黑眼鏡蛇黑狐狸精……我們一起孕育孩子，就像野蒲公英一樣，我們讓風帶走我們的孩子，你的孩子我的孩子，總之就是我們共同的孩子。他們飽含熱淚離開了我們的懷抱，離開了我們的家園，我們日夜思念著那些遠處的遊子們，瘋女人，妳還記得在燈下我們為遠行的遊子們縫補的那同一件衣服「慈母手中線，遊子身上衣……」我的身上有妳的胎記和黑痣，我們曾經一起郊遊，我們曾經一起在黑水潭中游泳，甚至為了比賽，我們讓自己赤身裸體地漂浮在水面，頭戴花環就像溺水而亡的奧菲麗亞，我們為了王位曾經把懷抱中正吸吮著乳頭香甜的孩子的腦漿摔得粉碎，後來我們的雙手一直沾染了血跡，怎麼洗都洗不掉上面的血漬，我們被同一個醜男人調戲，我們在同一個大堂上被貪心的知縣屈打成招，我們在同一個法場上被同一個滿臉橫肉的劊子手砍掉腦袋，我們的血都濺到了三尺之高上，我們的冤屈讓六月降下飛雪，讓三年乾旱降臨大地，我們曾經出行三年尋找同一個男人，我們的眼淚曾經哭倒長城，這才發現了他羸弱的身體被埋葬在深淵中，我們曾經跪過同一塊街頭，要路人為那膽小的情郎帶去消息，我們曾經為了同一個負心的男人而怒沉八寶箱，我們曾經跳下江水為情溺死了自己，我們曾經在牡丹亭的地方夢見了同一個男人和他交歡，我們曾經為他死了又生生了又死，我們曾經共同轉世成為有名的才女，我們愛上了一個不屬於自己的男人，為了流盡眼淚而死去，因為我們沒有金鎖，因為我們只鎖住了那個男人的心卻沒法鎖住他的家人……好了，我們的相似性太多了，說三月三年都不會完結。我只要妳記住妳永遠屬於我，我也永遠屬於妳，我們就是連體嬰兒，我們不能分離，我們已經找到了對方，我

第三章　瘋子帝國

們就要珍惜，不能再把對方輕易拋棄。妳拋棄了我或者我拋棄了妳，都等於拋棄了我們的生命。妳明白嗎？我的幸運兒我的安琪兒我的寶貝兒我的心肝兒我的豬娃兒我的甜蜜的小蜜蜂我的勤勞的螞蟻我的能幹的大象我的健壯的老虎我的霸氣獅子我的永遠飛翔的蒼鷹我的碩大的鯨魚我的展翅飛翔的鯤鵬……我說過我必須要用一首詩來表達我對妳的情感，正如我必須要寫一部小說來表達我對妳的情誼，因為詩歌是一個伊朗詩人寫的，所以我這部親自寫的小說正好是個絕妙的補償，應允妳的補償……妳說是不是？妳倒是說話啊！回答我呀！說話啊！哈哈！妳又在和我玩捉迷藏的遊戲，可是這次我不會找不到妳，妳要記住，我不會放過妳，我的強烈意志力堪比追日的夸父，我的魔爪可比壓倒孫悟空的佛祖，我的睿智可比輕搖羽扇運籌帷幄的諸葛先生，我的創造力正如那位用泥土造人的女媧……哈哈，事實上正是我創造了妳！我用我的血我的淚我的歡笑我的創傷我的夢魘我的存在我的歌謠我的豐富生殖力創造了妳，正如女媧用黃泥土創造了黃皮膚的人一樣，我們是一體，妳創造了我，妳用妳的血妳的淚妳的歡笑妳的創傷妳的夢魘妳的存在妳的歌謠妳的豐富生殖力創造了我，正如女媧用黃泥土創造了黃皮膚的人一樣……

　　寵兒，我要對妳唱一首歌謠獻，向妳表達我的敬意；寵兒，妳要為我唱一首歌謠獻給我，向我表達妳的敬意……寶貝，我要寫一部小說獻給妳，向妳展示另一個我自己；寶貝，妳要寫一部小說獻給我，向我展示另一個妳自己……

　　寵兒，我要為我唱一首歌謠獻給我，向我表達我的敬意；寵兒，妳要為妳唱一支歌謠獻給妳，向妳表達妳的敬意……寶貝，我要寫一部小說獻給我，向我展示另一個我自己；寶貝，妳要寫一部小說獻給妳，向妳展示另一個妳自己……

　　一千零一面鏡子　　【伊朗】埃·薩羅希

　　我越是逃避卻越是靠近你

142

我越是背過臉
卻越是看見你

我是一座新島
處在相思之水裡
四面八方
隔絕我通向你

一千零一面鏡子
轉著你的容顏

我從你開始
我在你結束

（這首詩歌本來還有它的姐妹篇，詩人本已經想到卻忘記把它記下來。
本著對人負責的態度，我在這裡記下它以保證人類藝術的永世的傳承不息）

鏡子的一千零一面　【非】匿名
你越是逃避
卻越是靠近我
你越是背過臉
卻越是看見我

你是一座新島
處在相思之水裡
四面八方
隔絕你通向我

一千零一面鏡子
轉著我的容顏

你從我開始
你在我結束

143

第三章　瘋子帝國

　　事實上，透過上述記載，我發現如果在詩歌的「你」、「我」不斷轉換，這首詩歌還應該有很多別的變種，比如「你從你開始／你在你結束」：「我從我開始／我在我結束」等等。太多的組合了，就請讀者自己一一組織吧。我就不在這裡多費筆墨了，畢竟還有更重要的東西需要我花時間轉腦筋來琢磨了。

　　「觀眾朋友們，觀眾朋友們，歡迎大家觀看本次演出，現在到了中場休息的時間了。中場休息時間為二十分鐘，二十分鐘後，演出照常進行。觀眾朋友們，觀眾朋友們……」

第四章　審判

第四章　審判

意外

　　很多年過後，當我回想那一漫長夜晚時，都會感覺無比意外，我只能承認那是一個精心策劃的悲喜戲劇。我是劇中角色，卻毫不知道未來走向和結局，正如命運，我們每個人的命運。我不知道我們頭頂是否有一根線，是否有一個白鬍子老頭透過它牽引我們（正如偶形師牽引他碩大空洞的木偶一樣），安排著我們的悲歡離合。我不知道，我既不能判定有或者沒有。在這個重大問題面前，任何魯莽的決定都是不負責的。在躊躇中，我只能把希望寄託給虛無，那永恆的黑暗……那容納我的懷抱，我可以安然入眠的懷抱，沒有夢魘，沒有恐懼，沒有絕望，沒有麻木……快樂，永恆的快樂……像桃花一樣沐浴春風，像蓮花一樣夏日搖曳，像秋菊一樣孤標傲世，像紅梅一樣白雪中盛放……

　　他們抓著我的頭髮，把我拖在地上，繞著廣場轉了三圈，彷彿我身體不是肉身，只是布匹或者木塊製作的木偶肢體。我忍受著後背那劇烈且火辣的疼痛，我咬緊牙，一聲不吭。在這些惡魔面前求情是毫無用處的；而且，他們這樣折磨我，正是要看我出醜向他們討饒求情，而我偏偏不要他們得逞。我記起廣播裡聽到的話：「凡是敵人反對的，我們都要擁護；凡是敵人擁護的，我們都要反對！」這給了我很大力量。

　　有幾個過去的學生按住我，我異常沉默，由著他們折騰。有冰冷的刀片接觸我的腦袋，根根秀髮落在地上。我明白這也是他們折磨人的一種手法。在犯人的頭髮上刻出奇形怪狀的圖案，美其名曰陰陽腦袋，俗稱鬼剃頭。對於女犯人來說，這是厲害的一招，讓她眾人面前男不男，女不女，人不人，鬼不鬼，正是對她極好的懲治，對於圍觀者來說也是難得的警示。我們學校的學問雖然做得很差，但折磨人的手法卻不斷創新，層出不窮……

　　我咬緊牙關，一一忍受。既不叫苦也不叫屈。這個時候，沉默是最好的

武器。但他們折磨人的手法還沒用盡。他們推著，用力拉著我，他們在我胸前掛上牌子，上面寫著「打倒反動學術權威×××」；他們又在我身後掛上牌子：打倒一切牛鬼蛇神！還有好事的女生在我的陰陽腦袋上，拿來幾隻發出刺鼻味道的破鞋。我明白她們的用意，她們比喻我是「破鞋」（任何有需要的男人都可以上我，我是公共汽車，來者不拒，被上多了我也就不值錢了，就像被人穿爛要扔掉的破鞋。所有人都清楚，這是中國古老民俗文化的一部分。非常有生命力，愈是古老的東西愈有力量），破鞋上發出惡臭的腥味。我們學校有個風俗，每當母牛產下小牛犢，主人都要用破鞋纏走母牛的胎盤，聽說這能替家裡帶來意想不到的好運。她們放在我頭上的破鞋就沾染著母牛胎盤的腥臭味。雖然是夜間，但還是有幾隻勤勞的蒼蠅隨著破鞋在我頭上築巢，也許還要產卵生子吧……胃裡泛著酸氣，各種正在消化還沒消化完食物湧了上來，它們滯留在嘴裡想要噴出去，我適時地消滅了它們的暴動，我重新吞下它們。坐著食道旅行機，它們重回黑暗歸宿地……因為我做得隱祕自然，沒有人發現。我微笑一下，慢了一步，身後有人重重地打我的肩膀，我一踉蹌，幾乎倒地。

　　我被他們拉著在黑夜的廣場上行走，身上拖著牛鬼蛇神的牌子，頭上頂著破鞋。我沒有看見嫪毐，也沒有看見孫師兄，也沒看見其他熟人。當然，也可能是我看見了還假裝沒看到。我有一個特異功能，在極限的情境中，我會視而不見，我會透過幻想來逃避自己可怕的命運。某種程度上，這種特異功能挽救了我，不致於讓我走上絕境，所以儘管歷經磨難，我還是沒有上吊跳井或者喝農藥……他們朝我頭上扔垃圾，扔臭雞蛋爛番茄，扔一切臭髒的東西。他們扔了許久，彷彿把全世界的垃圾都扔到了我頭上，很快，我就垢頭蓬面，渾身惡臭，宛如在垃圾場裡住了很久的女瘋子。我倒在地上，全身幾乎被垃圾掩埋，我呼吸急促，天旋地轉，幾乎昏倒過去……我閉上了眼

睛，彷彿沉睡的奧菲麗亞，我看到了光明，看到了前方母親的懷抱，我欣喜地跑過去，想要和張開懷抱歡迎我回家的母親團聚，但一陣劇痛從左腿傳到我身上，我勉強睜開眼睛，一個弱小的女學生（只有一米高，看起來還不到十歲）拿著木棍站在我身旁，剛才就是她用木棍痛擊我的左腿。我茫然地看著這個柔弱的小女孩，真看不出在她柔弱的身體中竟然蘊藏這麼大的仇恨，而仇恨可以最大程度地激發出勇氣和力量，可以和山鬼餓狼搏鬥……

小女孩手執木棍，她的眼神散發凶光，就連廣場火把也不能掩蓋，宛如動畫片中對月嗷叫的母狼……真看不出，這個平常在教室的角落裡默默無聞的小學生，此刻走在了造反學生的前列……她的同學和師長們，歡呼了良久，慶祝她因為仇恨而顯示出來的耿耿忠心，他們把她抬起來，往上扔了一次又一次，彷彿她就是他們永恆的女王……我啞然無語中聽他們嚎叫許久……我是個被捉住的女瘋子，我是個失敗者，成王敗寇，我懂得這個自然規則，我只能忍受自己的命運……

為了製造強烈的戲劇效果（反諷和戲謔），更有好事的男學生，故意在我蓬亂的頭髮上插了一朵玫瑰花。玫瑰花很鮮豔，因為玫瑰花香甜的味道撲鼻而來。玫瑰花香味似沙漠中的甘露，我聞到後就清醒過來，甚至還獲得了重生的力量，我爬了起來，重新按照他們的預想，在廣場上被他們拉著遊街。我跟蹌地走著，腿也瘸著。玫瑰花兒開，玫瑰花兒豔，玫瑰花兒香……紅的，白的，藍的，紫的還是黃的？我猜測著玫瑰花的顏色，想像著玫瑰花美麗的顏色，紅得像血，白的像鹽，藍的像湖，紫的像葡萄，黃的像糞便？

突轉

就在我東想西想時，又有人塞給我一件東西。趁著半明半暗的火把光亮，我看到了那是我教過的男學生，他和魯邕是好友。趁著沒人注意，他對

我眨眨眼睛，又輕輕地搖搖頭，因為他動作很輕，加上廣場上燈光也很不好，周圍跟在我身後的群氓們什麼也沒有發現……

我無從判斷他什麼意思，因為他很快隱匿在人群中消失不見。我滿臉驚愕，但很後很快就有人又在推我，我跟蹌著邊走邊看小心察看懷中的寶物。（我做得很小心，幾乎沒人發現。）那是一個被遺棄的嬰兒，不，我當然不是說它是個活的嬰兒，它只是個沒人要的玩具嬰兒，渾身髒兮兮的，因為我聞到它身上發出的惡臭。（她肯定是在垃圾場裡被撿回來的。）我厭惡地想扔掉，但馬上想到自己目前的身分倒和它差不多，我們是一對和諧的垃圾場母女，我們都處在人生最悲慘階段。我緊緊地摟它在我懷中，在那些人不注意的時候，我輕拍我的嬰兒，彷彿這種同病相憐的感受能讓我們抵禦強大的敵人。

我拍著玩具嬰兒的屁股，它的屁股上有個小洞。事實上，透過這個洞可以到達它的肚子，而它的肚子也幾乎是空的。它的肚子是個寶藏，被不知姓名的主人塞滿了各種寶物，彈珠、彈弓、項鍊、筆記本、一瓶精緻的香水、玩具小手槍，一個背面裝著照片的小鏡子等。我的雙手在黑暗中摸索，我卻辨認得非常清楚。因為我在一個黑暗的小屋裡生活了兩年，我早已學會用手指辨認周圍的一切。

四周的學生不斷對我吆喝，還有人對我罵罵咧咧，彷彿我是一頭愚笨不聽話的牲口。我眼睛都睏得睜不開，卻不知道這場鬧劇什麼時候結束。我望著在燈火下被風吹動搖晃發出「咯吱咯吱」叫聲的刑具，卻不再覺得恐懼，只想自己的腦袋早日進入那橢圓刑的繩套。我忘記了我的愛人和父母，忘記了沉重的犧牲和要寫的小說，忘記了瘋女人和她的演說……我太睏了，我連打了好多個哈欠……我忘記了，忘記了一切，只有厭倦和無聊，我盼著鬧劇早一點結束，盼著以我為主角的戲劇早點結束（以女主角被人殘忍地殺害為結局）……

第四章　審判

我徒然地掙扎許久，不斷尋求著獲救的可能（因為我還有重要的創作任務沒有完成，要是這樣死去，我會死不瞑目，死後也會變成厲鬼，對那些迫害我的人展開殘忍的報復，因為他們毀壞了一個人的理想和對生活的全部期望……），但希望遲遲不來，苦死了久等的人……在心神極度憔悴的時刻，我悲憤地放棄了最後的可能。就像一個溺水的人，費勁地在河裡掙扎很長時間，大聲呼救岸上觀看的群眾扔來一根繩子或者救生圈，但岸上的人表情麻木，他們就像觀看鬥牛士的表演一樣毫不所動，心冷酷得正如岸邊的岩石，因為興奮，彷彿觀看的就是馬上就要被槍斃的犯人，岸上的人還指指點點，對在死亡線上的人品頭論足，點評她的衣服、髮型和頭上可怕的玫瑰花（什麼顏色的？），討論她的動作和表情，點評她那個動作做得不到位，那個劃水動作特別出彩，那句呼喊最富有感染力，那個策略特別不成功……溺水的人因為悲憤和生氣，雖然還有微弱的力量可以支撐他最後的幾分鐘，（不要小看這最後的幾分鐘，也許正是最後的幾分鐘才是他最後獲救時刻），但出於對觀者殘忍和快意的報復，溺水人自願放棄了生存，他拚命吃水，希望身子能早日下沉快點解脫，雖然在前一時刻他還熱烈盼望著獲救後老婆孩子的擁抱，彌補因為家庭暴力對她們的巨大傷害……但這一切看起來是不可能的，溺水人自動放棄了，他自願把身體沉入水底……

我就是那個溺水人。周圍的群氓們像被關在籠子裡太久的野獸，他們壓抑得太厲害，他們把所有不滿都發洩到我身上，他們長久地咆哮著，嚎叫著，演講著，歌唱著，在遊街的快感中忘乎所以……我是他們快樂的必不可少的工具，長久的等待讓我喪失信心，前途渺茫，我想起溺水人的典故，我閉上眼睛，想拼盡最後一點氣力，對群氓們大吼大叫，激烈咒罵，希望我的聲嘶力竭能引來他們的憤怒，早日處決掉我，我的脖子早點進入繩套，我也早一點獲得解脫……但就在一剎那，我的手又在黑暗的嬰兒肚子裡摸到了鏡框，它異常精美，出於職業的好奇心（每個作家都會有這種探究別人隱私的

強烈的好奇心，這種好奇心可以讓他們上刀上下火海，可以讓他們上山打虎入海擒龍），我忍不住悄悄地把相框拿出，希望探究嬰兒主人和他的情人是什麼模樣。也許那又是另外一個纏綿的愛情悲劇，那倒是一篇很好的愛情小說素材……

摔死摔死

在微弱的燈光下，身後的人們自顧自地喝酒，吟誦，跳八字舞，唱頌歌，只有幾個人押著我遊街，而他們也在觀看同伴的胡鬧，他們的心早已跑走了，所以我很容易就掏出嬰兒肚子裡的鏡框。沒有人注意到我的動作。藉著狂歡的燈光，我看到了鏡框中有一個陌生女人，蓬頭垢面痴頭呆惱，正如我一直在寫的瘋女人。仔細地辨認良久，我才認出鏡中人正是我自己。我的雙手遮蓋住眼睛，淚水無聲地滑落，我不知道自己怎麼變成這樣，在沒有預料的打擊下，我心神衰竭，老了許多。手顫抖著，鏡框掉在了地上

我從地上看到了鏡面背後夾著一張照片。那是一個女人，我想不起在哪裡見過，但我又覺得很熟悉，彷彿是多年沒見的老相識。我還是撿了起來。因為好奇心的緣故，你知道這是作家的職業病。

照片上的女孩梳著長長的髮辮，額頭是一排整齊的瀏海，面若敷粉，唇若施脂，大大的眼睛宛如金星，轉盼多情，語言常笑，正是青春年少的幸福模樣。我仔細地觀看照片上的人，卻不由得大吃一驚，因為照片中並不是別人，而恰恰是三年前的我。照片中的我明眸善睞，而現在的我邋邋齷齪，照片中的我單純明亮，而現在的我可怕凶惡。天啊，天啊，我說不出話來，更無從思考照片的來源，心想這就是所謂的造化弄人吧。我不禁悲從心來，為什麼在心情最悲痛人生最糟糕時，我偏偏看到自己舊時最美照片，難道是老天不解恨，非要在我傷口上撒鹽才甘心？可為什麼是我？為什麼偏偏是我？

第四章　審判

這一切的理由是什麼？是根據什麼法律來制定的？而公正的秩序又在哪裡？合理性和合法性又是什麼？怒火宛如颶風在我頭腦中呼嘯……

我舉起相框，就像舉起一個嬰兒，我想狠狠地摔下去，摔死照片，摔死她，摔死嬰孩，摔死他們，摔死它們，摔死她們，摔死你們，摔死我們，摔死她它他，摔死過去，摔死美麗，摔死夢想，摔死青春，摔死嬰孩，摔死欲望，摔死主謂賓，摔死鮮花，摔死親吻，摔死親情，摔死交歡，摔死小說，摔死嘔吐，摔死中世紀，摔死出版，摔死激情，摔死獲獎，摔死編輯，摔死糞便，摔死宗教，摔死前高潮，摔死文明，摔死咒罵，摔死麻木，摔死絕望，摔死明天，摔死歷史，摔死竹葉青，摔死進步，摔死可憐，摔死卑微，摔死勝利，摔死占有，摔死大同，摔死赤練蛇，摔死虛無，摔死永恆，摔死面紗，摔死胭脂，摔死敬業，摔死精液，摔死搖滾月，摔死靜夜，摔死燥熱，摔死懷德，摔死君子，摔死小人，摔死道德，摔死拍電影，摔死畫面，摔死快感，摔死痛經，摔死出國，摔死癌症，摔死學習，摔死性冷淡，摔死高潮，摔死紡織，摔死農業，摔死繁殖，摔死金花，摔死進化，摔死不死鳥，摔死犯罪，摔死批捕，摔死抓獲，摔死私刑，摔死死刑，摔死乞討，摔死月經帶，摔死逍遙，摔死朗誦，摔死蘭色，摔死蘭花，摔死浪花，摔死懶漢，摔死烏托邦，摔死狼孩，摔死理性，摔死春花，摔死秋月，摔死夏雨，摔死冬雪，摔死潛意識，摔死瞪眼，摔死眼白，摔死江山，摔死郡主，摔死體驗，摔死未來，摔死黑蜘蛛，摔死憤恨，摔死角色，摔死旋律，摔死香蕉，摔死絲瓜，摔死棒槌，摔死吃軟飯，摔死養豹，摔死保養，摔死時刻，摔死食客，摔死石刻，摔死蝕刻，摔死人獸戀，摔死野豬，摔死母羊，摔死比爾，摔死蓋爾，摔死保爾，摔死孫耳，摔死人鬼情，摔死焦耳，摔死李爾，摔死空氣，摔死憂傷，摔死彩虹，摔死海洋，摔死獸鬼愛，摔死牛魔王，摔死白骨精，摔死白珍珠，摔死黃水晶，摔死青銅器，摔死蘭花指，摔

死藍月亮，摔死紅太陽，摔死金星星，摔死銀河系，摔死紫宇宙，摔死黑黑洞，摔死殺人狂，摔死處女泉，摔死花滿樓，摔死大燒包，摔死大叉包，摔死生殖器，摔死人造革，摔死維生素，摔死養生丸，摔死合歡椅，摔死牡丹花，摔死風流鬼，摔死鴻門宴，摔死野百合，摔死吸血鬼，摔死×代表，摔死大騷包，摔死黃金甲，摔死三角形，摔死腳手架，摔死皮包骨，摔死響尾蛇，摔死飛天舞，摔死斷臂山，摔死王老五，摔死聯體人，摔死虞美人，摔死牡丹園，摔死鳩尾花，摔死通天塔，摔死活著死去，摔死雞飛狗跳，摔死文藝復興，摔死前列腺炎，摔死排演話劇，摔死鳳毛麟角，摔死鳳尾雞頭，摔死鳳舞龍飛，摔死狼狽為奸，摔死鳳凰再生，摔死朝三暮四，摔死朝思暮想，摔死南轅北轍，摔死五湖四海，摔死卿卿我我，摔死眼冒金星，摔死頭疼發熱，摔死昏天黑夜，摔死電視轉播，摔死掩耳盜鈴，摔死鼠疫瘟疫，摔死乾旱颶風，摔死昨天明天，摔死今天當下，摔死淋病梅毒，摔死前進的步伐，摔死後退的腳步，摔死烏龜吃秤砣，摔死星星知我心，摔死一，摔死八月桂花香，摔死白雪紅梅豔，摔死胡笳十九拍，摔死風雪夜歸人，摔死二，摔死柏林聖母院，摔死玻璃植物院，摔死魔鬼的寵兒，摔死遠山的呼喚，摔死三，摔死時空旅行機，摔死惠普影印機，摔死超大型超市，摔死百萬豪宅，摔死萬物，摔死心臟換瓣手術，摔死小丑的馬戲團，摔死五一勞動獎章，摔死太陽照常生氣，摔死井水不犯河水，摔死老死不相往來，摔死地下黑暗王國，摔死天國美麗花園，摔死那個，摔死白鬍子，摔死老頭，摔死不在這裡的那裡，摔死水中明月鏡中花，摔死出生吃喝拉撒還有繁衍還有養育和死亡，摔死城外的人想衝出去城內的人想衝進來的圍城，摔死短暫的快樂永恆的虛無絕對的絕望可怕地毫無徵兆地想要跳進黑洞中的衝動……摔死摔，摔死死，摔死摔不死，摔死摔死不了，摔死摔永死，摔死臨終安樂不死，摔死摔死，摔死摔死，摔死摔死，摔死摔死，摔死摔死，……

第四章　審判

我舉起鏡框，想要像摔死嬰兒一樣摔死她，摔死照片，摔死自己的過去，但在最終的一剎那，我自動放棄了。借助廣場上微弱的燈光，我看到了照片上幾行文字：

一切終可睡去，而玫瑰 —— 愛之花，卻要不息地開放！

一切來自塵土，一切歸於塵土。海枯石爛永相隨，天荒地老總相伴。

一切都會結束。在天之涯，海之角，親愛的，請等著我，請等待著我！

這正是我最喜歡的名言。在我過生日的時候，穆達曾送給我一個木偶玩具，木偶的手裡還拿著一張卡片。在穆達的操縱下，木偶彎下腰，鞠躬請我收下卡片，而卡片上就寫著這些文字。我滿懷驚喜地打開了卡片，穆達模仿著木偶人，聲音古怪地說著這些話。我很感動，又很悲傷，雖然頭腦裡模模糊糊，但當時的我一定明白這些話和我密切相關，沒想到今天卻應驗了。我像個小女孩一樣哭起來，穆達笑話我像林黛玉一樣多愁善感，可他還是把我抱在他懷裡，用他寬厚的胸懷接納我……多麼幸福的往事啊，可那是多久遠的事啊，三年還是一個世紀？

那些細節，那些親吻、微笑和哭泣多麼逼真，讓我不由地相信那應該是我經歷過的往事，或者至少我該在其中扮演了什麼角色吧（甜蜜的情人？），但我又覺得這些記憶不大可靠，我實在是無從證明它和我的關係。（沒有一個人能說出或者證明它和我之間的關係。我自己就更不用說了。記憶出現偏差是經常的事情。）它和我這麼疏離，很有可能它是另外一個女人的經歷吧，我只不過因為想像力太為豐富，我把她替換成了我自己。但我又推翻了這些想法。不，不，這些經歷就是我的，雖然我說不清楚也不能證明，但我相信這就是我的經歷；但我馬上又開始了懷疑，相信值得相信嗎？我的頭疼起來，我終於放棄了思考這個問題。還是隨它去吧。「天要下雨，

娘要嫁人」，花自開來水自流……儂今葬花人笑痴，他年葬儂知是誰？人面不知何處去，桃花依舊笑春風……

我整理好煩亂的思緒，重新仔細辨認了一下卡片上的字跡。剛開始我相信那是穆達的字，但很快我就明白那並不是穆達的。穆達是搞音樂的，他的字寫得很醜，亂七八糟，照我爸爸的話來說：「傷病殘將，丟手臂少大腿」、「蚯蚓犁地，癩蛤蟆抬花轎」。

照片上的字龍飛鳳舞，行雲流水……我又仔細辨認了一會，終於認出那是魯邑的字。（不要忘了，我曾是他的國文老師，批改過他的作文，魯邑還把他自己寫的詩歌和小說給我看，所以我認得那是魯邑的字。）我看了一遍又一遍，終於忍不住抱著鏡框嚎啕大哭。我以為自己很堅強，所以獨自扛著一切，在他們的嚴酷面前，我確實沒有掉過一滴眼淚，我的心早就堅硬如花崗岩石。但我受不了別人的關心，哪怕是最陌生人的一個同情的眼神，都會讓我感動，更不用說是過去很喜歡我的學生。

我終於明白自己的真實。原來我是這樣渴望著別人的愛和關心，我也終於接受了自己的脆弱。之前的堅強和勇敢都是面具，它們阻擋住了敵人的毒箭和歡心，也掩蓋起我的虛弱。但我只是個女人，一個嬌小而裝出強大的女人。我苦苦支撐只是為了不讓他們看笑話。我牢牢記著父親的古訓：「士可殺不可辱；富貴不能淫，貧賤不能移，威武不能屈……」我的心終於在最後的一刻暴露於天下，雖然它們隱藏很深，甚至連我自己都被他們欺騙，但在最後時刻，我堅強的防線終於崩潰。也許這是敵人的又一個軌跡，但我無暇顧及，我不管不顧了，我要忠於自己的情緒……洪水噴湧而出，鋪天蓋地，就像載著諾亞方舟的那次大洪水，就像大禹所治理的三過家門而不入的大洪水……

但這種眼淚不是悲痛和不滿，更多的是喜悅和感動。原來我並不是被人遺忘更不是被人所遺棄，在這個漫長黑夜覆蓋的大地上，至少還有一個人關

心我，思念我，愛我。雖然他的心是透過文字來傳遞，而文字又是最有欺騙性的，但我還是相信他，相信他的關心是出於真心……在敵人詭計和朋友的關懷上，我更願意相信是後者。即使我的判斷失誤，並為這種失誤付出極大代價，我也願賭服輸。我寧願相信而不是懷疑……也許正是那樣，我太累了，我早就盼望著別人的關心吧……但我不管這些了，我讓自己痛哭起來，我哭得痛快淋漓，波濤洶湧，鬼哭狼嚎，排山倒海，哭天搶地……

　　那些跳「忠字舞」的學生們停了下來，聚光燈照在我身上，雖然我沒有意識也不管不顧，我還是成了眾人的焦點。他們慢慢聚過來，無聲無息，但卻井然有序，整齊合一，就像軍訓教檢時那樣。不知什麼時候，孫師兄已經站在隊伍前端，他重新開始做著第一小提琴手的工作，而那位著名的樂隊總指揮 —— 皮埃爾·嫪毐（或者山本嫪毐）優雅地穿過隊伍，重新來到指揮臺上，他老人家一點都不怕冷，仍舊光裸著身體，大概還想在眾人面前做秀：「一日為妖，終生為妖；一日為妓，終生為娼；一日做秀，終生做秀！」這樣的道理無人不曉，他自己就更清楚明瞭了。

　　他們站在絞架前看著我。他們等了許久，直到我的啜泣聲逐漸變小。嫪毐先生用他的大手一揮，兩個忠實的學生就惡狠狠地撲過來。他們抓著我的手臂，他們肯定學過空手道，我的手臂被他們拽得生疼。他們用力拉著，要把我拖到絞刑架上。我倒在地上，卻用力掙脫他們的手，他們的大手就像鋼鐵一樣紋絲不動。我大喊大叫，用力摔著兩隻腳，我的一隻鞋甚至飛到人群中，落在一個漂亮女生的臉上。這樣她會不會變成「破鞋」？我以為她會尖叫，但她仍紋絲不動，甚至連頭上的破鞋都沒那掉。我不管不顧地叫喊著，用力在地上打滾，我的形狀一定很像瘋子。「放開我，我自己會走！」我拚命地喊著。

兩個男學生看著嫪毐，嫪毐正用小扇搧著頭髮，他臉上照舊紅撲撲的。嫪毐面帶笑容地揮了揮手，笑容機械麻木，正是職業的微笑。兩個學生聽話地告退。我用力爬起來，一瘸一拐地走向絞刑架。

「一、二、三……」我數著腳下通往絞刑架的臺階，一共十三臺階。這就成了我最後的生命體驗。我站在絞刑架上，繩套被風吹著，它在我頭上晃來晃去，甚至還發出「吱呀，吱呀」的聲音。

我看著那烏鴉一樣黑沉沉的人群，又看一眼人群背後更黑沉沉的天空，除了辦公樓的校長公寓還燈火通明外，別的地方根本看不到任何光明。透過超大電視螢幕，校長一定耐心地觀看我的死亡。這是毋庸置疑的。想到自己的死亡儀式竟然成了校長快樂之源。我冷笑一聲，哼了一下。我做了個飛吻，算是和校長最後的告別吧。我閉上了眼睛。我把頭伸進繩套中。這是我的最後的歸宿。

再見，再見吧，我的愛，我的一切，我的小說……就當我從沒有來過這個世界，就當我還沒有出生，就當我還在母親的宮殿裡睡覺……

它不值得珍惜，更不值得銘記。所以最好遺忘，遺忘最好……

一切來自塵土，一切歸於塵土……

驚喜

「慢著——」

一個穿著白色漢服的漢子站在遠處，他輕搖羽扇，慢慢踱步過來，眾人不自覺地為他讓開道路。他身邊還圍著四個奴婢打扮的女子，個個賽過貂禪楊貴妃，貌比西施王昭君，真是仙女下凡，妖精再世。而漢子更是氣軒宇昂，玉樹臨風，火樹銀花。仙女奴婢在漢子周圍舉著碩大的蒲扇，這蒲扇只有身分高貴的人才能擁有。

第四章　審判

　　眾人面面相覷，面露狐疑之色。不知是什麼緣故，皮埃爾‧嫪毐（或者山本嫪毐）先生全身抖動起來，彷彿是得了老年顫抖病，而他身旁的孫師兄卻微微一笑，還朝我眨了下眼睛，彷彿我們共同享有一個祕密；我向人群中投去求助的目光，那個送我玩具的人卻也向我含笑起來，他甚至還伸手向我打招呼問好，一臉像向日葵那樣燦爛地微笑。

　　我更加疑惑。只能轉頭繼續盯著那穿漢服的漢子。我盯著那漢子看了好久，他也朝我親密地笑了笑，彷彿也向我訴說一個我們共同所知的祕密⋯⋯可那祕密究竟是什麼呢？為什麼眾人都知道，單單我像套中人一樣毫無所知⋯⋯那漢子的臉龐印在我心中，我愈來愈覺得熟悉，如果除掉他頭上戴著的帽子，那不就是⋯⋯我的心狂跳起來，難道真的是他？我又看一眼，卻看到他火辣辣的眼神正朝我射來，像槍炮，像子彈，像閃電，像陽光，像玫瑰⋯⋯對，對，是他正是他，我的心彷彿被鐵棍狠狠地擊打一下，控制不住激烈地狂跳起來，這也許就是傳說中的「電眼」吧。我認出他來了，認出這個和我秉燭夜談的人，認出這個喜歡文學喜歡曹雪芹和契訶夫的人，認出這個渴望透過自己的詩歌和文學作品創造霸業的人，我的學生我最親愛的學生⋯⋯終於還有人記得我，在我最悲慘的時候還有人記得我，還為我送來最親切的關懷，即使只是一個眼神，但對一個快要活不下去的人來說，也無異是雪中送炭啊，即使多麼珍貴的禮物並不值錢，但畢竟是千里送鵝毛，禮輕仁義重啊⋯⋯我大口喘著氣，身體顫抖著，幾乎要倒下。人群中卻有人（那個送給我壞玩具娃娃的人）歡呼起來，他旁邊的人也跟著歡呼。這種歡呼很具有傳染性，很快整個廣場上都響起歡呼聲。

　　「魯邕，魯邕，我們的英雄；魯邕，魯邕，偉大的復興！」

　　歡呼聲持續了許久。我承認，這是我聽到的最快樂的歡呼聲。我忽然明白，我那過去學生現在的魯邕先生的出現是有目的的，而他出現的唯一目的

就是挽救我，拯救我，救贖我，把我從水深火熱中，從槍林彈雨中，從黑暗的獄牢中，從即將到來的絞刑中救出來，救出來，救出來到新世界，美麗新世界，心世界，馨世界，矗世界，鑫世界……

　　我一下子想起公主和騎士的寓言故事，我從來沒想到這樣的寓言就發生在我身邊，但它確實發生在我身上，這個瘋女人羨慕渴望的童話傳奇終於在我身上實現了……我是那樣激動和狂喜，幾乎就要昏倒在絞刑架上。承受那麼多痛苦，忍受那麼多屈辱，接受那麼多委屈，可這一切都都因為這樣美好的結局而值得承受，不是嗎，就像昨天的時光，就像昨夜的星辰，就像昨天痛苦的往事，它們已經煙消雲散，銷聲匿跡，不留絲毫的痕跡，時間之河永不停息地向前奔流，所以孔子才會站在河川對著流水說：逝者如斯夫……我記起在廣場垃圾場上發表演講的瘋女人，她一定會替我高興，也會無比羨慕我的美好結局，我替她實現了夢想，成就了她不能企及的霸業，歷史上會留下我的名字……

　　一剎那，我心中充滿了感激之情，雖然不知道該對誰感恩，但我還是對過去經歷的一切感恩，對所謂的命運、注定和支配感恩……我欣喜落淚，我隨著他們一起高聲呼喊：

　　「魯邑，魯邑，我們的英雄；魯邑，魯邑，偉大的復興！」

　　慢慢地，他們的歡呼聲停止了，而我還沉浸在自己的興奮中，我激動地喊叫個不停，手舞足蹈，左蹦右跳，龍飛鳳舞，張牙舞爪，在我意識到周圍的安靜時，我已經跳了很久，像個癩蛤蟆，像條菜花蛇，像個女瘋子。我吃驚地停了下來，人們都繞有興趣地看著我，就連那四個奴婢（天仙一樣貌美如花），原先只是像蠟人那樣呆立著，此時也睜大雙眼，滿是驚奇地望著我，彷彿看見了人間不可能有的趣事和奇蹟，他們的主人魯邑仍面帶微笑，他手中的羽扇也忘記了搖動。

第四章　審判

　　眾人盯著我，看著我的動作和神情，充滿了期待，一下子，毫無預料地，我成了全場注意的中心，一個黑黑的東西適時地出現在我面前，我盯著那閃著紅光的玩意，不知道它是什麼「勞什子」，它卻不斷不顧地繼續靠近，靈敏得宛如象鼻子，它幾乎碰上我的臉，我低聲驚叫一聲，它才識趣地拉開一小段距離。人群中發出善意的哄笑聲。透過黑黑的天幕，借助廣場上的火把，我認出這個物件是被人操縱的，有個人坐在操作桿上駕馭著它，宛如騎在黑色巨龍身上的騎士。我這才明白過來，這就是所謂的用於電視轉播的攝影機。我從沒想像過自己會被這個玩意死命地追趕。人群中爆發出更大的笑聲，充滿善意。我也忍不住長出一口氣，微笑起來，身心覺得無比輕鬆，彷彿夢魘般的災難已經過去，幸福的生活就要到來……攝影機並沒有輕易放過我，它繼續在我身邊遊走，像貪婪的蛇一樣死命地盯著他的獵物，我在廣場上轉動著，最後奔跑起來，但攝影機卻死命地追趕著我，無論我到了哪裡，它就伸到哪裡，彷彿就是我一生相伴的影子。廣場的人靜下來，安心地看著女角鬥士精彩的表演。這是一個新節目……

　　做什麼事情都該有個限度啊，還有比這更難纏的嗎？你有在陽光下竭力擺脫自己影子的行動嗎？如果有，你會明白我的艱難……心裡的厭惡像潮水一樣湧上來，雖然滿懷被關心的歡喜，但我還是忍不住死命地瞪了一眼鏡頭，我要是有巫術，我會向這個冰冷的怪物噴射大火……要是有點自知之明，它早就該羞愧地退走；但這個狡猾的獵人並沒有被我的電眼擊退，它反而更死皮賴臉地貼近我的臉，在鏡頭和我的臉之間不留一點的空隙，彷彿觸及良家婦女光滑細嫩臉蛋的散發陣陣惡臭的讓人幾乎暈倒的有惡腥口臭的大嘴，這個潑皮無賴，不得好死（我的臉在直播的電視畫面裡一定非常難看，但我無暇顧及）……我又狠狠地瞪了一眼鏡頭，它也甩動一下脖子，狠狠地瞪著我；我忘記了教師需要的保持禮儀的身分，我朝地上吐了口吐沫，以此

表達我的憤怒和不滿，我算準了鏡頭無法吐出吐沫，我倒要看看這個冷冰冰的人工機器該如何表演⋯⋯沒想到這個被操縱的木偶和僵死人卻異常聰敏，它模仿起我剛剛的動作，也狠狠地朝地上吐了口吐沫，這當然是無實物表演。我生氣地指著它的鼻子罵起來，雖然在這麼多人面前我不好意思罵出髒話，但我還是用自己的肢體動作準確地傳遞出我的憤怒。這個狡猾的狐狸，這個精準的攝影機，卻馬上模仿起我剛才的動作，惟妙惟肖，甚至還加入了一絲嘲弄的味道。觀眾哈哈大笑，人們被它逗樂得笑開懷。真是「青出於藍而勝於藍」，還有對師傅這麼冷酷的刻薄徒弟嗎？我七竅冒煙，忍不住用更激烈的動作表達我的不滿，我雙手亂舞，幾乎拚命地衝向攝影機，它驚奇地瞪著我，一動不動，彷彿被嚇傻一般，但我知道它是在記憶和學習我剛才的動作。果然，在我粉拳舞累停下休息時，它開始了表演，保留我剛才基本動作的同時，卻加以改造和變形，原來動作中的不滿變成了戲謔，惡毒變成了嘲弄，滿腔仇恨變成了握手言歡，血雨腥風變成了春風帶雨。一句話，悲劇變成了喜劇。觀眾掌聲雷動，它又贏得了滿堂喝采！

　　揮舞著它的黑拳，它在廣場上表演個不停，攝影機做著各種高難度的旋轉翻騰表演。我在停下休息的間隙，忍不住仔細地觀摩它的動作，它在模擬我動作的同時，又加入更多想像性的天分，終於使得動作更加耐看，更加經典，更加藝術。嘆為觀止，我終於被這黑色怪物的喜劇天分所折服，剛才心中存留的不滿也一霎間煙消雲散。我忍不住鼓起掌來。廣場上的人們先是一愣，但馬上明白過來，他們為我的大度所感動，又嘆服於我的「冤家宜解不宜結」的胸襟，大家喝起采來，為它的精彩藝術，為我的大度胸懷，也為我們剛才精彩絕倫的表演。它精準而滑稽的表演博得廣場觀眾的喝采聲，廣場上一片喝采聲。

　　一時間，廣場陷入鼓掌和喝采的海洋聲中，就連那個被人冷落多時的嫪

第四章　審判

毒也從昏睡中驚醒，他忘記了自己的處境，被攝影機的精彩表演所折服，他跟隨興奮的人群喝起彩來。他急切地想融入大眾之中，在挖空心思的等待後，他終於湊准機會表達自己的忠心。剛開始他做的很成功，他的喝采聲和大眾的聲音融為一體，成為大海中的一滴水滴，但這顆水滴實在太為特別，很快周圍的水滴就意識到了他們的不同，就自動地退舍三尺，與這個陰謀分子劃清了界線……嫪毒的聲音出賣了他，他的叫聲實在難聽，宛如正在被閹割的猴子，嫪毒想以此出與大眾「同呼吸共患難」的快樂與幸福。他以為他的嗓音是天籟之音，但在廣場上的人聽來卻不過是靡靡之音，傳播著挫敗的傷感，無法重回過去的悲痛，真是鬼哭狼嚎，雞鳴狗叫，宛如墳場裡想要索取人們性命的吊死鬼。人們很快從他身邊躲走，快得比一眨眼的時間還快……很快，廣場上的焦點重新回到嫪毒身上。只是這次人們是懷著厭惡和仇恨的情緒。朋友們，還記得廣場剛開始時人們對他的恭敬和歡喜嗎？這個世界變化實在太快，「十年河東，十年河西」變成了「×× 河東，×× 河西」……朋友們，可千萬別站錯隊伍啊……

　　人們自發地從他身邊躲避起來，很快他周圍就變成了空曠地。但這個陷入自己表演激情中的嫪毒演技實在蹩腳，他還沒學會收放自如，還沒學會根據現場觀眾的情緒調整自己的表演節奏，他還深陷自己的情緒中無力自拔……殊不知，觀眾們早已厭惡嫪毒。這個過街老鼠不但不知道躲藏，反而還在大街上抬起花轎，自鳴得意地玩弄觀眾，實在是不識時務，活該該被人活活打死……

　　嫪毒仍然裸露著身體，這個不男不女的仙子激情地喝采鼓掌，旁若無人，毫無懼色。這可是天鵝最後的絕唱，水仙女最後的獨舞啊。百年難遇，千年等一會……攝影機適時地出現在嫪毒面前，錄製他最豐富多彩的面容表情。當然，這個攝影機乙不是那個攝影機甲。那個攝影機甲還在我面前起舞，但已經無人觀看，它只能徒勞地哀嘆世事無常……你也知道，廣場上

隱藏著無數這樣黑黑的攝影機，它們是黑暗帝國的一員，平時它們與黑暗融為一體，在我們毫不知情的情況下，拍錄下我們的所有隱私，只在需要的時候它才跳出來，像透露消息的蜜蜂那樣，為夥伴們跳起「八字舞」和「忠字舞」，這是眾所周知的祕密。

※

　　我面前的攝影機志甲還意得志滿地向觀眾頜首感謝，搖頭晃腦，滑稽可笑，宛如元宵節在街頭表演的「大頭魁魁」，一臉憨態。（還記得嗎？手執驅魔用的馬鞭，身穿黑色大褂，頭戴巨大的笑容面具。）人群中再次爆發出歡呼聲。攝影機屈下身來以示感謝。但我卻看得明白，人群的歡呼聲不是獻給我面前的攝影機甲，而是獻給它的兄弟 —— 嫪毐面前的攝影機乙。乙隨著嫪毐的獨舞也跟著起舞，正如我的遭遇一樣，乙的起舞很快就蓋過了嫪毐的起舞。面對著乙眼花撩亂宛如天女散花一樣的舞蹈，人們鼓掌喝采是再正常不過的了。甲和我都很清楚地看到這一點，已經完全沒有人再來關注我們。但我並不覺得失落，因為我本心就沒有表演的心思。但甲卻完全難以承受，從它不自覺地屈身感謝中就能感受到甲的失落，宛如過氣的明星，宛如剛剛被薄情郎拋棄的舊婦（舊情郎正和新婦在大宴賓客的婚禮上縱酒狂歡呢）。這個曾經被掌聲和喝采聲包圍的攝影機甲卻只能生活在痛苦的回憶中，依靠醉酒狂歡才能忘記痛苦。還記得「醉生夢死」美酒嗎？何以解憂，唯有杜康……

　　有一刻，我對攝影機甲充滿了同情。甲適時地伸向我的手臂，想在我的懷抱中尋求安慰，我動搖了一下，雖然對它黑漆漆冷冰冰的身軀充滿了厭惡，但我的同情心最後時刻還是占了上風。我敞開自己的懷抱，接納受傷的被遺棄的甲。甲感動地抽噎一下，又很快轉身投入我懷抱。我很為自己的慈悲心所感動，我們都沉醉在那安慰的一刻中，但我的手臂很快就被刺傷，正是攝影機甲銳利的電線。

　　我驚呆了。攝影機甲趁機鑽出我的懷抱，它瘋狂地大笑，為自己陰謀的得逞而快樂地顫抖。我捂著手臂說不出話來。甲還在瘋狂地大笑，它一定覺得我很好欺負，就像個天真的傻瓜；它的笑聲引來一批觀眾的回頭，他們一定覺得我很好欺負，就像個天真的傻瓜。

　　我滿腔惱怒，對著攝影機甲就是一頓老拳。和剛才不同，攝影機甲並沒有複製我的動作，這個逃兵甲飛也似地消失不見……這個夜鬼，這個瘋子，這個毒蛇。可憐我這個農夫，想要用自己的胸懷溫暖假裝凍僵的毒蛇，我全忘記了毒蛇的天性是永遠不會改變的。

　　永遠。永遠……

狂歌

　　嫪毐嚎叫很久，久得遠超出人們的想像。而且，隨著時間的流逝，嫪毐的表演有了很大的提高，他懂得了情緒的變化，表演就富有層次性，還具有節奏的變化。真難以想像，他剛才還是新人，現在卻是表演的老手……嫪毐剛開始展現的是歡喜，但這種歡喜明顯與他悲愴的心理不符，所以他的表演就自相矛盾，沒有一點美感，更不用說感染力了；但慢慢地，嫪毐明白了表演的真諦：不是取悅別人，而是要取悅自己，要努力去展現自己的內心世界。於是嫪毐褪去浮躁的雜質，他的嚎叫就慢慢地變成悲痛的吟唱，雖然他嗓音的音質不好，過於尖刻鋒利，但因為有真實情感的注入，他的表演還是打動了一部分觀眾，甚至還喚起了他們悲痛的往事，一些觀眾紛紛用衣袖擦拭眼角的淚水……但這遠不是表演的最高境界。最偉大的表演應該是物我兩忘，應該是此在此不在。也就是說，偉大演員在表演的時候從來不會想到自己是在表演，他們忘記觀眾，忘記自己，忘記現實，忘記宇宙，完全沉浸在逍遙遊的境界中，依據內心的情緒和現場觀眾的反應而呈現最感人的動作。一句

話，最偉大的表演是不表演的表演，是莊子的宇宙逍遙遊，是展現靈魂的自由飛舞，是呈現人類的永恆追求……在最後的時刻，嫪毐明白了這一點，他進入了人類永恆的世界，用自己的動作和歌唱呈現出完美的彩虹般亮麗的新世界。這樣的世界，人們夢想了幾千年，追求了幾十個世紀，卻還是海市蜃樓，空中樓閣，鏡花水月，烏托邦國……所以，當最後嫪毐在廣場上裸露著自己身體隨意吟唱時，沒有人再會覺得他聲音太高昂，也沒有人覺得嫪毐滑稽無趣，嬌柔做作；相反，所有人都沉浸在嫪毐的歌聲中，宛如進入仙境，虛無飄渺，欲仙欲死……

很多年過去後，人們還在向自己的子孫後代傳頌當年在廣場上所看到的那場演出。這是他們迄今為止所看到的最好演出之一，簡直可以和瘋女人在垃圾場的演講相媲美。（畢竟，從表演上來看，瘋女人的演講要更成熟，更流暢，更像一部經典作品；而嫪毐的演出，雖然精彩，但前半部分卻顯得做作，從整體上來看還不夠流暢，還不能稱作是完整的藝術品。即使這樣，也要算是很不錯的表演了。大家對此心知肚明。）人們觀賞著，卻拒絕做任何評論；因為他們完全進入嫪毐的表演情境中，他們完全忘記了身在何處，他們進入了母親子宮最甜美的世界，他們進入妻子子宮最刺激的世界，他們進入天國子宮最幸福的花園中……他們在嫪毐的歌聲中感受到了童年的純真無憂，青春的朝氣蓬勃，青年的熱血沸騰，中年的事業有成，老年的天倫之樂；他們感受到了第一次的鞭打呵斥，第一次的失敗墮落，第一次的心碎流血，第一次的苦難歷程，第一次的國破家亡，第一次的酷刑夢魘，第一次的生離死別……人們因為歌聲喚起的幸福回憶而激動顫抖，因為歌聲喚起不快樂的往事而心痛，又因為這些不愉快不幸福不美好又都在歌聲中被沖洗乾淨，而覺得輕盈自在，活潑自然。

第四章　審判

　　彷彿有一隻手，撫慰了他們痛苦的心靈，分享了他們甜蜜的往事。於是，那些經歷過的痛苦和絕望都因此而有了意義。彷彿有人對他們說：「你所經歷的這一切都是有意義的，因為我知道，我懂得。你完全可以放下來，你完全可以交給我，讓我來替你們扛這個十字架；而你們，我的子民，你們該享受生的幸福，正如我該承擔你們死的痛苦。」

　　人們扔掉了沉重的心理負擔，人們忘記了過去，大家破涕為笑，悲喜交加，歡欣重重，載歌載舞。一句話，大家彷彿進入了天國！不，不是彷彿，而是確實。人們確實進入了天國！人間的天國天堂！

　　嫪毐最後在廣場上演唱的是〈笑傲江湖〉古曲。很多年過後，人們仍然記憶猶新，視為天使之音：

> 滄海一聲笑滔滔兩岸潮
>
> 浮沉隨浪只記今朝
>
> 蒼天笑紛紛世上潮
>
> 誰負誰勝出天知曉
>
> 江山笑煙雨遙
>
> 濤浪淘盡紅塵俗世幾多嬌
>
> 清風笑竟若寂寥
>
> 豪情還剩了一襟晚照
>
> 蒼生笑不再寂寥
>
> 豪情仍在痴痴笑笑
>
> 啦啦……………

　　歌聲已經停下許久，人們仍然待在那裡，紋絲不動。對於經歷過美好事情的人們來說，事情結束很久，人們仍然深陷回憶中無力自拔。古代有「餘音繞梁三日不絕」、「三月不知肉味」的傳說，人們在嫪毐的歌聲中驗證了此言非虛。（據傳言，學校有個女人因為演戲太深，在戲劇演出結束很久，

仍然深陷角色中不能走出來，她在生活中還以為自己是古代的公主，在現實生活中仍等待著古代俠義的騎士挽救自己走出被魔王控制的城堡。自然她鬧了很多笑話，成為現實生活中可笑的靶子，最終只能悄無聲息地失蹤：她在學校裡再也混不下去了，所有人見了她都要大笑，她感到侮辱，就像過街老鼠那樣飛也似地逃到地洞裡，再也沒有露面！）

　　嫪毐在歌聲中體驗到了女演員相同的悲劇。所以到了最後，他坐在廣場上，淡定自若，物我兩忘，渾然不知自己身在何處。對於他來說，他的生命已經在歌聲中結束，他已經魂歸故鄉，至於他的肉身（赤裸著身體，不男不女），這副皮囊只是個空殼，不再重要。很多年前，為了實現霸業，討好校長，嫪毐忍淚揮劍自宮，結果卻適得其反；很多年後，在一次告別演唱中，嫪毐卻在不經意中修練成仙，看破紅塵，超脫世俗功利，追隨癩和尚和跛足道人西去……

　　嫪毐的皮囊坐在廣場上。人們久久地望著它，卻又不明白在想什麼，人們彷彿陷入昏睡，又似清醒，卻也什麼不記得，正如醉酒過後的頭腦渾濁……魯邕和他的四個奴婢剛開始也和大家一樣目瞪口呆。但時間的流失愈加讓人摸不著頭腦，心裡發毛發慌。廣場上的人們雖然沒有四處張望，但他們游離的眼神透露出他們的絕望，絕望這難耐的漫長無所事事，沒有了領袖情緒上的指引，這幫人就像黑暗中的驚弓之鳥，迷途中害怕禽獸襲擊的純潔小羔羊……人們暗暗期待攝影機能適時地出現，能打破著尷尬的沉默。人們等待了良久，魯邕和他的奴婢們等待良久，彷彿故意和人們做對似的，什麼都沒有。既沒有攝影機甲乙，也沒有救兵，既沒有烏鴉刮刮的叫聲，也沒有大風帶來的廢紙漫天飄舞……

　　顯然，演出中出現了一個無法預料的事故，但導演並沒有適時派人出現來救場。人們愈加焦慮不安，四處尋找救兵，卻也毫無所獲；而嫪毐卻愈加

淡定，身上也冒出白氣，宛如仙家身邊圍繞的祥雲。可以預料，很快，這個得道成仙的肉身就要駕鶴飛去。白霧愈來愈濃，很快就有遮天蔽日的趨勢。廣場上的人們眼快就要被白霧掩蓋，迷失方向。

時勢造英雄。在眾人的期待中，魯邑穩定慌亂的情緒，逐漸平靜下來。他咳嗽了兩聲，眾人散亂的目光一下子找到了焦點，都齊刷刷地射向魯邑。雖然在白霧中，他們看得不分明，但還是看到了魯邑隱隱約約的漢服，大家不約而同地舒口氣。無論如何，他們都不用迷失，不用死命地尷尬慌亂下去了，他們的救兵到了，而魯邑就是幫助他們解脫的元帥。魯邑身邊的四個奴婢也從迷霧中醒來，她們拿著的大蒲扇幫助主人驅趕迷霧。嫪毐身上散發的白霧愈來愈濃，但奴婢們幹得很起勁，廣場上的人們也跟著用衣袖搧起來，一起驅趕迷霧。大家幹得齊心協力，心往一處想、勁往一處使、話往一處說、事往一處做，汗往一處流。很快，白霧就消散，廣場上重現黑夜中的光明，宛如白晝一般的光明。

嫪毐卻昏迷在廣場上。這個狡猾的傢伙，先是用靡靡之音迷惑大眾，後來又趁大家不備時燃放毒氣（還記得在強敵面前釋放臭屁妄圖逃竄的黃鼠狼嗎？），妄圖混淆視聽，現在眼看陰謀敗露又假裝昏迷。這不是和廣大人民群眾作對嗎？還有比這更狡猾無恥的傢伙嗎？簡直是禽獸，豬狗不如！廣場上的人們怒火沖天，咆哮聲聲聲震天！

讀者朋友們，你們也許覺得廣場上眾人情緒變化太複雜多變，太反覆無常，你們也許會指責我描寫得不真實虛假做作，你們會認為這是我憑空想像，瞎編亂造，毫無真憑實據。對於這樣的指責我必須要加以反駁，因為這不是事實。我雖然偶爾也會做些誇張和修飾，但你們知道這都是文人的天性，但對於最重要的事實我卻不會有絲毫的篡改和捏造。我尊重歷史，我尊重事實，（我最喜歡的成語是實事求是）上述的描寫，嫪毐的歌唱，眾人的

讚嘆迷戀，魯邑和他婢女的努力等等，都是真實的，也就是說都是我在廣場上我親眼所見，我既沒有增添，也沒有刪減，既沒有誇張，也沒有縮小。一句話，我完全是按照現實主義的手法所做的客觀白描。你們也知道，我早已決定把自己一生獻給藝術女神，所以，我不會放過任何觀察的機會，不會放過生命中任何一次體驗。特別是在廣場上的聚會活動，更是我難得觀察生活的好機會，是我了解人性，了解社會，了解人生的極佳途徑。我在廣場上所看到的，要遠遠超過我以前在生活中的觀察所得。我明白了太多的東西，我在太多的戲劇性的突轉中看到了生活無限的可能性，看到了瘋子們的常態，看到了瘋子學校運行的社會機制。

一句話，這些觀察和生活體驗對我寫作瘋女人有莫大的幫助。我是個宿命主義者，也就是說，很多時候我相信人的命運從出生就是注定好的，而我的命運就是寫作，尤其是寫我的代表作：《瘋女人的演說》。所以，我信奉我的女神，我無所不知無所不在無所不往的女神，這是她指引著我前進，指引著我一步一步接近我的目標：先是進入瘋子學校，之後被出賣要被燒死，廣場狂歡，魯邑出現，嫪毒狂歌……這一切都是注定好的，其唯一目的就是為了讓我在眾多體驗中找到寫作的靈感，找到寫作瘋女人的情感基礎……啊，偉大的女神，我感謝你，感謝你創作一切！啊，我作為您的子民，作為您最忠實的信徒，請您賜予我靈感，賜予我創造性的才能吧，賜予我豐盛的精神果實，我會帶著深深的感激在人間大地上傳播您的福音，讓您的神光照亮每個人心靈深處最黑暗的角落，我要讓他們每個人都在您的福音下庇護，獲得幸福和安康！阿神！

就是在這些觀察和思考中，我對瘋子的瘋性有了更深刻的了解。（正如莎士比亞對人性有深刻的了解一樣。就讓我先不自覺地自誇一下吧！哈哈，誰說得准我未來的藝術成就會多大？至少我是對自己充滿信心的！在一切都

被破壞的時代裡藝術家是大有作為的！）我明白了瘋子們的情感邏輯，明白了他們的恐懼和處世哲學；我懂得了瘋狂基因產生的社會根源，懂得了瘋子們的喜好和生活樂趣；我看到了他們在泥坑裡打滾掙扎，也見過他們艱難地爬上刀山下過火海；我看見他們歌唱過遮蔽宇宙的黑洞，也目睹他們圍著龍宮裡閃閃發光的夜明珠跳舞……這群母夜叉，紅衣教皇，岩間聖母，地獄判官……

　　你們如果問我瘋子們在廣場上多變的行為該如何解釋，我只能說這很複雜，十分複雜，萬分複雜……這並非我知道得很清楚，而故意賣關子吊讀者的胃口。這不明智，也不正大光明，我很不屑這種小人舉動……我說的是實話，與偉大的無所不能無所不在無所不知的女神相比，我所知的只是皮毛，只是表像，只是片斷，只是影子……當然，你們要問我那影子究竟是什麼？好吧好吧，我就招了，說說我的認識吧。你們權當在聽一場無聊的演講吧，不要抱期望太大……不過在開始演講之前，請先給我一根菸，大前門的那種……不，不不，不是「大雞」牌子的，我不喜歡這個牌子的香菸，因為它給人一種「男人性器官」的暗示。我並不是禁慾主義者，我只是覺得在這個男性主義占支配地位的社會中，男人總喜歡透過對他們性器官的強調而沾沾自喜……這是絕大多數男人的心理，透過語言上的貶低汙蔑女人而獲得勃起的力量，不然他們就會陽萎……好了，我們還是跳開這些香菸的無聊判斷吧，直接回到我的演講上來吧。

　　朋友們同學們同志們，今天很高興大家邀請我發表演講，演講的題目就是關於「三五一」夜晚的一種歷史性說明。很高興這麼多年過去了，大家還沒忘記我，還邀請我對這些過去的事情做下說明。我百感榮幸和光榮。說實話這麼多年已經過去，我很高興大家還這麼關心歷史，關心正義，關心事實。這對我們這個浮躁的時代來說多麼難得……好好好，我就不說這麼多

廢話了，因為有人傳紙條，要我「廢話少說」，好吧，我就言歸正題，說說我對「三五一」時間的歷史性評價和思考，這是我的一點淺薄認識，可能會有很多錯誤。不過，為了讓大家有更多可參考的資料，我決定還是在半個世紀後打破沉默，開啟我的金口，因為我是個誠實的人，我決意透過自己的發言讓大家展開更多的討論，算是拋磚引玉吧……哈哈哈哈，你們一定會覺得我是個幽默的人，我認為，在半個世紀之前的那個晚上，廣場上的人們之所以會如此古怪，既因為他們是瘋子又不是因為他們是瘋子；既是他們瘋性的一種展現又不是他們瘋性的展現；既因為他們對權力和嗜血暴政的熱望追求又不是因為他們對權力和嗜血暴政的熱望追求；既因為他們是對人類理念和生存法則的一種影子式抄襲又不是因為他們是對人類理念和生存法則的一種影子式抄襲；既因為他們內心深處無以平息的心靈創傷又不是因為他們內心深處無以平息的心靈創傷；既因為他們的固執鑽牛角尖把想像的當做完全的實在又不是因為他們的固執鑽牛角尖把想像的當做完全的實在；既因為他們背叛了永恆的女神的信仰而遭到懲罰落入永無救贖的黑暗世界又不是因為他們背叛了永恆的女神的信仰而遭到懲罰落入永無救贖的黑暗世界因為這是一種時代的難題是一個全世界人都在尋求解決的永恆問題；既因為這是一種時代的難題是一個全世界人都在尋求解決的永恆問題又不是因為這是一種時代的難題是一個全世界人都在尋求解決的永恆問題；既因為這是一個共性的問題是一個所有瘋子都面臨的相同問題又不是因為這是一個共性的問題是一個所有瘋子都面臨的相同問題；既因為一千個瘋子會有一千個原因一千個瘋子會有一千個哈姆雷特又不是因為一千個瘋子會有一千個原因一千個瘋子會有一千個哈姆雷特……

　　天啊，我都暈了……對，就是這樣，我發現自己在多年後還想試圖回憶清楚歷史，這是多麼徒勞和愚蠢，就像一條億萬年後的小魚試圖游過時間之

河去尋找自己的祖先一樣，即使他能克服時間可逆性的矛盾，但到最後他只能發現自己的祖先就是石頭，要嘛就是塵土，而石頭和塵土來自哪裡呢？這又是一個讓人無法回答的問題，也許來自一個神祕的力量，也許來自一個和女神不相上下的神靈，也許來自一個沒有神靈的黑洞物質世界……沒有人能說得清楚，哈哈，即使是女神也陷入昏迷中……我愈想說清楚卻愈陷入羅網。事實就是這樣，在偉大的女神面前我們都是傻子和瘋子。我這才發現了這樣的至理名言：瘋子一思考女神就發笑……哈哈，這算是我演說的結束語，也是另一場演出的開胃菜。我不能再多說了，因為好戲馬上就要上演了。

　　謝謝，非常感謝這麼多年後你們還記得我。感謝，萬分感謝……

傳道

　　審判大會即將開始，魯邕是主審官，嫪毐被幾個粗野漢子押了過去。四個奴婢手拿大刀分立魯邕兩旁，他們已經換上侍衛的服飾，他們的威嚴英武氣勢趕超王朝馬漢張龍趙虎。

　　魯邕猛拍案上的醒堂木，聲音宛如雷霆，廣場上所有人都打了個哆嗦，人們盯著發怒的龍王魯邕，有一些膽小者還把屎尿拉在褲兜裡，味道濃烈，芳香撲鼻，雖然周圍人快被味道熏暈，可也不敢明目張膽地躲避，甚至連眉頭都不敢輕顰一下（任何輕微的動作都是對這個嚴肅的場合的褻瀆），因為攝影機正在他們周圍四處旋轉拍攝，熱乎乎濃烈烈的屎尿正順著那些發抖者的褲腿流下來，很快這些乳黃色的液體就找到了同伴，很快這些搗蛋的小精靈們就匯集成河，很快它們蜿蜒向前流向大地母親懷抱。

　　魯邕用力嗅了嗅，幾乎被這不雅的氣味熏倒。憑藉廣場上如炬的火把，魯邕瞥見黃色的河流在奔騰呼嘯中還唱著童年的歌謠，等明白事情的原委後他竭力控制著心裡的厭惡，他的胃中彷彿吞下一千隻蒼蠅一萬隻蛆蟲。但這

個未來的領導者意識到自己身上的責任，他穩若泰山，對敵人的騷尿臭屎襲擊毫不所動。（無疑，這是敵人發動的最後反攻。）魯邕學過孫子兵法，知道以逸待勞，見怪不怪，以不變應萬變的道理。再也沒有比這更玄妙的道理。依靠老祖宗留下的珍貴遺產，魯邕打敗了敵人一次又一次的進攻……

　　魯邕的精神感染了他身邊的將士，四個奴婢也是杏眼圓睜，橫眉冷對。調皮的黃色兵團對這些女孩們更感興趣（那是最容易攻陷的堡壘，那是人身上最脆弱的軟穴），它們調戲般地故意流到奴婢們的腳下，奴婢們感覺到腳下伴著味道的陰冷，禁不住渾身打了個冷戰。可她們知道自己的身分，知道在這種場合下失態是絕對不被允許的，這群勇敢的奴婢咬緊牙關，臨危不懼……但屎尿在腳下流過的味道實在過於濃烈，為了派遣抑制不住要吐的衝動，一個奴婢回憶起臨行前和愛人的激情時刻，那樣的時刻多麼甜蜜銷魂，特別是她們意識到這次分別將會十分長久，而且鑒於社會的混亂，敵人的殘暴，也許征戰的奴婢離開後再也不能返回家園，她很可能會為我們帝國的偉大榮耀貢獻生命，所以他們的交合就更加瘋狂更加激烈，在黑暗的小樹林裡，一對光滑的裸體相互糾纏鬥爭，彷彿兩條纏繞了千年的藤和蔓，彷彿互相吞噬對方的巨蟒……集合的號角已經吹響，時間緊迫，他們加快了速度，在加速的摩擦碰撞中，奴婢的全身癱軟起來，渾身都冒著熱氣，她的指甲狠狠地掐進愛人的背中……在最後的一剎那，奴婢丁禁不住叫起來，閉著眼睛叫起來，控制不住連續大叫了好幾聲……

　　周圍變得安靜。奴婢丁睜開眼睛，發現廣場上的人們都吃驚地望著她，身旁的姐妹們也對奴婢丁怒目而視，高高在上的主人魯邕平靜地望著她，但奴婢丁還是從那雙眼神中看到了魯邕可怕的怒氣。奴婢丁這才意識到剛才的叫喊並不是回憶，而是真實地發自她的聲音……並不是奴婢丁入戲太深，而是因為黃色的河流浸過她腳面，掩過她秀氣的腳掌時，她潛意識中壓抑許久

的厭惡終於衝破河堤，一洩千里……眾人又可怕地沉默了，每個人都幾乎喘不過氣來……

　　一直昏睡的嫪毐笑了，是輕鬆的微笑。是的，嫪毐已經被綁在火刑架上，關於他的審判馬上就要開始，但他還是笑了好幾下。攝影機適時地出現在他面前，把他最細微生動的表情捕捉下來，透過電視直播傳給千家萬戶。他的表情說不上是嘲弄或者諷刺，不、不，他的微笑沒有任何惡意，相反卻充滿了一種真誠的同情和無盡的歡樂，彷彿人間艱苦的旅行終於結束，彷彿就要歸於母親的懷抱，彷彿佛教徒去世前的「悲欣交加」，

　　但這就更嚴重了。對於一個馬上就要被處死的囚犯來說，再也沒有比他的毫不在乎和解脫而更讓人心驚膽戰了。「最恐怖的火刑懲罰不但不能讓罪犯懲罰，相反還被囚徒視為解脫之道，試想，以後還有那個臣民會被帝國的酷法嚇倒？人們失去自製，失去了社會的恐怖約束，那他們什麼事情幹不出來啊！他們可是一群時刻想要逃脫管制的瘋子啊……也就是說，嫪毐的微笑摧毀了帝國的法律，摧毀了帝國的社會機制，摧毀了人們站立的大地……如果不加嚴懲，嫪毐微笑所帶來的可怕後果將是毀滅性的，如果一個社會沒有了恐懼，就沒有了最後的道德防線，這個社會這個民族離崩潰的邊緣是非常近的……而我們偉大的英雄是絕不允許這樣的事情發生的，他們要勇敢地和敵人戰鬥，哪怕為帝國犧牲掉生命，流盡最後一滴鮮血也在所不惜……」

　　當然，當時廣場的人們沒有想到這麼多，就連我們英勇的領導人魯邕也沒想這麼深，人們只是憑藉本能感到恐懼，這種恐懼多少觸及到了真理的本質。為了便於大家理解，我在上一段落中引用了帝國學者張琅教授多年後的歷史著作。張琅最後強調說：「凡是敵人反對的就是我們擁護的，凡是敵人擁護的就是我們反對的；凡是敵人痛哭的就是我們微笑的，凡是敵人微笑的就是我們痛哭的！」

不幸的是，敵人嫪毐在火刑架上竟然沒幡然悔悟，痛哭流涕，更沒有跪地臣服，請求赦免（這正是帝國需要看到的）。事實上，嫪毐在微笑，而且還是好幾聲！如果說膽小人們拉肚子的屎尿事件還是可以原諒的話，如果說年輕無經驗的奴婢丁的失聲驚叫也是可以原諒的話，那麼嫪毐的惡毒微笑就是最不能原諒的。雖然他光著身子，純潔如處子，但卻狼子野心，禽獸不如。因為就是禽獸都還知道恐懼，而嫪毐只感到死的喜悅：「不怕膽大的，就怕不要命的。」嫪毐經歷過大起大落後，在狂歌中終於找到了寧靜安詳，置之生死於度外，大義凜然，奔赴刑場。

這是最讓人恐怖和不能接受的。沒有人會相信曾經的「東方不敗」嫪毐會在生命最後階段中參透生死，更多人把嫪毐的微笑看作是一種惡意的報復，帝國學者張琅就持這種觀點。因為罪魁禍首（那些屎尿拉在褲兜裡的膽小者）已經跪在地上，磕頭如搗蒜；因為在靜穆中喊叫的奴婢丁已經開始行動，用手狠狠抽打自己臉頰。而我們被綁在架子上（十字形狀）的嫪毐先生，卻依然在火光的映照中微笑。膽小者的額頭已滲出鮮血，奴婢丁的臉頰也紅腫，嫪毐先生的微笑也逐漸加深，並慢慢演變成悲哀的無聲哭泣。當奴婢丁自己打昏自己後，聖·嫪毐終於忍不住了，雖然他雙手被緊緊束縛在十字架上，但他還是用自己的肢體動作譴責起整個暴政。嫪毐先生勇敢地承擔起歷史交給自己的任務⋯⋯

「罪孽，罪孽啊！孩子們，親愛的孩子們不要怕，一切都會結束。一切都來自塵土，一切都要歸於塵土。該天使的歸天使，該人類的歸人類，該魔鬼的歸魔鬼，該瘋子的歸瘋子。女神是我們的主，是我們永恆的主。她高高在上，她看到我們所有的痛苦和悲哀，她展現世間的一切為我們所用，她讓黑夜向我們展露笑顏，她讓清風撫去我們的眼淚，她是我們哭泣和微笑的根源，是我們存在的根由。親愛的孩子們，不要害怕，不要躲避，來，到我的

第四章　審判

懷抱裡，快一點到我們女神的懷抱裡，那是我們永恆的歸宿……你們要記住，流淚的還要微笑，死亡的還要復活，悲哀的還要幸福；理虧的必歸還，作惡者必受懲罰，殺人者必被殺。我會消失，但我們很快會再見。在我復活的那一天，也就是審判的那一天。那一天到來時，每個人都要站在天使面前，他們會一一羅列你們在生命中所犯下的各種罪孽，罵過人的每一句話，打過人的每一個拳頭，忿恨人的每一次心情，殺過人的每一把凶器；他們會記住你們生命中曾有過的歡笑，你們曾經給同情者的眼淚，給痛哭者的安慰，給生病母親的微笑，給流淚兒童的擁抱，給乞丐的施捨，給鄰居的幫助，給壞人的懲罰……啊，在天國審判的一天，每個人的善惡都要放在天使的天平上衡量，並因為善惡的多寡而做出歸類……因為女神是無所不能無所不知無所不在的……那些十惡不赦的壞人將被打入地域，每時每刻受十八層地域中的各種懲罰，生命永遠不能輪迴到天堂……而只有那些最善靈魂最純潔無暇的人，才能進入天國，才能保有生命的永恆……所以，我最純潔的信徒們，趕快拋棄雜念，拋棄罪惡，問問你們的心，趕快做出判斷……只有那些純潔的好人，才能歸入天國，歸入女神永恆的懷抱中……等到最終審判的那一天，我們會在女神的花園裡相見，到那時候再也沒有悲哀和眼淚，再也沒有分離和死亡，再也沒有傷害和殘忍……烏鴉在天空中飛翔，大魚在海中歡騰，我們在花園裡跳舞……啊。你們要記住，女神的永恆子民，因信稱義乃是第一要旨！女神的子民們，親愛的孩子們，讓我們為女神祈禱吧，讓我為我們自己祈禱吧……記住，我永遠在你們身邊，永遠不會離棄你們。神！」

　　這個佛陀悲痛於自己以往的過失，悲憫於臣民的痛苦。這一切都讓他變得更加格格不入。只有一種解釋，嫪毐瘋了。雖然對於瘋子帝國的大部分人來說，瘋是一種常態，但嫪毐的瘋還是與旁人明顯的不同。張琅後來在自己

的書中是這樣評價的：「那是一種混雜著人性和天使的瘋狂，是瘋子基因突變的典型性案例，是人類文明對瘋子帝國影響的最新展現。一句話，他患上了那種瘋狂的天使妄想症！這個曾經的宮廷小丑在生命即將消失的時刻，為了克服必將死亡消失的恐懼感，他想當然地認為自己是女神的女兒，想當然地認為自己就是那個永恆的救世主，有他來審判、決定、赦免眾人。這個被綁在十字火刑架上的人，無疑是在自作多情，他瘋得太厲害了，厲害得超過了所有瘋子瘋性的總和……這是瘋子之王，黑暗之魔，弄臣之鬼，小丑之父……」

自然所有人都愣住了，有幾個頭上滲血的膽小者被感動得就要哭泣；可還沒等他們發出聲音，幾個侍從就衝上前去用鞭子抽打嫽毒。中國古代有個計謀，叫做殺雞駭猴，魯邕反其道而用之，殺猴駭雞，這一計策非常成功，效果極佳，絕妙地超出想像。那幾個就要流出淚的膽小者嘴巴張得老大，眼淚還在眼眶裡打轉，在鞭子響亮的音效中（導播在鞭子中加了擴音器，所以鞭打聲音傳得很遠），膽小者被鎮壓得服服貼貼，他們閉上了嘴巴，臉上展現出向日葵一般的笑容。鞭子打在嫽毒身上，沉重的聲音在廣場上反覆迴盪，以後又不斷出現在很多人的惡夢中。嫽毒沒有哀叫，也沒有求饒，他只是悲哀地看著鞭打的人，看著廣場上的人。攝影機精確地捕捉到他臉上最細微的悲憫表情，他裸露的身體上很快就留下紅色的印痕，嫽毒彷彿喪失了疼痛機制。這個曾經的帝國玩物，終於在生命最後一刻而認真扮演起了聖人形象。

我記得以前和魯邕在黑暗小屋聊天時曾提過，沒有永恆不變的人性，也沒有永恆不變的瘋性。「不論是誰發現自己原來就是瘋子的時候，他都不想荒廢自己的職權，都想以瘋子之名為自己撈取好處。……再比如一個瘋子到最後發現自己其實是個聖人，那麼，原來十惡不赦的他可能馬上就會變得維

第四章 審判

護正義，因為他要按照聖人的標準去行事，這樣才符合他的聖人身分……」

無疑，嫪毒就是在最後時刻相信自己就是聖人（透過演唱狂歌的藝術表演），從而使自己的人生上升到一個更高境界……不過也許是我錯了，嫪毒為何就不能是一個披著瘋子外衣的聖人？以前的怪僻行為只不過是假象，到了最後時刻才顯露本性？誰能說清楚這一切？誰能判斷出真實和虛假？誰來制定標準？誰來衡量？誰在說？誰在拍攝？誰在剪輯？誰在寫作？誰在傳播？誰在出版？是在播出？誰掌握了話語權？

我在遠處看著這場鬧劇表演，看著狂歡節的精彩演出。我站在角落裡，沒有人注意我，正是觀察別人的極好方式。女神雕像在我身旁，看到眼前這場怪誕的狂歡表演，偶爾她會看我一眼，我也會看女神雕塑一眼，我們眼神交會中會微笑一下，彼此心照不宣地點點頭。

再也沒有比這更奇怪的狂歡表演，再也沒有比今夜更多的突轉，再也沒有比今夜更加漫長的夜晚，漫長地超過想像，超過生命，超過宇宙；漫長地想讓人撞牆一頭撞死因為厭倦生命厭倦一切，漫長地想讓人殺人放火放縱自己因為已經沉重地無法呼吸，漫長地讓人哈欠連天酣然大睡再也不要醒來，漫長地想把自己生命消失成無數顆粒粉末在黑洞中消散再也不要有任何的感覺；漫長地讓人覺得興趣盎然生命豐富多彩因為演出那麼精彩，漫長地讓人雙手合掌口裡念叨「阿彌陀佛」感謝神靈因為生命就是一場奇蹟，漫長地讓人想抱著愛人，生一窩後代，因為這才是值得過的生活，漫長地想想起生命的遺傳，DNA、核糖、核酸、生物進化，無機物到有機物，到生物到植物到動物到爬行動物到脊椎動物到靈長目到猿猴到類人猿到人猿到猿人到白人到黑人到黃人到英國人到印第安人到非洲人到中國人印度人沙烏地阿拉伯人瑞典人法國人德國人英國人美國人土耳其人辛巴威人巴勒斯坦人奈及利亞人剛果人衣索比亞人……

審判

「您可真行啊，厚顏無恥，謊話連篇。你想要騙誰啊？說什麼為了藝術才獻身，說什麼十歲就開始閹割自己，你把我們當成了什麼？瞎子，聾子，還是瘋子？去年在校長的六十大壽上你不還為賓客們表演了脫衣舞嗎？那時候你的性器官不是還在嗎？你以為我們都忘記了嗎？我真懷疑你的智商，你把我們當成了三歲小娃了嗎？你以為我們沒有看到你的醜陋的天下第一性器嗎？記者們拍下了照片，你的身體圖片已經在報紙上印刷……尊敬的聖·嫪毐先生不會連這都忘掉吧？我手裡還是有去年的那份報紙，瞧瞧，瞧瞧當年勾引校長的天下第一性器，嘖嘖，真讓人吃驚啊，這哪裡是大炮，這可是支撐帝國大廈的天下棟梁啊！大家看看，學習學習，什麼時候你們也做一個呀……哈哈，嫪毐先生，你瞧大家都在哄堂大笑，您還有什麼話說？瞧瞧我已經駁斥了您的第一個謊言。您難道不會面紅耳赤嗎？您難道不會流下羞愧的汗水嗎？至於為什麼您要閹割掉您的天下第一性器，這個祕密只有我知道，是校長透露給我的……」

「哈哈，他在密室裡，正透過電視直播來看今晚的荒誕表演，怎麼樣，你還喜歡今晚的演出吧？請你為大家的表現打分，是『非常好，好，一般，壞還是非常壞』？什麼？請你說話聲音再大點，是『好』嗎？噢，是『非常好』呀，太好了，我們都為了那您的高興而高興，對於我們來說，您的快樂就是我們的所有！什麼？您說什麼？『非常好，不過還需要加倍努力』好，明白了，小的一定不會辜負您的期望，一定會讓您看到更精彩的演出的！放心吧，老頭子，誰讓我是您最疼愛的乾兒子呢！什麼？你想出來？別！別想出來，老蝗蟲，黑蜘蛛，黑夜叉，你想出來嚇人啊？待在你的窩別動了，那可是你休眠養老送終的地方！什麼？你想出來活動？難道你想出來送死嗎？難道你不知道廣場上的人對你的仇恨嗎？難道你不知道你一出現在廣場天上

的雷就會劈了你嗎？你這個沒腦子的老妖精，好怪物，怎麼那麼昏聵？『校長，您有病呀，真該好好吃藥了，不然您的老年痴呆症會把您變瘋的，您成了帝國最大的瘋子，帝國最無可救藥的總瘋子，您會指鹿為馬，黑白顛倒，乾坤大挪移，您的病會讓您神志不清，會讓您在泥坑裡滾爬，會讓您在熱鬧的菜市場展露您的性器，會讓您在城市熙熙攘攘的人群中裝瘋賣傻……所以還是待在您的安樂窩吧，您這個耗子精，受虐狂，吸血鬼，變身怪獸，瘋幫的總舵主，您老還是別出來嚇人了！』哈哈，廣場上的人們，你們一定覺得奇怪，覺得我對校長的態度有點過火，哈哈，別擔心，我這裡只是用了一種後現代文學常用的修辭手法，叫做什麼呢？我記得是『肢解』、『戲虐』，對，還有『嘲諷』。老頭子可喜歡呢，覺得年輕人說的話就是好玩，新鮮，有味，夠刺激……」

「哈哈，事實就是這樣。那傢伙聰明著呢，沒人能逃脫他的手掌心，他可是心如明鏡啊，任憑你是哪路神仙，你的花花腸子都逃不過他的火眼金星……說實話，嫪毐先生為什麼閹割自己呢？這個消息還是校長告訴我的！他覺得好玩，新鮮，夠味，夠刺激，他對我講了很多很多，說他厭倦了眼前的那一群老人，因為這些人飛揚跋扈，趾高氣揚，狐假虎威，說這些人逐漸不把他放在眼裡，表面上哄他開心，暗地裡搞不可告人的活動，陰奉陽違，『當面一套，背後一套』，口蜜腹劍，『嘴甜心苦，兩面三刀；上頭一臉笑，腳下使絆子；明是一盆火，暗是一把刀，都占全了。』」

「告訴你，嫪毐先生，老頭子對你們一派做法早就不滿了，他暗中觀察你好久了，你別以為他不吭聲你就以為他是啞巴，就可以隨意擺弄他，就可以隨意做出傷天害理的事！告訴你，我們的校長不像你想的那樣虛弱，他是帝國皇帝，是我們帝國的法律，是我們的道德秩序和行為規範，我們都是在他掌握和支配之下在他鞍前馬後受他驅使為他服務的無名小卒！可是你，嫪

毒，你這個小丑和弄臣，你卻以為你暗中可以取代校長，告訴你，這是永遠不可能的，這就是你今晚要在這裡被處死的原因。你妄圖篡權，妄圖讓河水倒流，日月無光，黑夜永駐。我今天就明明白白告訴你，嫪毒，你還是死了你的那條心吧，你的陰謀永遠不會得逞，因為我們的校長掌握著真理，至高無上毋庸置疑的永恆真理。讓我們三呼校長萬歲萬歲萬萬歲！」

「校長可比蟑螂跳蚤們聰明多呢，他一察覺到這一點，馬上就想出了絕妙主意，哈哈，任何人想他十天半月都想不出的主意，可我們的老校長只轉了下眼珠子就想到的……他整日和手下的太監們廝混在一起，三個月沒有寵倖過嫪毒。我們的聖·嫪毒坐不住了，要知道他正當壯年，正處於如狼似虎的年齡，而校長又安插了許多密探和監視器在他周圍，使得嫪毒先生不能和別人隨意胡搞，你們想想，三個月沒有一次性生活，這對於獸性強烈的嫪毒來說是多麼大的折磨，簡直讓他痛不欲生，當他回想起過去那些欲仙欲死的高潮時，更是悲痛欲絕。他簡直活不下去了，校長又避而不見他……」

在一個燥熱的夜晚，嫪毒在宮裡像發情的野貓一樣，在地上打滾嘶吼，熱情地呼喚著校長過去的愛稱，但奇蹟並沒有出現，在慾望排山倒海的壓迫中，嫪毒先生昏死過去……在半睡半醒間，嫪毒感覺到有人來到自己身邊，雖然那人腳步聲很輕，但憑藉著動物高級的本能和警覺，嫪毒還是馬上知道了來人就是校長。嫪毒大喜過望，睜開眼睛抱著那人的腳丫，哼叫著，撒著嬌，還搖晃著校長的雙腿，委屈地像個強烈思念主人的小貓咪；嫪毒還不忘用自己的嬌媚的會說話的雙眼（帶著巨大的顆粒狀的眼屎），半是痴情半是慌亂，半是哀怨半是思念，半是傷心半是歡喜地望著校長。

校長在房間裡踱步，嫪毒就跪在地上跟在校長身後，委屈地做小狗狀，還不斷小聲「汪汪汪」地叫著。校長嘆口氣，心情沉重地回頭凝望地上的嫪毒，偶爾還用手輕輕拍下忠誠的哈巴狗的頭，嫪毒就高興地渾身哆嗦，還會

在地上打個滾，以表示對主人的感激之情。校長坐在地上不語，像座沉默的大山。嫪毒在地上打滾，跳躍，鑽火球，玩魔術，做吃屎狀，這些動作要是在過去，校長早就摀著肚子笑翻在地，但今天這些動作全都沒有令他感到開心，患上憂鬱症的校長對此毫無興趣，這座沉默的大山陷入自己想像的世界中，忘記了周圍世界，忘記了嫪毒還在引逗自己開心。

　　想起過去三個月的壓抑，還有剛剛全心全意的付出都絲毫引不得校長的興趣，嫪毒覺得傷心不已。他像小狗一樣哭泣，剛開始還是嚶嚶嗚咽，當校長從沉思中微微向嫪毒投射一點目光時（因為好奇和吃驚），嫪毒就跪著爬過去投入校長的懷抱，面帶兩行梨花淚，滿心期望自己的委屈能被校長安慰。校長尚未完全清醒，他吃驚地飛快站起身，嫪毒不提防摔在地上，額頭都紅了。嫪毒回頭看了一眼，校長正厭惡地看著他，嫪毒終於忍不住趴在地上，彷彿死了親人一般嚎啕大哭，渾身顫抖得像被拔光羽毛的鵪鶉。

　　校長在宮殿裡走個不停，好幾次都停下來，彷彿要說什麼話，但最終又沉重地嘆口氣，心裡彷彿壓著千萬斤的巨石。他的欲言又止讓嫪毒忐忑不安，想起「壯士斷腕」和「破釜沉舟」的典故，嫪毒終於下定決心要問個明白。

　　「校長大人，您知道我一直都是忠心耿耿，情深痴痴。嫪毒從小無父無母，後來被您救助收養，還被您送去法國和日本學習科學文化知識。對於我來說，您不僅是我的生身父母，還是我的精神源頭，是我生存的意義所在……您可能會覺得這些話是拍馬屁，在故意討您歡心，但臣妾要是一句話有假，就讓我永生不得好死，就讓我變成烏龜大王八！真的，大人，您不知道您的喜怒哀樂對我的價值，每天看到大人您的微笑，臣妾我都要如沐春風，春心蕩漾；看到大人您為國為民憂愁，臣妾我也會愁眉莫展，心急如焚……我很感謝大人您容忍我在您身邊伺候，對於我來說，這是人生最大的快樂！可是現在，這樣的快樂再也無處尋覓……我知道我很愚笨，低賤，醜

陋，我知道我做事不能瞻前顧後，經常會辦很多錯事，可念在臣妾一片冰心在玉壺，還請大人您為臣妾說個明白，說我哪裡做錯了，說您對我哪裡不滿意了，要是我能改正臣妾保證一定改正，要是不能改正，臣妾就一刀抹了脖子來謝罪，這樣也遠比不明不白做冤死鬼魂強許多……大人，大人，念在我侍奉您多年的份上，還請您告訴我，我也好死也無憾死也瞑目啊！」

校長哀痛地嘆氣，又欲言又止了半天，終於對嫪毐大人說出了心裡話。原來，校長最近在性趣上有了新的方向，他對女性和男性都沒有了性趣，也就是說，校長大人只對不男不女、非男非女、亦男亦女的人有性趣。當嫪毐明白這一點時，他二話沒說，就用匕首閹割掉了性器……校長大加讚嘆，就在嫪毐流血疼痛難忍的當晚，校長和嫪毐度過了一個愉快的夜晚……

嫪毐閹割了自己後，以為自己的位置無可撼動。但他萬萬沒想到的是，校長很快又改換主意了，沒過兩天，校長又重新喜歡起男人，不是像嫪毐以前的那種過於女氣的男人，而是那種真正男子漢的男人……（並不是說校長那一晚上的話不真實。事實上，校長那一晚上的話是出於真心。但大家都知道，瘋子的話從來不能相信，而且他們大都變得比變色龍還快，讓人無從猜度他們的心理。而校長的心理更是如迷霧一般，深不可測）……當然，為了怕嫪毐傷心地自殺，校長不忍心告訴嫪毐真相，而是壓抑著自己心理的欲望……但壓制欲望並非瘋子本色，尤其對帝國皇帝瘋子校長來說，壓制欲望的念頭折磨得校長幾乎發瘋。因為沒有說出，這種痛苦就更加強烈，校長把所有仇恨都轉移到了嫪毐身上，而嫪毐還沾沾自喜，以為自己重新捕獲校長的心，以為自己從此就可高枕無憂，殊不知一場災禍正在悄悄醞釀……校長比以前更加放任嫪毐胡鬧，對他的言行不加約束，甚至還暗自鼓勵，為他喝采。校長還悄悄派人追查嫪毐的罪狀，同時還物色替代嫪毐的人選……當校長找到自己真正喜歡的愛人時，對嫪毐的厭惡也到了最高峰，嫪毐的罪證也

被人追查清楚……也就是說，嫪毐的死期到了……

「嫪毐，你知罪嗎？你謊話連篇，你殘害了多少忠良，罄竹難書，喪盡天良，狼心狗肺，欺軟怕硬……你說你在十歲的時候，為了女神為了藝術才閹割掉自己；但我們剛才的舉證已經證明你是三個月前才閹割掉的自己，獻身藝術獻身女神更是無稽之談……這些我們都已經證明了，下面我要舉證你更嚴重的罪證……你為了剪除異己，黨同伐異，你宣布了多少人是『瘋子』而把他們燒死？事實上，你是世界上最瘋的瘋子，還有比你更瘋狂的嗎？有誰整天穿著法國宮廷服和日本和服，有誰每天在臉上塗抹白粉？我們學校受大家愛戴和尊敬的白狄老師不是被你處死了嗎？大家看看廣場上，嫪毐竟敢又要燒死我們的精衛老師！大家都知道，精衛老師是忠良之後，一心喜愛藝術，是女神最心愛的信徒，深受我們學生的喜愛，可是你竟然宣布她是瘋子，竟然要燒死她！你的良心被狗吃了嗎？你的眼睛瞎了嗎？你不懂得善惡真假嗎？你不明白學生們的意願嗎？你這不是和我們帝國做對嗎？你難道還不該死嗎？

而且在生命最後時刻，你不但不表示悔過，反而利用自己的巫術蠱惑人心，裝扮成女神的乾女兒，製造妖言，擾亂民心，嫪毐，你太惡毒了，你想趁廣場大亂的時候逃走，可惜你的陰謀沒有得逞……你的雙手沾滿了鮮血，你的雙腳沾滿了汙泥，你的雙眼沾滿汙垢，你的雙耳充滿了穢語，你的雙鼻沾滿了臭氣，你的雙唇沾滿了狗屎……你這個瘋子，瘋子帝國最大的瘋子，最惡毒的女瘋子，你還有什麼話可講？

明年的今日就是你的祭日，在你生命最後時刻，讓我們赦免你的罪，讓你的靈魂平安歸去，讓世間重新清潔，讓花兒重新開放，讓孩子臉上重現笑臉，讓老師重新安心教學，讓天下寒士俱歡顏，讓帝國重新恢復正義，讓校長重新快樂……

讓大火燒去你的罪孽，讓烏鴉濯清你的靈魂，讓女神接受你的靈魂……祝福你，將死的人有福了！神！」

「燒死女巫，燒死嫪毐！」的聲音響了許久。當火把落在被綁在十字架上的嫪毐時，廣場上響起一陣歡呼聲……高潮終於到來，雖然遲得遠超過眾人的期望，但聊勝於無。

眾人等待許久，最終沒有落空。

騎士

廣場上濃煙滾滾，歡呼聲已經遠去，遊行的人們興趣依舊盎然。他們在女神雕塑前載歌載舞，歡慶狂歡佳節。

望著窗外，我感覺十分疲憊，年輕的僕人適時地送來一杯熱咖啡。我牛飲起來，身上力氣恢復幾分。我洗漱好打扮一新，穿了一件「公主」牌子的藍色敞胸晚禮服。我看著鏡子，鏡子中的女人讓我陌生，她光彩照人，神采奕奕，我從沒有見過自己這樣，有一刻我懷疑這個女人會是我嗎？這就是那個廣場上被眾人推搡著像牛馬一樣趕去批鬥的女瘋子嗎？但我明白這就是我，這真是我，在靈魂的最深處，我就是這樣漂亮，美麗，高貴……對，我是個公主……

我走進宮殿，魯邕迎了過來，他也穿著尊貴的晚禮服，風度翩翩，彬彬有禮。周圍響起一首憂傷的爵士音樂。這樣的場合十分適合談情說愛。英俊高大陽剛成熟的魯邕坐在我對面，飽含深情地熱望著我。（他已經換下漢服，穿著高雅古板的晚禮服，這使得他更加俊朗有魅力。）我垂下眼簾，我們一時無語，各自沉浸在音樂的浪漫洗禮中。霓虹燈不時地照射在我們臉上，每個人臉上都陰晴不定，變幻莫測。我忽然感覺很喜歡這樣的地方，很喜歡這樣的曖昧氣氛。它有幾分熟悉又有幾分危險，能讓我躲藏在黑暗中徹

底放鬆下來，正式我嚮往已久的感覺。

霓虹燈停止時，僕人為我們點上白色的蠟燭，送來精製的牛排，又為我們倒上「玉碎」的葡萄酒。音樂變得更加抒情，小提琴的聲音如泣如訴，我記起這是柴可夫斯基的〈如歌的行板〉。我看了一眼對面的紳士，他也正抬眼看著我。我調過眼神，平復下情緒。魯邕仍舊沉默著。我搜尋著話題，我咳嗽一下，魯邕關切地望著我，我輕輕搖搖頭，我清了清嗓子。

「So……」

「So?」他問，「So what? I don't know.」

「I also don't know. Women……」

「Women?」魯邕詫異地問我。

「I mean us.」他的眼睛仍睜得很大，整個臉上呈現出問號來。沒辦法，我只好攤開底牌。「我是說漢語的『我們』，但不小心說成了英語中的『女人』。」

「嗯。我們怎麼了？」他含笑問道。

「我們沒怎麼。你為什麼問我們怎麼了？」

「嗯，妳剛才不是說『我們』了嗎？」他切了一塊小牛排，小心翼翼地放進嘴裡，慢慢咀嚼，又用餐巾輕輕擦了下嘴。咖啡館裡要是有別的女人，她們一定被這個風度翩翩的男人迷死掉。

「我說了嗎？」我嘴角輕揚，微微啜了一口葡萄酒。果然不愧是名酒，味道醇厚，先苦後甜中泛著微微的酸意。正是人間沒有的千年佳釀。

「妳說了，妳說了英文『women』，後來又解釋是中文的『我們』，然後妳就不說話。」魯邕慢條斯理地解釋著，十分紳士，（還記得那些午後從洞穴裡出來散步的紳士們嗎？）讓人心動。

「噢，想起來了。是的，是的，我說了『我們』，不過我的意思是……

天啊，你看我忘得多快啊！啊，年紀一大，就成了這樣。老了，老了噢。」我輕輕搖著頭，攪拌起杯子裡的咖啡，想起以前在地面的明媚春光，更覺時間飛逝地可怕。

「在我眼裡，妳不會老，永遠青春二八，楚楚動人！」魯邕盯著我說，眼睛裡彷彿有一團火。

我慌忙掉轉眼神，我不能多看他，不然我就要被他融化。「啊，廣場上的火還在燃燒嗎？」我想起了新話題。

「不要管廣場嫪毒火刑什麼的，對我來說，那一切都不重要……我所做的一切都是為了妳，為了妳的安全……妳知道，為了妳我什麼都可以做，即使捨棄掉生命。因為我的生命在遇見妳的那一刻，它就不再屬於我，而屬於妳，我最美麗的公主……」魯邕把我的手放在他嘴邊，輕輕吻起來。

「啊，我想起來了。」我慌亂地說道，趁機把手從魯邕嘴邊抽開。

「妳想起什麼了？」魯邕一頭霧水地望著我。

「我想起我剛才為什麼說『我們』了。」

「妳為什麼說『我們』了？」

「我的意思是『我們說漢語吧。』」我向魯邕輕輕解釋著。

「難道我們不是在說漢語嗎？」魯邕一臉不解，然後很快就明白了，他用手輕輕點著我的頭：「妳啊，妳啊，總是長不大，還是這麼可愛……不過妳可別轉移話題了，啊，說實話我可是專門為了妳才來到這個鬼地方的！」

「專門為我？」我吃驚地睜大眼睛。雖然在我這個年齡一驚一乍，顯得非常不得體，但在情緒衝動之下，我還是脫口而出。

「對，事實就是如此。妳願意聽我的故事嗎？」

「只要是真實的故事，我都願意聽。」我盯著魯邕看。必須要承認，他是個非常富有吸引力的男人，但我有遠方的愛人穆達，我們約定了三年之期……

第四章　審判

「我說的那句話又不是真的，青鳳女士？難道妳不知道嗎？我是個誠實的人，從不說謊，從不。」魯邕面帶笑容，這使得這個英俊男人更有殺傷力。

「笑話。難道你不知道故事可以虛構，允許虛構，還鼓勵虛構嗎？」我反問他，用言語打退他的又一次進攻。

「我的故事只是真實，和虛構無關。我講的是我最真實的故事，和妳有關。妳要聽嗎？」魯邕盯著我看，他背有有一盆盛開的花，我仔細看了下，認出那是藍色的鳩尾花。

「你要是願意，儘管講吧。」我裝出不太在乎的神情，又喝了一杯葡萄酒。我一直在享受這種參與生活的感覺，這種過程正對我小說創作十分有幫助。

「這叫什麼話？妳要是不想聽，我還講什麼？妳一點都不在乎，我對妳根本無足輕重！」魯邕扔掉鋪在腿上的餐巾，在他就要站起來的時候，我拉住了他的手。在他憤怒和生氣的時候，他的神情很像個沒被滿足的小孩子。我知道，之前勇敢而強大的魯邕都是假的，是他戴著面具裝扮出的形象。我更喜歡他這樣，也許因為我們都是內心異常單純的人。他就像我在撒嬌的弟弟，渴望我的關切，我故意逗他而假裝好不在意，他卻委屈地快要掉下眼淚。這才是我最熟悉的魯邕，我最親愛的魯邕。一剎那，我心裡湧起似水一樣的柔情。

「乖，聽話，別鬧。我聽你說就是了！」我對他做了個鬼臉，他笑得很開心。

「妳喜歡聽我的故事嗎？妳願意聽我的故事嗎？妳相信我的故事嗎？」他嚴肅起來，眼睛睜得好大，臉上笑容被緊張的神情替代。

「我相信你的故事，我願意聽你的故事，我很高興能聽到你的故事！」我笑著看著他的眼睛：「這下滿意了吧？」

魯邑也被我的笑容感染，他的眼睛重新變得明亮，可一下子又故意扳著臉。「可妳還在笑呢。」

「我已經說我很高興聽了，難道還要我冷冰冰地對你說嗎？那樣你又會說我沒興趣不熱情了，你呀，可真難伺候。」我也板起臉來。這個動作誰不會做？

「好了是我不好，鳳，我開玩笑，別生氣了。我還是開始講我的故事吧。說實話，妳真心相信我的故事嗎？」魯邑又開始變得婆婆媽媽，我這才發現他原來還如此神經質，多疑，一點不像個男子漢。

「廢話，我要不相信你的故事，我還坐在這裡幹什麼？你怎麼做事這麼不俐落！」我瞪了他一眼。

「好好，別生氣啊，不是我不相信妳，在這裡生活久了久落下這種後遺症。在這裡誰也不會相信誰，他們都不相信我的故事，說是我瞎編亂造的……哎，人啊！」魯邑抽出一顆雪茄，我點亮一根火柴。「謝謝妳，鳳，妳對我這麼好。」

「你對我不也很好嗎？對了，你叫我『鳳』……」

「是的，還有青鳳。」魯邑端起杯子，輕輕喝了一口葡萄酒。

「在廣場上妳還叫我『精衛老師』。」我也端起了杯子。

「這很正常。女神有一萬一千個名字，妳有這幾個名字也再正常不過了。」魯邑拿著小刀，輕輕切了一小塊牛排，放在嘴裡。

「可你知道嗎？我已經忘記了自己叫『青鳳』的名字。」我也切了一小塊牛排，放在了嘴裡。

「那是妳來瘋子學校之前的名字。」魯邑舉起了杯子，和我碰杯。

「是啊，你叫完我的名字我才記起來。」我也舉起了杯子，和魯邑碰杯。

「好了，趕快進入正題講你的故事吧。」

第四章　審判

「好吧。說來話長……其實，我是地面上將軍家的兒子……」

「是神武將軍嗎？」我忍不住好奇地插嘴。

「嗯。就是神武將軍！」魯邕點著一根菸，吸了一口，幽幽地吐出一口菸。

「啊，你怎麼會是他的兒子！」我忍不住驚嘆一聲。神武將軍可是我們那裡鼎鼎有名的人物，除了總統，他就是全國最有影響力的人物，每天電視上都會有他的講話，小學生上課的教室裡也貼有他的畫像（和總統的畫像放在一起）。在每年的國慶日上，總統都會毫無例外地發表演講，而神武將軍穿著大紅的軍服站在總統身旁。因為他衣服耀眼的顏色，記者們對他拍照的次數超過了總統。大家都紛紛傳言，等總統去世後，神武將軍就是下一任的總統。誰也不知道這傳言是怎麼出去的，反正大家都這麼相信。

「我為什麼不會是他的兒子？」魯邕眼露凶光，惡狠狠地望著我，像個馬上就要撲上敵人脖子的野豹。我明白自己失言，所以並不怪罪他的失禮舉動。

「我並不是不相信，只是很吃驚，你別多心啊！我聽說神武將軍只有一個獨子……」

「那個獨子為什麼不會是我？」魯邕一定非常生氣，因為他的臉漲得通紅還微微顫抖著，他左邊太陽穴上的血管也激烈地跳動著，那裡的一顆大黑痣也跟著起伏。他太敏感多疑了。

「我沒說不是你，你著什麼急啊！有你這樣的人嗎？還要不要讓人說話？搞什麼霸權！」我不高興地用手搧風，胸膛也是一鼓一鼓的，那裡就像藏個小動物。

「不，我不是這個意思，妳別生氣啊，青鳳，我可是為了妳才來這裡的……」

「為了我？此話怎講？」

「我是神武將軍的兒子，後來來到這裡⋯⋯」

「你家人同意嗎？」

「當然不同意，我就偷偷跑到這裡來⋯⋯」

「為什麼？」

「還不是為了妳⋯⋯新聞報導上有妳的照片，我迷上妳了⋯⋯妳偷偷來這裡教書，我就偷偷來這裡做妳的學生。」

「騙什麼三歲的小孩子！」我不高興起來。

「鳳，我沒有騙妳，我為什麼要騙妳？妳知道，是上天派我出現在妳身邊的，因為妳深陷危險中，因為沒有人懂得妳的美，沒有人知道妳的公主身分，所以我，必須是而且只能是我，在妳身陷危險時就闖進來救你⋯⋯我是一個勇敢而無所畏懼的騎士⋯⋯而妳知道，騎士永遠會挽救公主⋯⋯」

我驚訝得說不出話來。我知道，這是我一直盼望的結果，被一個勇敢而英俊的騎士從魔窟中挽救出來，我們舉辦盛大的婚禮，我（公主），和公主的騎士，我們在眾神降臨的舞會上翩翩起舞⋯⋯這個童話式的結尾是我一直所盼，但因為太美好了，我倒不相信它能夠在我身上實現，生活告訴我：現實和童話是兩回事⋯⋯

「你一定是看了我的小說片段，才冒充騎士來欺騙我！世上怎麼有公主，怎麼可能有騎士？那不過都是痴人說夢罷了。」

「妳為什麼不相信我？難道你要我割破胸膛看到我的心，妳才會相信嗎？每個公主都有一個騎士，而我，就是妳最忠心耿耿、忠貞不二、忠貞不渝的騎士！」魯邑因為生氣而渾身顫抖著。我吃驚地待在那裡，知道自己傷害了他，心裡正猶豫是否要過去安慰他。魯邑卻連珠炮般繼續向我發射。

「妳說過妳是為了寫出瘋女人才來到瘋子帝國的。妳不知道在妳走後，

191

第四章　審判

地面發生了很多故事，妳成了一個美麗的傳說，地面上都在流傳妳的故事，說妳如何美麗聰慧，如何被藝術痴迷了心竅，如何拋家離開愛人，人們說，妳是女神最忠誠的信徒……青鳳，我被妳的故事深深吸引，我被妳的犧牲精神深深折服……我利用各種管道開始搜集妳的資料、照片、資訊和作品……鳳，我看到妳的文章，看到妳的心聲，我就對妳更加痴迷十倍；等我看到妳的照片，看到妳這樣文弱的紅顏女子，為了夢想竟然深入那麼危險的地方，瘋子帝國可是一個虎豹豺狼生活的地方了，那裡十分可怕！可這又證明了她多麼勇敢多麼偉大，對女神多麼忠心……鳳，我被深深震撼了，我再也忘不掉妳，一閉上眼睛妳就在我身邊緩緩出現，和我說話、討論文學，可我一睜開眼睛，妳就消失不見……這樣的事情持續了幾個月後，我幾乎發了瘋，我再也忍受不了，我對自己說：『好吧，既然我喜歡她，既然我為她茶飯不死，夜不成眠；既然她在瘋子帝國深陷危險之中，既然她為了女神而捨棄掉自己，置自己的危險於不顧，那我還有什麼可擔憂的？我既然這麼喜歡她，願意為她獻出我的生命，那我為什麼不展開行動呢？我為什麼不去瘋子帝國去保護我心愛的公主，她可是正需要我的保護呢……』當我下定這個決心後，心情平靜地出奇，甚至還感覺到一種甘甜……妳知道我是將軍的兒子，從小到大我就沒缺過什麼，人們滿足我的任何願望，但我總覺得內心有深深的缺憾，這缺憾是什麼呢？我自己也不清楚……我想，那應該是一種深深的厭倦和不滿足吧，因為這個世界上沒有什麼值得我去流血去爭取的，一切都那麼輕易而獲得，所以他們也就沒有多大價值……但現在不一樣了，現在我就有了我值得付出生命的人，有我值得付出生命的事情……這件事情也許對別人都無所謂，但對我來說卻重於天地！」

「你根本就不是愛我。你是個渴望激情的人，但現實沒有讓你拋頭顱灑熱血的事情，所以你會因無所事事虛度時光而感到生命的無聊與厭倦。直到

你聽說了我的事，你的熱情突然有了指向，所以你就興高采烈，感覺到幸福，但這一切不過是你的想像。因為真實和想像是有天地一樣的差距。小心，你的熱情會把你焚燒乾淨，因為你把高樓建立在沙地上，因為你把空中樓閣海市蜃樓當作真實！」

「哈哈，分析起別人來可是頭頭是道，那妳自己呢？說什麼我把高樓建立在沙地上，說什麼我把空中樓閣海市蜃樓當作真實……哼，妳自己不也是一樣？妳有信仰，難道妳不允許別人也有信仰？」

「你有？你信仰什麼？」我抓住他話中漏洞，對他迎頭一擊。

「我信仰女神！」

「女神？和我一樣的女神？」我疑惑萬分。

「妳的女神是藝術，我的女神是愛情；妳的是繆斯，我的是維納斯。怎麼，不可以嗎？」

「可是，可是……」

「可是什麼？妳有信仰，難道就不允許別人也有信仰？為什麼妳總要用自己的信仰來評價批判別人的信仰，只要和妳信仰不同，妳就要一棍子打死？這是霸權，真真切切的霸權！」

「我沒有霸權！世界上的女神只有一個，那就是藝術女神，藝術女神萬歲！」我扯著脖子喊叫起來，還不忘記跺著腳助威。

我們針鋒相對，刀來劍往，不過倒也十分爽快。桌子被掀翻，花瓶被摔破，晚禮服被撕破，紅酒灑了一地，碎玻璃在燈光下閃著紅光。這都是我們暴怒製造的成果。雖然如此，但我們卻覺得爽快刺激激動真實。與剛才的暴風暴雨相比，之前的對談都太過平淡且沒有火花，我們被所謂的文明和禮儀所包圍，畏首畏尾，一片猥瑣。而真實總是讓人心情舒坦。我們各自站在兩旁，怒目而視，彷彿立在華山之顛正要對決的古代高人。我的長髮飄飄，他

的長衣揚揚；他拿屠龍刀，我執倚天劍；他有降龍一百掌，我有移花接木術……

「世界上的女神有千萬種，妳的是藝術，我的是愛情！妳可以為妳的女神獻出生命，我為什麼不可以呢？我就是這樣做的，我是為了愛情為了妳才來到這個鬼地方的！這個吸血鬼僵屍和幽靈生活的地方！是我，是我來了，頂著十萬個忐忑不安，頂著火焰槍和地雷陣，我來了，為了拯救妳！」

「我不需要你拯救，你回去，你回去啊！我在這裡好好的，我在這裡不要你管！」

「我如果不管，我的公主，妳就要死了，妳明白嗎？我要是不出現，妳就會被嫪毒燒死，就像燒死一隻小白鼠一樣！」

「就是燒死也不要你管。我願意。如果我被殺死，那也只是我的命。我死而無憾！」我咆哮起來，頭髮也披散開來。

「可妳要是死了，我還活著做什麼？妳到現在還不明白嗎？妳是我的所有，沒有妳，我活不下去的！」魯邑眼睛紅紅的，突然哭起來。這讓我措手不及，我是個怕軟不怕硬的人，沒辦法看見別人哭泣，尤其是年輕英俊的男人。我走過去，把他的頭放在我懷裡，我為他唱起搖籃曲。

「寶寶別哭，寶寶別鬧；
寶寶笑一笑，笑一笑；
小雞在跑，小鴨在叫，
小鳳在唱，小鳥在跳，
小羊吃奶，小狗胡鬧，
寶寶，寶寶你在笑！」

第五章　告別

第五章 告別

不忍分別

　　魯邑在我懷裡哭了好久，有幾次還抽噎著，像個斷奶不久重回母親懷抱的嬰孩。我輕輕地拍著他的背，我們周圍瀰漫著溫馨的氛圍。我唱著母親教給我的古老歌謠，我覺得很輕鬆，沒有了一直纏繞在心頭的焦慮、沮喪和恐懼。我知道自己非常想要生個寶寶，一個完全屬於我的寶寶，一個像魯邑一樣脆弱需要我來安慰和保護的寶寶……

　　穆達也很希望有個屬於我們的寶寶，他勸了我許久，甚至還跪在地上哀求我別去瘋子學校，也別去寫什麼瘋女人的小說，那只會毀掉我們的生活，而他只想和我平平安安地過日子，像所有家庭一樣生個孩子；可我那時候正陷入狂躁熱情中，誰的話我都聽不進去，我堅持著自己的計畫，執迷不悟，甚至還拿自殺來威脅……最終，我的父母和穆達都屈服了，放任了我這種荒誕不經的念頭。我走的時候，母親流著淚，父親鐵青著臉，父親要我永遠不要回來，他們就當沒有我這個女兒，我跪在門口向他們磕頭謝恩，父親卻很快地關上鐵門，母親一直壓抑的哭泣變成了嚎啕大哭，從關閉的鐵門裡清楚地傳出來……我擦乾了眼淚，開始了自己冒險的旅程……

　　我記得很清楚，我走的時候天氣陰沉著，街頭冷清清的，我拿著自己的行李前行，我沒有告訴穆達我離開的日期，但在十字街頭，我還是被穆達逮住。我害怕離別時的撕心裂肺，那會阻止我前進的步伐，我必須做得「心狠手辣」才能義無反顧地踏上不歸路，所以穆達才會說我「冷面冷血」，我叮嚀穆達，要是遇到合適的女人就別委屈自己，我說我不值得他等待。穆達不認識地看著我說：「妳可真厲害，別人已經不行了，妳還要在他的傷口上撒鹽，妳要嘛是個心腸歹毒的壞女人，要嘛是個拋棄家庭的女聖徒；妳要嘛是個大智若愚的明僧慧尼，要嘛就是頭腦發暈的傻瓜蛋瘋婆子；可不管妳是什麼，我穆達今天對天發誓，不管妳會變成什麼，我穆達永遠在十字街頭等著

妳，我愛妳，我永遠愛妳……」

我坐上開去瘋子學校的汽車（到了郊區無人的黑洞前，我們都需要下車，然後坐一個升降車到地下深處，很深很深的深處，瘋子學校就在那裡，在地球的中心），透過車後窗的玻璃（漆黑冰冷的鋼筋裝飾著它），我看到穆達跟在汽車後面追了很久很久，他用手在嘴邊支成喇叭狀，他叫喊了好久，雖然我聽不見他的話（大汽車裝備良好，隔音效果極佳），但從他悲愴情緒失控的臉上，我看出他在喊他愛我，他會永遠等著我……最後，當汽車離開我們城市時，穆達彈著吉他送別我，他唱著我很熟悉的一首歌曲：

「我不能悲傷地和妳一起飛翔
姑娘，我心愛的姑娘
我流著眼淚多麼難過
可妳走的腳步匆忙
姑娘，我心愛的姑娘
妳要跑到遠方，遠方
我不能悲傷地和妳一起飛翔

姑娘，我心愛的姑娘
妳餵養過的鴿子在廣場飛翔
今天妳也要展翅飛翔，
姑娘，我心愛的姑娘
妳要飛向遠方，遠方
我不能悲傷地和妳一起飛翔

姑娘，我心愛的新娘
昨夜我們編織過的花冠
今天枯萎在我腳旁
姑娘，我心愛的姑娘
妳要奔向遠方，遠方

第五章　告別

我不能悲傷地和妳一起飛翔

姑娘，我心愛的新娘
妳何時會再飛回來
我的懷抱是等待妳的巢穴
姑娘，我心愛的姑娘
妳要飛回遠方，遠方
我不能悲傷地和妳一起飛翔」
⋯⋯

在我們的城市，這首歌曲曾經十分流行。穆達作為「城市新民謠」的主要代表人物，被城市的媒體界和青年人追捧。我幫穆達撰寫歌詞，穆達忙著配樂，我們組建了「鳳之翼」樂隊，每晚在校園和酒吧演出⋯⋯那是一段快樂的幸福時光，你如果有個甜蜜的愛情，如果你曾經和愛人一起共同奮鬥前進過，如果你和你的愛人一起哭過笑過鬧過吵過，你會懂得我話的意思，再也沒有比那更加甘甜如蜜的人生，歌聲、掌聲、笑聲、喝采聲、劃拳聲、醉酒胡鬧聲伴隨著我們⋯⋯那時候我們是酒神的信徒，我們沒有空虛和寂寞，有的只是流淌不盡的快樂。那時候我們多年輕，有多少個夜晚我們在山野中酣睡，以大地為床，以夜空為被，流星劃破夜空，蟲豸鳴叫伴奏；有多少個黎明我們在海邊攜手奔跑，朝霞如火，海浪如潮，海鳥如浪⋯⋯這樣的日子過了許久，似乎還要永遠過下去⋯⋯我知道事實不是這樣，終於有一天，我摔碎了鏡子⋯⋯我在鏡中看到耳邊的幾根白髮，我知道這些白髮會具有傳染性，我變得情緒失控⋯⋯我離開穆達回到家想了一個月，我寫起了自己在演出中曾經遇到過的瘋女人，我把自己關在房子裡，誰也不見地寫自己的小說，我寫了兩個月，卻怎麼都寫不下去，我哭泣，嚎叫，拿腦袋撞牆，一切都無濟於事。於是，我明白了，我需要離開，離開這個城市，離開熟悉的一切⋯⋯

※

有人拉著我的手臂，不讓我離開。我睜開眼睛，魯邑正在拉我藍禮服的上衣袖子。我回過神來，從夢幻的思緒中跳出來，我轉過身，看著黑黑的窗外。廣場上的火光已經微弱得快要熄滅，雖然還能看到一些人模糊的身影，但大家都坐在那裡，精神疲倦，眼睛似睜似閉，昏昏沉沉……

「妳剛才在想什麼？」身後有人幽幽地問我。我知道那是魯邑。我打了個哈欠，掏出一根香菸，魯邑擦亮火柴為我點燃。

「每個人都有只屬於自己的祕密。」我吐出一口菸，藍色的煙霧在房間裡蔓延。房間裡還是像以前那樣雜亂，但我卻不管那些，仍舊坐在椅子上，把腿放在傾斜的桌子上，地上依舊狼藉一片（還記得剛才我和魯邑之間的爭鬥嗎？）。

「為什麼不說出來？為什麼不說妳在回憶過去，妳在思念穆達？」魯邑紅著眼睛，頭髮溼漉漉地貼在額頭上（被汗水浸透）。

「你都知道了，還問我做什麼？」我知道自己快要離開，我就要奔赴自己的世界。這種想法讓我激動，也讓我無從計較魯邑言語中的冒犯。「人之將死，其言也善」，同理，人之將去，其言也良。

「妳為什麼要離開？非要離開不可嗎？為什麼不能留下來了？留下來，為我，為我，為妳的魯邑留下來，好不好？」魯邑的眼睛中又湧現出淚花。我最看不得男人的眼淚，可為什麼兩次離開的時候總有男人的眼淚糾纏著我？我緩緩地吐出菸。我搖搖頭……我知道自己不能留下來，正如我當初不能留在城市一樣……

「我的生活不能沒有妳，妳知道得很清楚，可妳這麼殘忍……妳的善良，你的溫柔都跑到哪裡去了？妳比男人還狠十倍，妳還有沒有心？妳還是不是女人？」魯邑咆哮起來，像個發怒的小獅子。

第五章　告別

「首先，我是女神的信徒，其次我是個有理性的人，再次我是個有我愛也愛我的女人。這樣的解釋您滿意嗎？」我慢慢地吐出口裡的菸。我知道這個男人心最柔軟的地方，我對著它發射著我的反擊。我的冷靜和冷漠超出我的想像。我本不是這樣的人，可能是魯邑的話冒犯了我，讓我心裡不舒服吧……我很高興在這場貓和老鼠的較量中，我穩穩地占據了上風。我記得一句話：「情場如戰場」，幸好在這場戰鬥中，我穿戴著嚴密的盔甲，敵人的反擊只能千百倍地反射回他自身……這正是我需要的效果。無欲則剛……

「就是因為穆達嗎？」魯邑緊緊盯著我，他的眼睛冒著火，就像剛踢翻太上老君煉丹爐的孫悟空（他在煉丹爐中被烤了七七四十九天）。

「為什麼不是呢？這個理由還不充分嗎？還需要別的理由嗎？難道你沒有看到嗎？三年之中，我無時無刻不在思念自己的愛人嗎？難道你不知道我的心每時每刻都有鑽心的疼痛僅僅因為穆達不在我身邊嗎？難道你不知道有人正在十字街頭等我回家嗎？他每天都在街頭彈奏吉他，在吟唱著等待我早日回家的歌謠，每天穆達都會在最動情的時候淚流滿面……」我知道穆達並不是我回去的唯一原因（雖然是很重要的原因），但我還是忍不住這樣說。我在玩一種使人生氣的遊戲，規則就是「誰最生氣誰就輸」，我已經快要勝利了，我在心裡暗暗告誡自己，切不可對敵人手軟，那會功虧一簣……我記起了那句名言：「對同志像春天般溫暖，對敵人像秋風掃落葉般冷酷無情。」

我望著魯邑，期待著看他流淚滿面嚎啕大哭跪地向我求饒（在不到一個小時的時間，他已經哭過兩次）。魯邑緊張地盯著我的雙眼，向我噴射出灼人的怒火，彷彿神話中女妖，用眼睛可以燒死敵人。我無所畏懼地盯著他看。高高在上，倨傲而不可一世。對任何拂違我意志的人。我只有一種面孔對待他。就是對我的父親母親和穆達，我也不會改變。他們都已領教過多次……

魯邕再次落敗，他跪了下來，撲在我懷裡痛哭流涕，我的臉上露出笑容，我把他攬在我的懷裡，我緩緩地吐出一口煙，盯著窗外黑黑的夜空。那些服務員早就隱沒在黑暗中，我不知道他們什麼時候消散的。他們就像是一場夢，在我還沒有意識到的時候就消散在黑暗中⋯⋯

黑暗中

我們走在去廣場的路上。街道兩邊的路燈已經熄滅。整個學校沉默著。

在黑暗中，我心懷恐懼。但這種恐懼很快就被喜悅所代替，就像在監獄裡服役二十年就要出獄的囚徒，即將歸家的喜悅充滿了我整個心田。我想起學校每個角落的監視器，竟也沒有往日的沉重感。我甚至想把面孔伸到每個監視器面前，讓它們更真切更準確地記載我每個快樂的表情。這是偉大的歷史時刻，即將離開巴士底監獄的興奮。我覺得身心輕盈，就彷彿充滿氫氣的氣球，很快就要擺脫羈絆和束縛，飛向自由家園⋯⋯

黑暗中，有個寬厚的手掌抓住我的手。我知道那是魯邕。我沒有反抗，任由他握著。我知道孔子的中庸之道，當然知道做事不可太過分，不能不給對方面子，尤其在這最後分別時刻。我心情好得可以吃下十頭牛，當然也就大度地能容忍一些事情。況且，在黑暗中對方握住我的手，這事並不太違反禮儀要求。魯邕更可能是出於好意。我可不能太小氣，不能以小人度君子之腹，惹來笑話。

沒有人說話。黑暗中我無從揣測魯邕的表情。我以為魯邕會很難過傷心，正如在我離開家鄉時穆達的傷心那樣。不，魯邕應該比穆達更要傷心，因為我愛穆達，穆達至少還得到過我的愛，得到過我的身體，他甚至可以有希望，有我重新回來的盼頭。但對於魯邕來說，他卻什麼都沒有。與魯邕的零相比，穆達是無窮大。說實話，魯邕實在很招人喜歡，要是沒有穆達，我

想我準會答應他。但我有自己的方向，有自己的人生軌跡。雖然我和魯邕出現了交會的剎那，但我們注定只能擦肩而過……

　　我們總生活在自己的內心，依照自己的想像而判斷事務。這是亙古不變的真理，毫不奇怪。我在黑暗中以為把魯邕想得很透，但正如黑暗吞噬了我們一樣，我們在黑暗中看不清彼此，甚至也看不見我們自己……我自以為因為我的離開，魯邕難過傷心地要死，但魯邕也許只是裝出難過的表情，內心實際上歡喜得如我一般；甚至此刻他臉上的表情不是難過而是開心呢？

　　在黑暗中我又能看到什麼？什麼是真實？什麼是虛假？什麼是真相？判斷真實的標準又是什麼？什麼是永恆？什麼是真理？什麼是救贖？在黑暗中我又能依靠什麼？

　　也許還有這樣的可能：魯邕只不過是個演員和角色，是個被人操縱的木偶和傀儡，他做出痛苦的表情和行為，但這不過是別人寫好的。魯邕這樣做，做得逼真而且感人至深，但這一切並非他的本意。因為一切都是規定好的，魯邕一切的臺詞、動作和表情都清楚明白寫在小說書中，寫在話劇劇本中，寫在電視腳本中……魯邕這樣做了，甚至可以稱作是偉大的天才演員，但這絲毫說明不了什麼。因為魯邕只是個木頭人，他並不清楚自己為什麼要這樣表演，為什麼要說這樣的臺詞，為什麼做這樣的動作……為什麼沒有這樣的可能性？

　　……魯邕只是個木頭人。他握著我的那雙大手硬梆梆，冷冰冰，毫無人性的溫度……我呢，我又好到哪裡去？我固然是為了瘋女人才來到瘋子學校的，我固然是為了獲得永恆和存在的意義才去寫作的，但為什麼偏偏是我而不是別人？難道我有什麼特殊的地方嗎？在我偶然的這個個體背後有什麼必然嗎？或者說，某個神祕存在（我們暫且這麼稱呼吧）選定我來做這件事情，是出於偶然還是必然？如果僅僅是偶然，神祕存在為什麼單單選擇我而

不選擇別人，如張三李四，如阿貓阿狗？如果是必然，那必然的背後是什麼目的和企圖？從這個意義上來說，我也只是個木頭人……和魯邑相比，我也好不到那去，就像戰場上兩個逃跑的士兵，我跑了五十裡，他跑了一百里……我們一樣是木頭人……

冷風吹著我的長髮。（還記得我被剃了一個陰陽頭嗎？我的頭皮上一半有頭髮，一半沒頭髮。沒錯，冷風吹動的就是那半邊的頭髮。）我清醒過來，終於可以不再頭腦發熱，以為可以一勞永逸地解決掉所有的人生難題。這是個連環套，我解決了一個小的，馬上就有更大的套子等我來解……人生路漫漫，涼風冷颼颼……這些問題太沉重，我記起「笑紅塵及時行樂」的名言。我笑一下，這些難題以後再去解決。而此刻，我要好好活在當下，活在和魯邑分別的最後時刻。這是我唯一能把握的……

沒有人說話。在吞噬一切的黑暗中，鞋跟踩在水泥馬路上的聲音傳出很遠。那清脆的叮噹聲卻是合聲，一高一低，一大一小，一個沉重一個輕盈，一個是我的高跟鞋，一個是魯邑的軍靴。

我彷彿想起什麼，笑了起來。笑聲壓過清脆的鞋跟聲。笑聲傳了很遠。在黑暗中，有什麼鳥振動翅膀飛遠了。我想那可能是黑烏鴉們。魯邑依舊牽著我的手，像原來那樣不緊不慢地走著。他沒有開口，沉默如謎。這個木頭人。

沒有辦法，我只好自嘲起來。「沒想到我們也落入這種俗套的三角戀中。非我所願。」

「只是我扮演著痴情的角色。」魯邑終於開口說話。我這才放下心來。黑暗中傳來他的聲音，我確定那不是別人。

「你後悔了？」我說不上多惱。畢竟自己沒有接受他的愛，當然也就無從責備別人的背叛。但我彷彿進入規定情境中的角色，很多臺詞沒經思考就說了出來。

第五章　告別

「沒什麼後悔的。無可逃避，無處可逃。這是命，我願賭服輸。」黑暗中依舊看不出魯邑的表情，他淡淡的語氣讓我想起擾亂明月的清風。

「不喜歡你可以不做，沒有人強迫你。」我沒有責怪，也沒不滿。但我的語氣依然幽幽的，彷彿是受了極大委屈的醋缸子。可天知道，我只想表現出老僧坐定的淡然。看來，我的表演還很不足，我的心與嘴之間還有長長的路。

「沒有人強迫我。可我的心彷彿被什麼捕獲，我不能逃脫，就像被困在網中的蒼蠅蚊子，我愈是掙扎愈是靠近你……我愈是逃避，卻愈是靠近你；我愈是背過臉，卻愈是看見你。我是一座新島，處在相思之水裡，四面八方，隔絕我通向你。一千零一面鏡子，轉著你的容顏。我從你開始，我在你結束……」

我知道那是一個印度詩人的作品。我在上課的時候曾經分析過，魯邑就記了下來，爛熟在胸。但我什麼話都沒說。我用手指輕輕撓了下魯邑的手掌心（就像溫柔可親的貓咪對他的主人表示感謝），他粗大的手掌用力地握了握，我並沒有感到疼痛。之後他的手掌繼續在我的手掌上游走，像雕刻家撫摸他失而復得的雕像，像歸家的遊子撫摸母親的墓碑，像小說家撫摸他剛印刷出的處女作，像奧運會冠軍撫摸剛剛掛在脖子上的金牌……游龍戲鳳，龍飛鳳舞，龍嘯鳳吟……

我辨認出魯邑在我手背上寫的字。雖然早就知道得很清楚，但我的眼淚還是悄無聲息地掉下來。黑暗中魯邑不會看到。我用食指和中指輕輕扣了幾下魯邑的掌心。魯邑知道我的感謝。我們的手緊緊地握在一起。

沒有人說話。我們彷彿走在黑暗迷宮中，但我們沒有恐懼。我們知道自己並不孤單，黑暗中的同伴就在身旁。就像共同分擔煩憂恐懼和快樂的朋友……黑暗中，再也沒有比這更好的事情了。沒有人說話。希望我們永遠走

下去，希望耳旁清脆的叮噹聲一直響著……黑暗中，沒有人說話……

　　不知道過了多久，遠方終究出現了亮光。剛開始，那亮光還隱隱約約，忽明忽暗，可只一眨眼的功夫它就變得明亮如白晝，快得我們還來不及表示驚訝，一個老女人（就像神話中駕馭飛龍的老巫婆）已經站在我們面前。她身材高大，滿臉皺紋，頭上高聳著髮髻，一個黑漆的簪子挽著她花白的頭髮，身上卻穿著道士的服裝。她一手拿著拂塵，一手提著燈籠，亮光正是從燈籠裡發出來的。

　　我和魯邑不由自主地用衣袖遮擋雙眼。我們期望她很快離開，就像大路上迎頭碰面的陌生人一樣，招呼也不打就繼續埋頭趕路。為了不引起沒必要的麻煩，我和魯邑幾乎沒抬頭看她，就繼續往前走，彷彿眼前的女道士只是個毫不起眼的乞丐。在這個非常時刻，我不想貽誤行程，我已歸心似箭。魯邑懂得我的心思。雖然內心對她十二分地好奇，但我們還是抑制住了好奇心。我們不傻，知道那個英國諺語：好奇害死貓。

　　我們走過她的身旁，盡量裝出輕鬆的神情，雖然我們緊握的雙手微微顫抖。但女道士急匆匆地趕路，目視前方，她甚至都沒看我們一眼。（我甚至感到了預期落空的惆悵。）就像兩條永不交會的直線，我們很快就和女道士擦肩而過。在匆忙的一瞥中，我看到女道士愁容滿面，這個黑暗中的古怪女人似乎有什麼心事，正被可怕的東西攪得心神憔悴，所以對周圍的事物熟視無睹。

　　當身後的亮光愈來愈弱的時候，吊到嗓子眼的心又落回肚子裡，我和魯邑不由自主地長出一口氣。我們放鬆下來，希望重回剛才黑暗中的溫馨氣氛中，但身後已經響起炸雷一般的聲音。所謂智者千慮，必有一失。正是我們呼出的那口氣出賣了我們。

　　「唉。可惜。執迷不悟啊！」

第五章　告別

　　每個字都像炸彈一樣爆在我們身後。我們心驚膽戰，魯邕想要回頭觀望。我緊緊按住他的雙手，我明白女道士說的這些話正是希望我們回頭。這是個陷阱，我們不能跳下去。魯邕很快就明瞭我的意思。我們加快了腳步，希望擺脫身後的麻煩，但身後的亮光卻朝我們追來。我們向黑暗中跑去，那裡可以隱匿我們的身影，但那亮光不依不饒，一刻不停地追逐我們。我們竭盡全力，亮光還是在前面截住了我們。

　　「你們也算聰明人，怎麼淨做糊塗事！難道不知道天命不可違嗎？」女道士甩了下拂塵，我們大叫一聲倒了下去。

　　「大師，我和妳無冤無仇，妳為何要這樣對我們？」我掙扎著想要爬起來，可又倒在地上。

　　「死丫頭，妳給我閉嘴吧！總是那麼倔強！不撞南牆頭不疼，不見黃河心不死。非碰個頭破血流，才知道『悔之晚矣』這句話嗎？」

　　「請大師指點迷津！」我想問出女道士的真實意圖，所以只好抑制怒火，低眉順眼地引誘女魔頭說出真相。

　　「我說妳在這住得好好的，不疼不癢，回去做什麼？妳不知道妳已經很危險了嗎？病入膏肓，隨時都有喪失生命的危險。這裡服務好，風景好，鄰居也好。我就不明白你們這些人為什麼都這麼逞強，自己認定的事情，一千頭牛也拉不回來！做什麼事情為何總這麼瘋狂。養生最重要的就是心平氣和，狂躁和暴怒是最要不得的。」

　　「這是我自己的事情。」明白真相後，我渾身顫抖起來。長這麼大，被人甩在地上訓斥，這樣的羞辱我還是第一次領教到。我努力支撐著自己的身體，又一次地摔在地上。我要是能站起來，早就吃這女禿驢的肉，喝她的血了。

　　「咦，你們這種人就是賤，總把人家的好心當成驢肝肺！罷罷罷，等妳回去哭鼻子時可別說我沒警告妳啊！到時候有妳好受的，要死死不得，要活

活不成！到那時候妳才知道我說得多對……算了，不跟你一般見識。臨走前，再送你一句話啊。聽好了。『前不見古人後不見來者。念天地之悠悠，獨愴然而涕下！』」

女道士胡言亂語一通，教訓完畢，轉身就要提著燈籠離開。可我們還趴在地上動彈不得呢。要是被她這樣逃掉，我們還有什麼臉面？我看了一眼魯邕，他卻一躍而起，攔截住了牛鼻子臭女道。這個沉默不語的傢伙一直在醞釀力量，終於在最後時刻，飛身撲向女道士。

但那女道士並非等閒之輩，她只輕輕揮了下手中的拂塵，魯邕就摀著眼睛坐在地上。血順著他的額頭流了下來。

「哼，乳臭未乾的小孩，還沒斷奶就這麼囂張！算是給你個教訓，好自為之吧。」

女道士遠去了，我們能聽到她在遠處吟唱：

「下有黃泉下有天，人人許往百來年。
還知虛過死萬遍，都似不曾生一般。
要識明珠須巨海，如求良玉必名山。
先能了盡世間事，然後方言出世間。」

女道士已經飄然遠去，看不見蹤影，而她的歌聲還在我們四周迴盪。我看了魯邕一眼，我們明白遇到了高人。我站了起來，走到魯邕面前，我掏出手帕擦去魯邕額頭的鮮血。魯邕把頭放在我的手上，他忍不住哭了起來，我知道這並不是額頭傷口疼痛的緣故，他很不願意我離開。我也不想和魯邕分開。事實上，在我心中有一種很強烈的眷戀之情，我知道這是魯邕對我的深愛引發的；但我內心同樣有另外一股對穆達深深思念和無盡渴望，渴望和他見面，渴望和他結婚，渴望為他生產孩童，渴望和他一生相伴到老。這種深深渴望讓我度過黑暗長夜和無盡的思念之苦。他是我的救贖之神，是我的人

第五章　告別

間淨土，是我的心上明珠。如果我有兩個身體，我一定會留一個在地下，她會陪伴著魯邕，給他無限的支持和愛護，而另一個我一定要回到地面，見到穆達，寫完小說，贍養父母，完成此生的任務。

　　但我只有一個肉身，我所能做的選擇只能是狠心離開魯邕。也許我和他之間還是緣淺情深不如意。所以我擦掉魯邕的眼淚，把他擁在我懷裡。我想，我們應該跳一次舞，一次告別之舞，分離之舞，思念之舞，痛恨之舞，祝福之舞。所以我拉起了魯邕。不管他願意不願意，我還是拉著他跳起舞來，我們的舞蹈沒有章法，我也不符合任何規範，既然我們來自於瘋子學校，那我們的舞蹈也應該無拘無束，沒有任何限制的自由，永恆的自由，不正是我們內心深處的永恆追求嗎？

　　魯邕跳舞的時候，哭得更厲害了。他的眼淚啪嗒啪嗒地掉落，砸在我的腦袋上（他要比我高一頭），就像無限悲傷的快樂王子為城市中的痛苦而痛哭一般。我靠在他胸口，聽到他心臟在胸口跳動的聲音，我的眼淚也忍不住流了出來。你們都很清楚，我是很感性的人，當魯邕真情實露時，我也回報以殷殷深情。但你們更清楚，我還有更重要的人要去相會，所以只能拋下地下的這些人和事情。況且，這裡異常複雜和危險，稍有不慎，我就會丟掉性命。我也只是足夠幸運，才獲得了被解救的命運。但瘋子學校裡萬事不定，如果下次魯邕被人倒戈，我如果還在瘋子學校，就沒有任何人能夠救我了，而魯邕的命運也是凶多吉少了。想到這裡，我抬頭對悲傷的男人說道：

　　「魯邕，謝謝你挽救我的性命。我對你的感恩是語言無法表達的……」

　　我的嘴唇被溫溼的熱唇所覆蓋，我閉上了眼睛，輕輕叫了一聲，然後我掙脫了魯邕的親吻，他失望地看著我，眼神中透露出絕望。「我不管這些了，我要把自己的話語表達出來，我要爭取我的幸福。」

　　「你很清楚，這裡很不安全，現在你是瘋子學校的二把手，表面上風光

無限，威風凜凜，但這個位置朝不保夕，就像之前的嫪毐，只要校長不高興，很快就被免職燒死，所以……」

魯邕盯著我的眼睛問道：「所以什麼？」

「所以你不如和我一起離開這裡……」

魯邕的眼中再次湧現淚花：「我不像妳，我在地面沒有任何親人和愛人等候……」

「你不是神武將軍的兒子嗎？」

「不……」

「你不是他的兒子？」

「我是他的兒子，但他已經和我斷絕了父子關係。」魯邕輕聲說道。

「打斷骨頭還連著血脈呢。更何況，你是他唯一的兒子……」

「不，我們之間已經沒有任何聯繫了。」魯邕大喊一聲：「妳就不要再提他了。好嗎？」

魯邕眼中閃現出我不熟悉的神情，他臉漲得通紅，我明白過來：這是他不能觸及的話題。每個人都有自己的祕密之地，不容別人侵犯。所以我適時地閉上了嘴巴。魯邕繼續說道：

「我也沒有生存的本領，我在地面只能像乞丐一樣四處流浪，生不如死。我留在這裡，至少吃喝不愁，更不用說我還擁有生殺予奪的權力……」

「但這種權力不知道什麼時候就消失了，到那個時候，你就性命難保了。」

「妳說的都對，但我對地面的生活還是充滿恐懼。」

「好吧。」我深吸了一口氣，然後緩緩說道：「我承諾，只要你和我一起走出地面，我會和穆達分手，我會和你在一起，我的父母就是你的父母，我的寫作就是你的寫作，我們一起為了藝術而奮鬥。等我們結婚了，我們再生幾個孩子。這些都是你此生最親的家人，誰也剝奪不了。」

第五章　告別

（這些話脫口而出，彷彿沒經過我的腦子。難道我真的只是說臺詞的演員？為什麼我對魯邕的感情一下子就占了上風，明明幾分鐘之前還不是這樣的……這一切到底是怎麼發生的？）

魯邕露出了笑容。「真的嗎？妳真的會這麼做嗎？」

「當然是真的。我會遵守我的諾言。」

「妳為什麼要對我這麼好？」魯邕不相信地問道。

「因為在穆達和你之間，穆達什麼都有，離開我，我相信他還能活得很好，而你不一樣，你更需要我的陪伴和照顧……」

「所以妳是可憐我才願意和我在一起的，對嗎？」魯邕的臉色變了。他很敏感，所以喜歡藝術的人都這樣。

「不，我是更愛你才願意這麼做。」

「不，妳更愛的是穆達，妳一直口口聲聲說妳最愛穆達。」

「如果沒有今晚的事情，我相信我最愛的是穆達；但經過今晚的事情，我知道，我內心的天秤開始朝你傾斜。甚至我內心的天平，早就向你傾斜，但我不敢承認，我害怕這種炙熱的情感。我害怕它就像熊熊烈火把我燃燒……」

魯邕緊緊擁抱著我：「妳害怕我的愛會把妳毀滅掉，對吧？」

他用手抬起我的下巴，我淚眼汪汪，說道：「在瘋子學校，我一直緊繃著自己的心弦，沒有一刻的放鬆，因為這裡危機四伏，沒有任何人可以相信，所以我只能用理智保護我自己。我相信我對你的感情已經很深，但我害怕展露出來，會遭到無情的打擊，甚至會引來滅身之禍。所以我一直壓抑甚至否定對你的情感。在沒有安全之前，這種情感我不會考慮的。但在我生命最危險的關頭，你出現了，把我從死亡的判決中挽救出來，我知道，我應該重新考慮我的情感了，因為救我的是你而不是穆達，況且，我們在瘋子學校

裡生活了這麼久，我們有很多相似的經歷和共同感受，況且，你也這麼喜歡藝術，喜歡契訶夫，喜歡寫作，我相信，我們靈魂之間會更有話題。」

「那穆達呢？」

我苦笑了一下：「穆達沒有來過瘋子學校，根本就不知道瘋狂的感受，我相信，他對我沒有那麼多的理解和感受，而且，他一直生活在地面，他一直是正常人，他估計也只能接受正常人為伴侶。況且，我們分開這麼久了，說不定他早就結婚了，可能孩子就有了。」我擦了擦眼淚，繼續說道：「但和你就不一樣了，我就你的一切都很了解，我了解你的身世、性格、審美和對我深深的愛。這些都對我有強烈的吸引力。所以，如果讓我選擇的是，我寧願我的結婚對象是你而不是穆達。」

魯邑臉上浮現笑容：「謝謝妳，我曾經的老師，謝謝妳給我無限的支持和愛，我深受感動。可是我們還是再見吧，青鳳。」

魯邑轉身離開。我愣了一下，然後快走過去，從身後抱住魯邑，我把臉貼在他寬厚的背上。我如果再嬌小一點，就能隨時被他背在肩上，這樣我就能和他日夜再也不用分離。

「為什麼你不和我去地面？我需要你……」說最後幾個字的時候，我的聲音很低。求人的滋味真不好受，所以如果我以後要為子孫們留遺言的話，我會留下「萬事不求人」。

「妳為什麼不和我去瘋子學校？我也需要妳……」說完，魯邑朝著瘋子學校的方向走去。他走著，我的身體被他拖著朝前走動。「為什麼做出犧牲的是我？妳為什麼不能做出犧牲？為什麼我必須妥協？不，不，我受夠了委曲求全的生活，這一次，我要為自己全然地活，我要留在瘋子學校！」

我終於聽明白了。原來我一直生活在可怕的幻覺中，我一直以為瘋子學校的所有人都和我一樣，都想要逃到地面上去；但其實瘋子學校的很多人，

第五章　告別

包括我面前的這一位，他並不想要離開瘋子學校。甚至留在瘋子學校，是他的夢想；就像回到地面，是我最深的渴望一樣。而我一直生活在可怕的幻覺中，以前是寫作和藝術，現在是愛情和地面的生活，我靠想像為自己塑造當下和未來，只是這一切都和真相相距甚遠。

我終於明白過來，我決定好好了解魯邕，拋掉所有的我以為的假象，我也不能靠撒嬌來扭轉他的意志。雖然他是我的學生，但他也早已成年，我必須要尊重他的意志。所以我放開魯邕，轉身來到他面前，直盯著他的眼睛問道：「你想留在瘋子學校？」

魯邕堅定地點了點頭。

我明白過來，我也點了點頭，雖然有點失望，但我強迫自己接受，我繼續問道：「你想要在瘋子學校裡做什麼？」

魯邕笑了一下，他看了看四周，我知道，他不想說出心聲，他害怕周圍有監視器會把他的祕密宣告於天下。我明白他的意思，所有我把耳朵湊到他的嘴巴前。魯邕又看了看四周，確認沒有人也沒有任何閃光的監視器之後，他把嘴巴湊到我的耳朵旁，就在我以為他要說出那個灼人的祕密時，他突然伸出舌頭舔了下我的耳朵，在我驚愕中，又用牙齒咬著我的耳垂。我從沒有想過會這樣，我想推開魯邕，但被他雙手緊緊抱在懷裡。他的舌頭和牙齒在我的耳朵、臉頰和嘴巴上游走。我想要離開他的懷抱，卻身不由己。我渾身酥軟，全身燥熱，我也忍不住抱著魯邕的身體。他把我拉到一個偏僻的角落裡，我們邊走邊親吻。

「這裡沒有監視器吧？」我問道。

「沒有……」

他脫掉衣服，墊在地上，我躺了下去。我閉上了眼睛，讓自己的身體和心，一起沉入深深的黑夜之中。

校長

　　他坐在監控室裡，看到畫面中的魯邑和青鳳去了黑暗的地方。那裡本來也有三個監視器，但因為某種不可知的原因，它們全部壞掉了，既看不到人為破壞的痕跡，也查不到是那些自然元素（如狂風、雷電或者暴風雪等）造成的這次毀壞。而魯邑很明顯知道這個地方，所以他才帶那個女人去了這個地方。這一切都有了證明。

　　要不要逮捕這兩個人？或者只逮捕那個可怕的女人？或者按照以前的協議，放開那個女人到地面去？學校裡的老師們會怎麼看這件事情？士兵們會怎麼看這件事情？以後他還如何依靠自己的名望來治療這個暴亂頻發的學校？

　　這一大團問題就像霧一樣把他籠罩著。這是他做一行來遇到的最大挑戰。他還不清楚自己要做出什麼決定，那就只能耐心等待，等待事情的進一步發展。等時間到了，時機成熟了，他自然知道該如何行動。到那時候，他再新賬老賬一起算吧。而現在他只需要像那隻鱷魚一樣，把腦袋沉入河水中，等待著獵物的靠近。

　　我坐了起來。生活為我們指了兩條不同的路。我要回到地面，而他繼續留在地下的空間。（在瘋子學校，我們很少能看見太陽，而黑夜又長得要命。這也難怪，因為我們一直生活在地下很深的空間。雖然校長宣稱這裡是地球的中心，但地面上沒有人承認這一點。）我打了一個哈欠，不論我有多不情願，但分開的時候總會到來。我伸手摸了下魯邑的胸口，那裡有濃密的毛髮。我想起了校長，忍不住問了魯邑一個問題：

　　「校長是個什麼樣的人？」

　　魯邑躺在地上，他吸了一口菸，菸捲在他嘴裡閃現出紅色的光芒，然後又變得暗淡，他緩緩吐出一口菸，然後說道：「妳知道的，校長就是校長。妳很清楚他的為人。」

第五章　告別

　　是的，在瘋子學校生活的這幾年，我早就明白了校長的各種手段。但我想問為什麼校長會把魯邕做學校的二把手，畢竟從各方面來說，嫪毒都是更優秀和出色的那個人。也就是說，我懷疑魯邕也使用了和嫪毒相似的手段，即透過投懷送抱的方式得到了這個職務。一想到這裡，我就覺得噁心，我趴在地上，忍不住乾嘔起來。這些話我甚至說不出口。有一些人為了權力是能做出任何可怕事情的。魯邕也是這樣的人嗎？

　　心心相印的好處就是你想到任何問題，對方也能同樣明白，就好像兩個人有一個腦袋。我和魯邕的情況正是如此，當我乾嘔的時候，魯邕已經明白我腦袋中有可怕的齷齪想法。但他並沒有生氣，我感覺到他和之前完全不同了，以前他脾氣火爆，就像乾稻草一樣，一點就著；而現在他卻沉穩很多。也許身體的接觸真的能改變人。他放鬆了很多。

　　「青鳳。我和校長之間確實做了交易。但不是妳所想的情色交易。如果他不安排我在這個位置上，上面的部隊很快就要進入地下，攻占瘋子學校，所有的瘋子都會被趕出這個地方，就連校長也會因為違反人道主義精神而被關在監獄裡。妳應該明白，下命令攻打瘋子學校的就是神武將軍，也就是我的父親。但現在因為我擔任了這個職務，我的父親就不敢再來攻打瘋子學校，而校長和瘋子學校也暫時沒有了危險。」

　　我說道：「而且，你留在了瘋子學校，對校長來說也算是一個人質。」

　　魯邕坐了起來，他看著我的眼睛說道：「我留下來並不是校長威脅我，而是因為妳。」

　　「因為我？」我叫起來，我從不知道我也被包含在校長的計畫中。

　　「當然，妳被嫪毒抓住後，本來是要被送到火刑架上燒死，我去找校長談，讓他放了妳，校長答應了，但條件是讓我父親不要攻打瘋子學校，並且我要永遠留在瘋子學校。」

「你答應了？」

「是的，我只是加了個條件，燒死嫪毐，並且讓我坐上嫪毐的職務。」

「謝謝你，魯邕，我從沒想到你會為我犧牲這麼多。」

「咳，誰讓我是神武將軍的獨生子呢？誰讓我又偏偏這麼喜歡妳呢？一切都是命。」

我忍不住抱著魯邕，再次流下眼淚。這個比我小幾歲的男人，為了我付出了這麼大的代價，如果不是他，我早就葬身火海了。他寧願犧牲掉自己的自由和生命，也要幫我實現願望。如果我膽敢稱自己為公主，那他一定就是我忠心耿耿的騎士。我被深深打動。長這麼大，除了我的父母，他是對我最好的男人，超過了穆達。

「謝謝你，魯邕。我都不想走了。」我哭著說道，我說的是實話。

「不，妳要離開這裡。瘋子學校的生活，還需要妳的筆和小說，才能被世人了解。妳不應該待在這裡。」

「那你呢？我也不想和你分開。」我說的是實話。對魯邕的愛，一下子成了我生命中很重要的內容。

「傻瓜，我們肯定有重逢的那一天，到時候，我們就能永遠在一起了。」魯邕說道。

「可是你要怎麼離開這裡呢？」我小聲地問道。

「噓──」魯邕小聲地說道，他看了看四周，確認沒有人，也沒有監控鏡頭，他才悄悄告訴我：「傻瓜，等我推翻校長的那一天，我就讓我爸爸接我回家。等我回到地面，我們就結婚好嗎？妳要等著我呀。」

「你真的能回到地面嗎？」

「嗯，我與好幾個老師和同學在商量暴動的計畫。妳就等著我們的好消息吧。」

第五章　告別

「才幾個？魯邕，你們不是以卵擊石嗎？」一想起校長身邊有那麼多的士兵和武裝分子，我就禁不住打了個寒顫。

「妳放心，那些人都好收買。而且，他們在地下這麼久，早就想回到地面了，這是大家的心聲。所以我們會聯合大多數人，我們一定會取得最後的成功。」

「真的嗎？」我有點不相信地望著魯邕，說實話，校長和他手下這麼凶猛，我從來沒想過我們其他老師能有戰勝他們的一天。

「一定會的！因為正義在我們這一邊。」

「可是……」

「好了，我們不能再多講了，我現在必須要送妳離開了。因為已經快到最後的截止時間了。」

「我很擔心你，魯邕！」

「不，請把妳的擔心轉化成對我深深祝福！」

說完，魯邕再次把他的嘴巴貼近我的嘴巴，我們緊緊抱在一起。這個告別之吻，是這麼地短暫，就像任何美麗的夢，總會很快醒來。

「我等著你在地面上和我結婚。」

「那當然了，他們舉辦了盛大的婚禮，從此開始了幸福的生活，直到永遠……」

「古代有一對夫妻，因為戰亂要分開，他們打碎一面鏡子，兩個人各拿一半分開；很多年過去後，他們再次重逢，然後兩個破鏡對在一起，變成一個鏡子。破鏡重圓。」

「是的。」魯邕說道，他掏出一把小刀，我還沒來得及阻止時，他已經用那把小刀割破他的左腳後跟。

「你在做什麼？你瘋了嗎？」我慌忙奪過小刀，我害怕他情緒衝動會殺

死自己。我掏出手帕，幫他的傷腳做了包紮。

「鳳，妳多慮了。我只是讓妳明白我的左腳有個傷口，這樣以後我們重逢時，憑藉這個傷口，妳就能認出我。這叫傷腳重聚。」

「你啊，真傻。」我破涕為笑，但很快又哭起來。他用傷害自己的方式，只是為了讓我們重逢時有相認的標識。

「其實大可不必傷害你的腳後跟。你的左太陽穴有一顆痣，額頭還有剛剛被女道士打傷的傷口。透過這些，我自然能認出你。」

「不，我只要妳記得我的傷腳。」魯邕固執地說道，他又像一個三歲的小孩子了。

「行，就以你的意見為準。」我含笑答道，這是對付孩子的最好方法。

「那妳記住了，我們重逢的口號就是：『破鏡重圓，傷腳重聚！』」

我把手放在他寬厚的手掌心，重重地點了點頭，然後緩緩地說道：

「破鏡重圓，傷腳重聚！」

離開

在一個升降機前，士兵們打開門，我依依不捨地走了進去。我一邊走一邊回頭看著魯邕。他身邊還站著孫師兄、孫師母和我教過的學生劉薇，在他們身後是一排拿著步槍的士兵。我飽含熱淚，和他們揮手告別。孫師母也淚流滿面，敏感的劉薇已經哭暈在孫師母懷裡。

魯邕深情地看著我的眼睛，他親了下我的嘴唇，然後語調激昂地說道：「我美麗的鳳，請妳自由地飛，高高地飛，勇敢地飛，一定要實現妳的夢想啊！」

孫師兄拖著他受傷的腳，高聲叫喊著：

「風蕭蕭兮易水寒，壯士一去兮不復還。

第五章 告別

探虎穴兮入蛟宮，仰天噓氣兮成白虹。」

魯邑發出命令：「敬禮！」

他和那群士兵一起對我敬禮。

我走進升降機，升降機發出轟隆轟隆的響聲，然後噴射出一股黑煙，然後就慢慢地啟動起來。

魯邑做了個手勢，那排士兵放下手，把步槍對準黑暗的夜空，用整齊的動作對著天空射擊。

隔著玻璃，我看著他們的身影逐漸變小。我拚命地向他們揮手，他們的身影變得愈來愈小，我覺得眼前一片模糊，我拚命地想要睜開眼睛了，但還是慢慢地倒在升降機裡。

在瘋子學校經歷的一切，就像一個夢，慢慢在我的頭腦中消散開來。魯邑和孫師兄的身影都模糊起來。那些經歷也隨風飄散。留下的只是對女神深深的愛。這種愛，就如清風明月，大地山川。

只有那升降機轟鳴聲一直響個不停。轟隆隆，轟隆隆。真夠要命的。

這真的像是一個夢，一個悠長而永遠無法醒來的夢。

（待續）

離開

瘋魔人間（上）

作　　者：劉紅卿

發 行 人：黃振庭

出 版 者：崧燁文化事業有限公司

發 行 者：崧燁文化事業有限公司

E - m a i l：sonbookservice@gmail.com

粉 絲 頁：https://www.facebook.com/
　　　　　sonbookss/

網　　址：https://sonbook.net/

地　　址：台北市中正區重慶南路一段六十一號八
　　　　　樓 815 室

Rm. 815, 8F., No.61, Sec. 1, Chongqing S. Rd.,
Zhongzheng Dist., Taipei City 100, Taiwan

電　　話：(02)2370-3310

傳　　真：(02)2388-1990

印　　刷：京峯彩色印刷有限公司（京峰數位）

律師顧問：廣華律師事務所 張珮琦律師

定　　價：299 元

發行日期：2022 年 05 月第一版

◎本書以 POD 印製

國家圖書館出版品預行編目資料

瘋魔人間 / 劉紅卿著 . -- 第一版 . --
臺北市：崧燁文化事業有限公司，
2022.05
　　冊；　公分
POD 版
ISBN 978-626-332-366-7(上冊：平
裝)
857.7　　111006995

電子書購買

臉書